"각하, 드디어 일본에서 본격적인 내전이 벌어졌습니다."

"좀 더 자세히 설명해 보오."

병호의 말에 정보부장 이파가 즉각 답했다.

"네. 파병 수당 유예에 대한 불만은 표면적이고 막부에 대항하는 대부분의 번들은 존왕양이(尊王攘夷)의 기치 아래, 오랜 막부 통치를 금번에 끝내고자 하는 속셈으로 막부와 반막부 간에 치열한 교전이 시작되었습니다."

"배후에 천황이 있겠군."

"그렇습니다, 각하."

"서양 놈들을 배척한다는 명분인데 그 속에 대한제국도 포함되는 것인가?"

"그렇습니다, 각하. 막부가 대한제국에 저자세인 점도 저들의 오랜 불만 사항이었습니다."

"좋아, 금번에 막부에 대항해 일어선 번이 얼마나 되는가?"

"그간 통폐합을 거쳐 현 막부에는 265개 번이 있는데, 절반 가량인 130개 번이고 중립이 100번, 막부 편을 드는 번은 35번 정도밖에 안 될 정도로 막부가 인심을 잃었습니다, 각하."

"막부가 인심을 잃은 주 원인이 무엇이라 보는가?"

"막부가 대한제국에 저자세인 것 또한 표면적인 이유에 지나지 않고 실제는 대한제국에게 문호를 열어주는 바람에 아국의 공산품이 물밀 듯 밀려들어 가자 그들의 산업 대부분이 피폐해졌고, 이에 따라 실업자는 넘쳐나며 물가는 계속해서 치솟고 있습니다. 따라서 각 번들 또한 그간 크고 작은 소요에 시달리다 보니 원인 제공자인 막부에 대한 원망이 깔려 있던 게 파병 수당 유예를 계기로 금번에 폭발한 것이죠. 여기에 배후인 천황의 꼬드김도 있었고요."

"반 막부파의 주동자는 어느 번인가?"

"조슈번(長州藩), 도사번(土佐藩), 사가번(佐賀藩) 등이 주동이 되어 움직이고 있습니다. 특히 그중에서도 조슈번이 가장 적극적입니다, 각하."

조선의 봄

매검향 장편소설

FUSION FANTASTIC STORY

조선의 봄 8

매검향 장편소설

초판 1쇄 찍은 날 § 2017년 8월 11일
초판 1쇄 펴낸 날 § 2017년 8월 18일

지은이 § 매검향
펴낸이 § 서경석

편집책임 § 이선근
편집 § 김슬기

펴낸곳 § 도서출판 청어람
등록번호 § 제387-1999-000006호
등록일자 § 1999. 5. 31
어람번호 § 제1-2746호

주소 § 경기도 부천시 부일로 483번길 40 서경B/D 3F (우) 14640
전화 § 032-656-4452 팩스 § 032-656-4453
http://www.chungeoram.com
E-mail § chungeorambook@daum.net

ISBN 979-11-04-91420-1 04810
ISBN 979-11-04-91219-1 (세트)

조선의 봄

8

[완결]

매검향 장편소설

FUSION FANTASTIC STORY

도서출판 청람

鮫眄春　조선의 봄

목차

C O N T E N T S

제1장	일본 병탄	7
제2장	세계대전의 전조	65
제3장	러청미와의 전쟁	125
제4장	국제연합(UN) 창설	179
제5장	대통령이 되다	235
제6장	황제가 되다	267

"조슈번이라……?"

병호가 생각하고 있는 조슈번은 하기번(萩藩), 야마구치번(山口藩)이라고도 한다. 현재 야마구치현(山口縣)의 서북부에 있던 나가토(長門)에 번청(藩廳)이 있었으며, 번주(藩主)는 도자마다이묘인 모리(毛利)에 의해 이어졌다.

총 경제력을 반영하는 석고(石高)가 265번 중에서 공식적으로는 9위, 실제로 4, 5위에 해당하고, 1만 1천 명의 무사(武士)를 지닌 큰 번이며, 강력한 내부 결속력을 지니고 있다.

"참, 천왕가의 간바쿠(關白) 이하 부게덴소(武家傳奏) 등의 포섭은 어떻게 되어가고 있는가?"

"간바쿠와 부게덴소는 물론 88인의 공경(公卿: 국정을 담당하던 고관) 중 고위직은 대부분 포섭 완료했습니다, 각하."

"후후후, 그런 줄도 모르고 천황은 줄에 매인 꼭두각시 인형이 되어 우리 장단에 맞추어 춤을 추고 있군."

"그렇습니다, 각하."

참고로 여기서 조정의 의사를 결정하는 조의를 주관하는 것은 간바쿠(關白)와 부게덴소(武家傳奏)인데, 간바쿠는 천황 밑에서 모든 업무를 총괄하는 직책이고, 부게덴소는 막부와 조정 간의 의사를 전달 조정하는 관직이다.

"앞으로 어떻게 될 것이라 보는가?"

"반 막부파에 밀린 막부에서는 결국 아국에 군사적 지원을 요청할 것으로 사료되어집니다, 각하."

"알겠소. 그간에 준비할 것이 많군."

혼자 중얼거리듯 말한 병호는 곧 이파를 내보내고 국방부 대신 이용희와 경찰청장 박은조를 부르도록 비서실에 지시했다.

채 이각이 지나지 않아 두 사람이 동시에 병호의 집무실로 들어섰다.

"부르셨습니까, 각하?"

"거기들 앉아요."

두 사람을 소파에 앉힌 병호는 자신도 그들 맞은편 자리에 앉으며 차를 주문했다. 그러곤 곧바로 본론으로 들어갔다.

"머지않아 일본에서 군사 지원 요청이 있을 것 같소. 따라서 국방부에서는 금번에 훈련시킨 구 청국인 위주의 군 30만을 동원할 준비를 하시오."

"그렇게 많이 동원해야 합니까, 각하?"

"그렇소. 압도적 물량으로 초전에 저들의 대항 의지를 꺾는 것이 중요하오. 그래야만 아군의 피해를 줄일 수 있소."

"하면 이에 따른 해군을 위시한 수송 전략도 세워야겠군요."

"당연한 일이죠. 자, 그건 그렇고, 경찰은 말이오."

"네, 각하."

"언제까지 일본 땅에 대군을 주둔시킬 수 없는 노릇이니까 지금이라도 대거 5만을 신규로 선발해 교육시키도록 하시오."

5만이라는 말에 박은조 또한 입을 쩍 벌렸으나 이용희처럼 확인하는 질문을 던지지는 않았다. 그런 그를 향해 병호가 계속해서 말했다.

"경찰을 모집할 초창기부터 그들에게는 일본말이나 청국말을 교육시켰고, 그렇게 선발해 온 것으로 알고 있소. 하지만 이번 신규 모집자는 모두 일본어를 가르치도록."

"알겠습니다, 각하."

"자, 내 지시 사항은 여기까지요. 할 말들 있으면 하시오."

병호의 말에 이용희가 물었다.

"언제까지 준비를 마치면 되겠습니까, 각하?"

"그야 빠르면 빠를수록 좋지."

"알겠습니다, 각하."

"참, 하나 빠진 것이 있는데, 현재 사쓰마 번에 주둔하고 있는 아군으로 하여금 지휘부를 구성하도록 하시오. 그들이야말로 오랜 세월 일본에 주둔하고 있으니 파견군보다는 현지 사정에 그만큼 밝을 것 아니오?"

"명심하겠습니다, 각하."

이용희의 대답이 끝나자 병호는 아무런 질문이 없는 경찰청장 박은조를 향해 말했다.

"경찰을 모집하고 훈련하는 것에는 좀 시간 여유가 있는 편이나 그래도 서둘러 모든 일을 진행해 한시라도 빨리 일본에 파견할 수 있도록 준비해 두는 게 좋겠소."

"네, 각하."

"내 말은 여기까지. 그만들 나가보시오."

"네, 각하."

곧 두 사람이 물러가자 병호는 창가로 다가가 완연해진 봄 풍경을 완상(玩賞)했다.

                    *   *   *

그로부터 채 일주일이 지나지 않아 일본에서 특사가 파견되어 왔다. 특사로는 병호도 익히 알고 있는 도쿠가와 요시노부(德川慶喜)였다. 내전의 와중에도 그 중요성 때문인지 일본의 최고 실권자가 직접 내방한 것이다.

이 사람이야말로 원역사에서 2년 후 현 쇼군이 사망하면 차기 쇼군이 되는 사람으로 막부 최후의 쇼군이 되는 비운의 인물이기도 했다. 아무튼 그를 맞은 병호는 무슨 이유에서인지 각별히 그를 예우해 차를 태워 명월관으로 향했다.

명월관에 도착하자 병호는 곧 특원인 매원(梅苑)으로 향했다. 매원에는 특별히 가려 뽑은 기생 네 명 외에 이를 수발하는 인원이 상주해 있었다. 아무튼 자리를 잡자마자 28세의 청년 요시노부가 말했다.

"부럽습니다, 각하."

"무슨 말이오?"

"제 스스로 움직이는 자동차를 보니 일본은 언제 저렇게 되나 하는 생각이 앞서 만감이 교차했습니다."

"모든 것에는 원인이 있는 법. 우리 대한제국도 오랜 세월 과학기술 분야에 씨를 뿌리고 공들인 결과요. 하니 일본도 그렇게 한다면 버금가지 않겠소."

"그렇게 할 수만 있다면 좋으련만, 그렇기는커녕 내전을 벌여야 하니 한스럽습니다."

"대사관을 통해 대충 소식은 듣고 있었소이다만, 어떻게 돌아가고 있는 것이오?"

"한마디로 막부군이 수세에 몰리고 있습니다. 저들은 20만 대병인데 비해 막부군은 전부 긁어모아도 10만이 되지 않아 수성에 전념하고 있으나 얼마나 버틸지 암담합니다. 해서 대한제국에 원조를 청하러 온 것입니다, 각하."

"흐흠!"

침음하며 생각에 잠겨 있던 병호가 물었다.

"30만이면 되겠소?"

"네?"

전혀 생각지도 못한 많은 숫자였는지 요시노부의 입이 쩍 벌어져 한동안 다물어지지 않았다. 그런 그가 곧 자신의 실태를 깨닫고 말했다.

"그렇게 많이 지원해 주신다면 우리로서는 더할 나위 없이 좋은 일이죠."

"좋소, 그렇게 하기로 하고, 다른 어려운 사항은 없소?"

"금번 내란의 배후에는 천왕가가 있습니다. 그렇지만 이러지도 저러지도 못하고 있으니 참으로 곤혹스럽습니다."

그 저의를 파악한 병호가 말했다.

"우리도 천왕가를 어찌하기에는 부담스럽긴 마찬가지죠. 어쨌거나 백성들의 존경을 받고 있는 천왕가이다 보니 우리가 만약 천왕가를 없앤다면 우리 공산품은 발붙일 여지가 없을 것이오."

"그야 대한제국도 그렇겠습니다만……."

"원만히 나라를 다스리려면 공무합체(公務合體)는 어떻겠소?"

"권력을 나누어 행사하라고요?"

"그렇소. 막부로서는 싫겠지만 그래야만 정국이 안정되지 않겠소?"

"흐흠……!"

"아니면 대정봉환(大政奉還)이라는 구호가 나오지 않겠소?"

"아니래도 반 막부파의 주장이 그것입니다. 막부를 폐쇄하고 천왕에게 권력을 모두 돌려주라니 막부로서는 도저히 받아들일 수 없는 안이죠."

"그러니 선제적으로 공무합체를 주장하란 말이오. 하면 저들의 창끝도 무뎌져 이탈하는 번도 나올 것이오."

"흐흠……!"

요시노부가 깊게 생각하는 동안 조심스럽게 문이 열리며 푸짐한 주안상이 들어오기 시작했다. 그렇게 풍성한 주안상이 차려지고 나서야 요시노부가 답을 했다.

"아무래도 각하의 뜻에 따르는 것이 현명하겠습니다."

"좋소, 그렇게 하도록 하고 이제 술이나 듭시다."

"네, 각하."

곧 대기하고 있던 네 명이 양쪽에 앉아 술을 치며 아양을 떠는 것으로 둘만의 주연이 시작되었다.

주연은 화기애애했다. 그럴 수밖에 없는 것이 요시노부로서는 기대 이상의 소득을 거두어 즐거웠고, 병호는 나름대로 계획하고 있는 일이 순조롭게 진행되자 나름 기뻤기 때문이다.

＊　　　　＊　　　　＊

그로부터 일주일 후.

해군 전함 200척과 용선된 상선 100척에 분산 수용된 청군, 아니, 대한제국군 10만이 1차로 일본의 수도 에도에 상륙했다. 그와 때를 같이하여 북해도에서 조련된 5만 군도 일본 북부를 향해 거침없이 밀고 내려갔다.

물론 북해도 병사들의 이동에는 본토의 상선 및 일부 북해도 전함과 상선이 동원되었음은 두말할 나위도 없다. 아무튼 그리고 10일이 또 지나자 일본 땅에는 대거 20만 군이 더 투입되었다.

투입된 곳은 일본 남부 규수에 10만, 그리고 이번 반란의 주동 번인 야마구치현 일대에 5만, 도사 번에 5만, 다시 에도에 5만을 더 투입시킬 예정이다. 야마구치현은 일본이 말하는 소위 혼슈(本州), 즉 본토(本土)에서는 최남단에 위치해 있으므로 대한제국에서 보아도 접근성이 용이한 곳이다.

또 도사 번은 일본 남부에 위치한 현 시코쿠 남부 고치(高知)현 1국을 차지하고 있는 번이었다. 정식 명칭은 고치번(高知藩)이며, 번청은 지금의 고치시에 있는 고치성에 위치해 있었다.

번주는 야마우치 가문(山内家)이며, 그 가격(家格)은 오히로마급 자리(大広間詰席)의 도자마 다이묘로, 역대 번주는 국주격(国主格)에 해당됐다. 뿐만 아니었다.

여기에 해군도 철수하지 않고 일본에 남아 화력지원을 담당해 주니 그야말로 반란군으로서는 천지붕렬(天地崩裂)의 대재앙의 전조가 아닐 수 없었다.

하늘이 무너지고 온 대지가 찢기는 참화의 전주곡이 일본 전토에 울려 퍼지려는 이 즈음, 일본의 기후는 찬란하던 벚꽃도 떨어진 지 오래였고, 돋아난 잎들의 색깔이 점점 짙어지는 시점이었다.

그런 속에서 제일 먼저 재앙을 입은 곳은 의외로 조슈번이었다. 고대부터 중국과 한반도를 잇는 해류 교통의 요충지로 선진 문화의 창구가 됐던 곳이다. 주고쿠산지(中國山地)의 서쪽 끝을 차지하는 지역으로, 동부에 해발고도 1,000m를 넘는 산지가 있을 뿐 대부분의 지역이 해발고도 500m 전후의 구릉성 산지였다.

니시키가와강(錦川), 후시노강(淑野川), 고토강(厚東川) 등이 흐르며, 야마구치분지, 이와쿠니(岩國)평야를 제외하고는 평지도 모두 규모가 작았다. 여기에 전국 제1의 무연 탄광인 오미네(大嶺) 탄광이 있어 만약 대한제국과 합병이 된다면 주요 자원으로 활용될 수 있을 것이다.

또 아키요시 대지를 중심으로 한 석회석과 대리석 또한 못지않은 자원이 될 것이다. 더하여 인근 해의 발달한 어장에 대한제국의 선진 어법을 적용한다면 훌륭한 수산자원이 될 것이다.

이런 효과는 부수적으로 딸려오는 것이고, 우선은 이 영토를 지배하고 있는 조슈번을 초토화시키는 것이 먼저였다.

이에 따라 동해 연안에 포진된 수많은 섬을 요리조리 잘도 피해 세토나이카이(瀨戶內海) 내해에 든 100척의 전함과 50척의 상선은 곧 5만 군을 육지에 상륙시키기 위해 저들의 철포 진지에 대해 융단폭격을 자행하기 시작했다.

우르릉! 쾅쾅쾅!

콰르르! 쾅쾅쾅!

쾅쾅쾅! 콰르르! 쾅쾅쾅!

문자 그대로 천지붕렬의 대재앙이 철포 진지는 물론 주변 해안 일대를 순식간에 쑥대밭으로 만드니 멋모르고 대항하던 번병들이 떼죽음당하는 것은 덤이었다.

이렇게 일본 합병의 전주곡이 조슈번의 야마구치현부터 울려 퍼지기 시작했다.

이것이 시작이었다. 이들은 야마구치현을 정복하는 대로 계속 북상하며 저항하는 번을 차례로 점령해 나갈 것이다. 이런 현상은 도사번이 있는 시코쿠섬도 마찬가지이고, 사가번을 기점으로 한 규슈도 5만 상륙군에 의해 차례로 점령될 것이다.

그러나 양 병력이 집결한 에도는 문제가 좀 달랐다. 반란군 20만 명에 막부군 약 10만 명, 여기에 추가 투입한 군까지 대한제국군 15만이 집결해 건드리면 곧 폭발할 것 같은 최고의 긴장감을 유지하고 있었다.

양 군이 마주한 곳은 에도에서도 서쪽에 위치한 소위 '무사시노대지(武藏野臺地)'라는 곳이었다. 무사시노대지는 오메(青梅) 부근을 정점으로 하여 남동 방향으로 경사하는 해발고도 20~190m의 평탄 대지였다. 대지는 화산회토(火山灰土)로 뒤덮여 있어 반란군의 마음처럼 암울 그 자체였다.

무슨 꿍꿍이속인지 막부군과 대한제국군의 연합군은 긴장감만 조성한 채 전혀 움직이지 않으니 경거망동할 수 없는 각 번의 연맹인 반란군은 덩달아 세월만 죽이고 있었다.

이런 속에서 반란군 진영으로 속속 비보가 날아들고 있었다. 조슈번을 필두로 규슈의 사가번, 북부의 제번들이 대한제국군에 초토화되었다는 소식에 이어 이제는 주변 제번들이 대한제국군에 점령당하고 있다는 소식은 이들을 초조케 하는 것을 넘어 전의를 상실케 하고 있었다.

이에 따라 아예 점령당한 번의 번주들은 결사항전을 주장하는 반면에, 아직 피해를 입지 않은 번들은 어떻게 하면 병력을 철수시켜 자신의 번을 지킬 것인가에 대한 모의로 내부부터 서서히 균열이 일어나고 있었다.

이렇게 한 달이 더 흐르자 연둣빛을 띠던 잎들이 완연히 푸르러지는 가운데 밤새 탈주하는 번들이 속출하기 시작했다.

이에 연맹의 수장으로 선출된 모리 다카치카(毛利敬親)는 애가 타지 않을 수 없었다.

1837년 가문의 번주가 된 이래 유능한 가신을 등용하고 젊은이들의 재능을 비호함으로써 가난하던 조슈번을 풍요롭게 하여 막말의 웅번(雄藩)으로 성장시킨 그이지만 속수무책이 아닐 수 없었다.

이해가 일치하지 않는 관계로 속속 번으로 귀환하는 그들과 다투어 적전분열을 할 수도 없고, 그렇다고 방치할 수 없는 진퇴양난 속에 그와 이미 멸망한 번주들이 택한 최후의 안은 적극 공세였다.

시간을 더 지체하는 것은 더욱 전력을 약화시킬 뿐이라는 생각이 작용한 것이다. 아무튼 이렇게 되어 먼동이 트기 시작하는 새벽 4시 30분 반란군 14만은 총공세를 시작했다.

이에 선두에 포진해 있던 막부군 10만이 응전에 나섰다. 그러나 그들의 응전은 예상 이하였다. 새벽 기습에 당황했는지 속속 무너지는 막부군이 채 전열을 정비하기도 전에 죽음을 각오한 반란 무리는 적극 공세에 임해 그들을 계속 후퇴케 했다.

그런데 자세히 보면 무언가 이상했다. 막부군 중앙은 속절없이 무너져 정신없이 후퇴하기 바쁜데 양 측면은 의외로 선전하며 꿋꿋이 버티고 섰다. 그렇게 되니 자연적으로 반 포위망이 형성되고 있었다.

이를 뒤늦게 간파한 모리 다카치카가 측면 공세를 더욱 강화하라 지시하는데, 밀고 내려간 최전방부터 일대 변화가 일어나기 시작했다. 그것은 수십 발의 포성으로부터 시작되었다.

평! 평! 평!

우르릉! 쾅쾅쾅!

콰르르! 쾅쾅쾅!

수백 발의 박격포 공격에 이은 수백 문의 대한제국군의 대포가 일제히 전장을 향해 불을 뿜기 시작하자 종전의 전투와는 전혀 다른 양상의 전투가 전개되기 시작했다.

반란 무리나 막부군이 겨우 대한제국군이 제공한 드라이제형의 소총이나 낡은 조총으로 콩닥거리는 데 반해 전방을 초토화시키는 대공세 앞에서는 일대에 남아나는 것이 없었다.

인간이고 장애물이고 모두 하늘로 비산시키며 일대를 초토화시키니 주변 일대는 탄흔으로 깊숙이 파인 웅덩이뿐. 너무나 가공할 적의 화력에 깜짝 놀란 반란군 무리는 공격은커녕 피하기에 급급하니 일대는 아수라장이 되었다.

놀라기는 마찬가지인 막부군이 가슴을 쓸어내리는데 자동소총으로 무장한 대한제국군이 전면에 등장해 교전하기 시작했다. 이에 그나마 전투 의지를 가지고 있던 자들조차 전방의 아군이 짚단 쓰러지듯 쓰러지는 것을 보고는 뒤도 안 돌아보고 튀었다.

그러자 저희들끼리 엉켜 자빠지고 넘어지고 엉망진창이 되었다. 그런 속을 대한제국의 포병들이 또 한 번 곡사로 원거리 포격을 감행했다. 곧 수백 문의 포탄이 하늘을 가로질러 아수라장이 된 적진에 떨어졌다.

콰르르! 쾅쾅쾅!

우르릉! 쾅쾅쾅!

쾅쾅쾅!

또 한 번 그야말로 천지붕렬의 굉음 속에 피아 가릴 것 없이 귀를 틀어막기 바쁜데, 포탄 세례를 받은 곳은 반경 일 장이 목불인견의 참상으로 뒤덮였다. 이렇게 되니 더는 견딜 수 없게 된 반란 무리가 후퇴 명이 떨어지기도 전에 각자 알아서 도망쳤다.

그러자 신이 난 막부군이 총공세로 전환해 악착같이 반군의 뒤를 쫓기 시작했다. 이때부터는 전투가 아니라 일방적인 사냥이요, 도살이 시작되었다고 해도 과언이 아니었다.

그런 속에서 오로지 대한제국군만이 여유 만만이었다. 전투를 하는 것이 아니라 어디 원족(遠足: 소풍)이라도 나온 듯 어슬렁거리며 막부군의 뒤를 뒤쫓기 시작했기 때문이다.

아무튼 짐승 몰이를 당하고 있는 반란군에게 막부군은 이제 사냥보다는 적극 투항을 권유하기 시작했다.

"항복하라!"

"항복하면 살려준다!"

이에 더는 견딜 수 없게 된 반란 무리가 대거 투항에 나서고 일부 후미에 위치해 있던 자들은 더 열심히 달아나 전투 지역을 벗어났다.

즉, 에도 지형 서쪽에서부터 동쪽으로 간토산지(關東山地), 다마구릉(摩丘陵), 사야마구릉(狹山丘陵), 무사시노대지, 아라카와강(荒川), 에도강(江戶川)의 순으로 계단 모양으로 낮아져서 에도만(江戶灣)으로 이어지는 지형과 무관치 않았다. 간토산지는 에도 서쪽 경계에 있는 구모토리산(雲取山: 2,018m)을 최고봉으로 하여 1,500m 이상의 산봉이 이어지다가 점차 낮아지며 깊은 계곡과 산지를 이루는 까닭에 그 속으로 숨어든 것이다.

이렇게 되니 이들이 은신하면 그들을 찾아내 격멸한다는 것은 아무리 연합군이라도 참으로 힘든 일이었다. 따라서 곧 이들에 대한 추격 중지 명령이 떨어지고, 항복병을 받자마자 곧바로 전장을 정리하라는 명이 떨어졌다.

이 시간이 설명으로는 이렇게 간단하지만 시간상으로는 장장 네 시간이나 소요된 대전투였다. 이것이 일본을 병탄하는 데 결정적으로 기여하게 되는 '무사시노 전투'의 대강으로, 대한제국의 역사에도 길이 남을 쾌사가 아닐 수 없었다.

아무튼 곧 전장 정리가 실시되어 인원 파악을 해보니 막부군 3만 명이 사상된 데 비해 적은 그 배가 되는 6만의 사상자에 5만의 항복병, 그리고 3만이 패주했다.

이러니 전투 전에 돌아간 6만 명을 감안하더라도 반란 무리는 9만 명 정도만이 살아 돌아갔으니 대참패가 아닐 수 없었다. 이 전투의 여파는 전국적으로 미쳤다. 더 이상 저항했다가는 잃는 것은 번령뿐임을 잘 알게 된 각 번주들이 스스로 찾아와 항서를 쓰기 시작했다.

그 바람에 일본열도 전역에 총성과 포성이 멎었다. 그러나 항서를 쓴 번에도 대한제국군이 속속 배치되고, 이것은 곧 일본 전역이 대한제국의 지배하에 들어가는 서막임을 그때까지 그들은 알지 못했다.

                    *   *   *

녹음이 짙푸른 에도성(江戶城)에 이상적이 발을 들여놓고 있었다. 이곳에 올 때마다 느끼는 것이지만 이상적은 대한제국에 총리 김병호와 같은 인물이 출현하지 않았다면 조선이 일본에 먹히지 않았을까 생각해 본다.

이 당시 일본의 에도성은 세계 최대의 도시였다. 130만 인구가 사는 에도는 이미 국제적인 도시였던 것이다. 18세기 초에 벌써 인구 100만을 넘어선 에도는 참근교대제(參勤交代制)로 인해 상주인구가 대거 불어났다.

이는 각 영주들이 오가기 위한 도로망을 발달케 했고, 또 에도에 머무는 각 영주와 그를 수발드는 인원으로 인해 이들의 소비를 뒷받침하기 위한 상인들 또한 크게 번창해 에도가 대상업도시로 면모하는 계기가 된 것이다.

아무튼 5층짜리 천수각을 중심으로 혼마루(本丸)와 니시노마루(西の丸) 등 두 겹의 해자가 둘러싸고 있는 에도성. 양 해자 사이를 잇는 다리를 지나 에도성 중심지에 든 이상적은 실세 요시노부를 대면하고 그와 함께 쇼군 도쿠가와 이에모치를 예방하기 위해 그의 거소로 찾아들었다.

이상적이 그의 거소에 들자 미리 통보를 받은 탓인지 19세의 이에모치가 의젓하게 앉아 그를 기다리고 있었다. 154센티의 키에 가늘고 긴 얼굴, 우뚝한 콧날 등 역대 쇼군 가운데에서는 가장 귀족적인 외모라는 평가를 받는 그다.

그러나 각기병을 앓고 있는 그는 곧 자세를 흐뜨리며 무료한 눈으로 이상적을 맞았다. 그런 그에게 이성적이 정중히 예를 표하며 안부를 물었다.

"편안하셨습니까, 쇼군?"

"내 몸이 편치 않아 멀리 나가 맞지 못했음을 용서하시오."

"별말씀을 다 하십니다. 그러나저러나 공무합체나 대정봉환에 대해서는 어찌 생각하십니까?"

"우리가 이겼는데 군이 그렇게 할 필요가 있소?"

"시대 조류가 변했습니다."

한마디 하고 이상적이 입을 굳게 다물자 부은 다리를 주무르며 이에모치가 만사 귀찮다는 듯 답했다.

"나는 잘 모르겠으니 여기 있는 노중(老中)과 잘 협의하여 처리하여 주시오."

각기병 증상의 하나로 생긴 의욕 저하로 인해 그는 모든 것이 귀찮았다. 따라서 이에모치는 둘이 빨리 사라지기만 바랐다.

"알겠습니다. 그럼……."

정보부의 보고로 그의 증상을 알고 있던 이상적은 곧 작별 인사를 하고 요시노부와 함께 그 자리를 떠났다.

다시 요시노부의 집무실로 돌아온 둘은 잠시 차를 마시며 날씨 이야기 등으로 담소를 나누다가 곧 본론으로 들어갔다.

"종전 쇼군의 말씀대로 우리가 승전한 이상 군이 그럴 필요가 있습니까?"

"모르시는 말씀. 이제 시대 조류에 눈뜬 각 번주들에 의해 모든 것이 예전 같지 않음을 알아야 할 것이오. 따라서 대정봉환을 행함으로써 분란의 씨앗을 잠재우고, 날로 늘어나는 백성들의 욕구를 반영하여 일대 개혁을 단행하는 것만이 일본이 안정 속에 발전할 수 있는 길이오."

"하면 막부가 더 이상 존재할 가치가 없지 않소? 그렇게 되면 대한제국의 지원도 헛된 것은 물론 애초의 약속과도 어긋나는 것이 아니오?"

붉게 상기된 요시노부의 항의에도 불구하고 이상적은 조용조용 자신의 할 말만 했다.

"대한제국이 최우선으로 생각하는 것은 일본의 안정이오. 아니더라도 세계 곳곳에서 분쟁과 소요가 계속되고 있는데 일본이 계속해서 소란스러우면 우리의 힘을 일부 이곳에 묶어두어야 하지 않겠소? 때문에 우리가 세계를 경영하는 데 큰 차질을 빚는단 말이오."

"이제 더 이상의 소요는 없을 것입니다. 금번에 저항하는 각 번을 응징한 데다 이번 전쟁에 참가하지 않은 각 번들도 속속 항서를 쓰고 있는 것을 잘 알고 있질 않소?"

"하지만 천황이 승복치 않으니 배후에서의 그의 충동질은 계속될 것이고, 머지않아 소요는 또 되풀이될 것이오."

"차제에 천황제를 없애는 것이 어떻겠소?"

"이제 백성들까지 봉기에 끌어들일 작정이오?"

"그, 그런 것은 아니지만……"

"더 이상 여러 말할 것 없소. 차제에 대정봉환을 행하는 것으로 합시다."

"그렇게 되면 막부는 어찌 되는 것이오?"

"막부 또한 오사카를 중심으로 일정 영지를 할당받고 정무에도 참여하는 길을 열어 두겠소."

"허허, 거참……. 궁극적으로 당신들의 속셈이 이것이었군. 내가 볼 때는 말이 대정봉환이지 천황은 여전히 꼭두각시고 대한제국이 실질적으로 일본을 지배할 속셈 아니오?"

"무슨 근거로 그런 말을 하오?"

"항복한 각 번까지 대한제국군을 속속 배치하는 것도 그렇고, 병력의 여유가 있음에도 불구하고 미합중국에 파견된 아군을 귀국시키지 않는 것 또한 그 일환이라 생각되오."

그의 올바른 지적에 이상적 또한 더 이상 탈을 쓰지 않고 본래의 진면목을 드러내 그를 윽박질렀다.

"어찌할 것이오?"

"하하하!"

갑자기 대소를 터뜨린 요시노부가 곧 우뚝 웃음을 멈추고 엄숙한 표정으로 말했다.

"대한제국이 야욕을 노골적으로 드러낸 이상 우리도 결코 굴하지 않고 투쟁에 나설 것이오."

"그래봤자 영지도 얻지 못하고 쇼군가의 대가 끊기는 불행한 사태만 초래할 것이오."

"그렇다고 순순히 대일본의 국권을 대한제국에 넘겨줄 수는 없소."

"정 관을 봐야 눈물을 흘리겠다면 나도 더 이상은 만류하지 않겠소. 이후의 일은 당신 책임이니 알아서 하시오."

"후후후! 그렇다고 내가 겁먹을 줄 아오? 어림 반 푼어치도 없는 소리!"

격앙되어 소리치는 요시노부를 더 이상 상대하지 않고 이상적이 자리에서 벌떡 일어나자 그를 무시무시한 눈으로 노려보며 요시노부가 말했다.

"생각 같아서는 당장에라도 당신을 구금해 두고 싶지만 그간의 정리를 생각해 그냥 보내는 것이니 고마운 줄이나 아시오."

"후후후! 만약 그런 일이 벌어진다면 어떻게 될까?"

이 말을 하고 잠시 시차를 둔 이상적이 담담하게 말했다.

"이 에도성에 진주한 대한제국군 15만에 의해 에도성이 쑥대밭이 되는 것은 순식간의 일이고, 풀 한 포기. 가축 한 마리 살아남지 못하는 생지옥으로 변할 것이라는 것만 명심하면 될 것이오."

"꺼지시오!"

입씨름까지 밀리자 더 이상 상대하기 싫다는 듯 추방령을 내리는 요시노부였다. 이에 이상적은 말없이 돌아서서 뚜벅뚜벅 걸어 그 자리를 벗어났다.

에도성을 벗어난 이상적은 곧 군영이 있는 고토(江東)로 돌아왔다. 이곳은 스미다강(隅田川: 아라카와강의 하류) 동쪽으로 '제로미터 지대'라고 불리는 해면(海面) 이하의 땅을 메운 곳이다.

아무튼 이곳에 설치된 군영에는 대한제국군 15만 명이 주둔하고 있었다. 아니, 더 정확히는 반란군 포로 5만을 더하여 20만이 머물고 있었다. 사전 계획에 의해 반군 항복병까지 대한제국이 맡아야 한다고 파일군(派日軍) 총사령관 이원회가 주장하여 관철한 때문이다.

아무튼 군영에 든 이상적은 곧장 이원회 총사령관의 막사로 찾아갔다.

"어서 오시오, 외무대신 각하!"

"수고가 많소!"

"수고랄 게 뭐 있나요? 어린아이들 데리고 소꿉장난하는 것 같아 무료하기만 한데요."

"아니요. 우리의 계획이 어그러졌으니 한바탕 시위를 좀 해 주어야겠소."

"어떻게요?"

"5만 명은 에도성을 포위하여 쇼군 이하 막부 요인들을 겁박하고, 7만은 어떻게 될지 모르는 막부군과의 전투준비를 해 주시오. 그리고 3만은 이곳에 남아 포로들을 관리해 주었으면 좋겠소."

"3만을 제외한 전군이 움직여야겠군요. 막부군을 견제하기 위해서는 야마노테(山手) 상부로 진격해야 하고 에도성 또한 포위해야 하니까요."

"그렇소."

이렇게 되어 대한제국군이 움직이기 시작하는 가운데 이상적은 에도만에 정박 중인 대한제국해군 함상으로 가서 일시 휴식을 취했다. 몸 상태가 좋지 않았기 때문이다. 이렇게 함상에서 이날 밤을 보낸 이상적이 막 에도성을 찾기 위해 움직이려는데, 이원희 총사령관이 함상의 이상적을 찾아왔다.

"에도성으로 가시게요?"

"그렇소이다만."

"위험합니다."

"어제도 위험했소이다만?"

"오늘은 어제와 상황이 완전히 다릅니다, 각하."

"……"

말없이 이상적이 이원희를 바라보고 있자 곧 이원희가 그 이유를 들려주었다.

"7만 막부군이 에도성으로 들어갔습니다."

"동작 한번 재빠르군."

"막부의 운명이 좌우되는 일인데 등한히 할 리 있나요?"

"그도 그렇습니다만, 어찌 되었소?"

"12만 대군으로 하여금 에도성을 완전히 포위해 놓았습니다."

"잘하셨소."

일단 치하한 이상적이 걸음을 떼며 말했다.

"그래도 가야겠소."

"너무 위험한 일 아닙니까?"

"내 임무요."

"허허, 이것 참……."

더는 말릴 수도 없고 그렇다고 가라 할 수도 없는 이원회가 민망한 웃음만 짓고 있는데, 몇 걸음 떼던 이상적이 그제야 생각난 듯 품에서 밀봉된 서신 하나를 꺼내 내밀며 말했다.

"참, 이것 받으시오."

"이게 뭡니까?"

"내가 오늘이 지나도 나오지 않으면 그때 뜯어보도록 하시오."

"혹시 유서?"

"쓸데없는 소리 마오!"

일축한 이상적이 다시 걸음을 떼자 아무래도 그의 유서 같다는 생각이 들어 더는 참을 수 없게 된 이원회가 어깨를 나란히 하며 말했다.

"소장이 직접 호위하겠습니다."

이 말에 갑자기 이상적의 표정이 근엄해지며 호통치듯 말했
다.

"무슨 소릴 하는 것이오, 지금! 일본에 파견된 30만 군을 총
지휘해야 할 일군의 총수가 그렇게 가볍게 행동해서야 되겠
소?"

이원희의 나이 금년 60세. 내년이면 환갑이요, 이상적보다
는 한 살 어려 어린아이가 어른에게 훈계 듣듯 할 나이는 아
니었지만, 사지로 떠나는 노대신을 그냥 보낼 수만은 없어 나
섰다가 되레 혼나고 찔끔한 표정으로 그가 말했다.

"하면 호위병만이라도 데리고 가십시오."

"만약 내가 영어되는 불행한 사태가 온다면 그들이라도 온
전하겠소? 그러니 홀가분하게 나 혼자 가게 내버려 두오."

그 말 또한 일리가 있는지라 이원희가 멍하니 바라보고 있
는 가운데 이상적은 홀로 함상을 나와 곧 에도성으로 향했다.
머지않아 에도성에 도착한 이상적이었지만 안으로 들어가는
것조차 쉽지 않았다.

자신의 용건을 몇 번 말하고 이각을 기다려서야 간신히 에
도성 안으로 들어갔으나 곧 결박되어 요시노부와 대면할 수
있게 되었다. 만나자마자 양인의 눈에서 불꽃이 튀었다. 이상
적이 고요한 표정이나 차가운 목소리로 힐난하듯 물었다.

"정말 이렇게 나올 것이오?"

"대한제국이야말로 정말 이렇게 나올 것이오?"

"허허, 이것 참, 정말 관을 눈앞에 두어야 눈물을 흘릴 사람이군."

이 말에 표정이 조금 누그러진 요시노부가 이상적에게 사정하듯 물었다.

"진정 생각에 변함이 없으십니까?"

"당신이야말로 달리 생각할 수 없소?"

되묻는 이상적을 어이없다는 표정으로 바라보던 요시노부가 실소하며 말했다.

"당신과는 이야기가 통하지 않으니 내 총리 각하를 직접 만나 담판을 지어야겠소."

"이 성을 빠져나갈 수도 없거니와 만약 우리가 포위망을 열어주어 총리 각하를 만난다 해도 소용이 없을 것이오. 이는 총리 각하 이하 내각의 결정이므로 이럴 생각이 없었다면 아예 이런 짓을 하지도 않았을 것이오. 하니 쓸데없는 생각 말고 나나 쇼군에게 인도해 주시오. 나야말로 직접 쇼군을 만나 그의 의사를 들어야겠소."

"어딜! 어림 반 푼어치도 없는 소리! 내 의사가 곧 쇼군의 의사요!"

요시노부의 강력한 반발에도 이상적 또한 자신의 의사를

굽히지 않았다.

"이제 당신도 섭정에서 물러날 때가 되었군. 쇼군의 나이 19세면 엄연히 성인. 하니 나는 직접 그의 의사를 듣고 가부간의 의사 결정을 하겠소. 만약 쇼군마저 당신과 정말 똑같은 생각이라면 나를 어찌해도 내일 동이 트는 시간이면 에도성은 곧 잿더미로 변하고 말 것이오."

"허허, 이를 어찌한다?"

잠시 생각하며 다람쥐 쳇바퀴 돌 듯 제자리를 맴돌던 요시노부가 한 가지 다른 제안을 했다.

"좋습니다. 우리가 양보를 하죠. 외교와 재정권을 대한제국이 가지되, 우리 막부 또한 공무합체(公武合体)로 천황과 함께 내정을 보다 안정되게 이끌 것이오. 어떻소?"

"거기에 군사권을 포함한다면 내각에 한번 건의를 해볼 의향이 있소."

"말도 안 되는 소릴. 군사권을 잃으면 그게 어디 나라라 할 수 있겠소? 최악의 경우 대한제국이 우리 일본국 신민을 마음대로 징집하여 외국과의 전장에 파병한다 해도 우리는 아무 말 못 하고 당해야 하는 것 아니오?"

"그래도 나라 전체가 아예 없어지는 것보다는 낫지 않겠소?"

이 말에 갑자기 요시노부가 이상적의 면전에 엎드리더니 간곡한 어조로 말했다.

"각하, 전날의 우의를 생각해서라도 외교권과 재정권만으로 만족하시고 우리의 국권을 보존해 주시오!"

"외교권이야 진즉에 우리가 실질적으로 행사하지 않았소?"

"그거야 우리를 양이들로부터 지키기 위한 일시적 위임이지 공식적인 조약으로 체결된 것은 아니잖습니까?"

"흐흠……!"

이상적이 침음하며 조금의 빈틈을 노정하자 요시노부는 더욱 간절하게 매달렸다.

"일단 그렇게 총리 각하께 보고하여 그 의중을 여쭤봐 주시오."

"좋소. 당신이 그렇게 매달리니 그대로 행하겠지만, 아마도 힘들 것이니 큰 기대는 하지 마시오."

"어찌 되었든 일단 총리 각하의 의중이나 여쭤봐 주시오."

"알겠소. 내 곧 회신을 갖고 찾아오리다."

"그러시오."

곧 이상적은 에도성을 나와 대한제국 해군의 함상으로 돌아왔다.

그리고 곧 그는 해군을 지휘하고 있는 신헌과 협의하여 본국 정부에 이들의 의사를 무선으로 타전하였다. 한편 이 소식을 접한 총리 김병호는 곧 내각회의를 개최해 각부 대신들의 의사를 물었다.

그 결과는 자신이 예상한 대로 찬반으로 크게 엇갈렸다. 그대로 수용하자는 안과 차제에 일본을 병탄하자는 안으로 크게 의견이 나누어진 것이다. 이에 병호는 완전 합병보다는 못하지만 실질적으로 병탄의 효과가 있는 군사권까지 포함하겠다는 중재안으로 회의를 마무리했다.

그리고 이를 이상적에게 급히 타전해 이것이 대한제국의 최후 안으로 만약 이를 받아들이지 않으면 무력으로 이를 관철하라는 지시를 내렸다. 이에 이상적은 총리의 지시를 이행하기 위해 다시 에도성으로 향했다.

에도성으로 가는 그의 발걸음은 결코 가볍지 않았다. 요시노부의 간절한 표정을 생각하면 마음이 무겁기도 했지만 몸 또한 무거웠다. 작년부터 몸이 예전 같지 않아 총리께 사의를 표했으나, 올 한 해만 더 근무해 달라는 요청에 마지못해 승낙한 것이 결국 오늘에까지 이르게 된 것이다.

물론 작년 연말에도 또 한 번 사의를 표했으나 딱 1년만 더 근무해 달라는 말에 어쩔 수 없이 응했으나, 몸은 확실히 더 쇠해졌음을 근일에도 실감하고 있었다. 함상에서 지내는 이틀 동안에도 끙끙 앓았지만 임무를 완수하기 위해 오늘도 영 좋지 않은 몸을 이끌고 에도성으로 향하고 있는 것이다.

자신이 생각해도 기름이 다한 등잔과 다름없는 몸임을 인지하고 있지만, 협상 중간에 돌아갈 수 없어 억지로 노구를 이끌고 협상에 임하고 있는 것이다. 아무튼 이런 이상적이 다시 요시노부의 집무실에 들어서자 그가 한 가닥 기대를 품고 급히 달려들었다.

"어찌 되었소?"

"30만 대군을 가지고도 무슨 협상이냐고 호통만 들었소."

"어찌 그럴 수가……!"

잠시 정신줄을 놓은 듯 황망한 표정으로 한동안 멍하니 서 있던 요시노부가 체념 어린 목소리로 말했다.

"정 그렇다면 군사권까지 포함하는 조약으로 갈음합시다."

"험험, 그렇게 되어서는 내가 면이 안 서는 것은 고사하고 문책을 당하는데……."

이상적이 또 조금의 빈틈을 노정하자 요시노부가 급히 무릎을 꿇고 이상적의 발치에 매달렸다.

"제발 좋은 일 하는 셈 치고 나라의 명색만이라도 보존케 해주시오."

"노중의 뜻이 그렇게 간절하니 정 그렇다면 쇼군의 동의를 받아오시오. 나야 어떻게 되든 상관 말고. 아니라도 보시오, 내 모습을. 올해도 못 넘길 것 같으니 내 죽기 전에 당신과의 우의를 생각해서 그것만은 들어주리다."

"고맙소이다."

황망히 감사를 표한 요시노부가 그길로 득달같이 쇼군의 집무실로 달려갔다. 그러고 나서 채 일각도 되지 않아 요시노부가 돌아오는데 그 표정이 심상치 않았다. 그래서 이번에는 이상적이 급히 물었다.

　　"왜, 쇼군이 반대하는 것이오?"

　　"아니오."

　　"그런데 왜 표정이 그렇소?"

　　"인생이 허망하고 허망해서 그러외다."

　　"그건 또 무슨 소리요?"

　　"내 나이 아직 젊지만 갑자기 노부나가 공의 시가(詩歌)가 떠올라서 말이오."

　　곧 처연한 표정의 요시노부가 노부나가가 생전에 즐겨 불렀다는 '인생 오십 년(人生 五十年)'이라는 시가를 암송하기 시작했다.

　　생각해 보면 이 세상도 영원히 쉴 집은 못 되고
　　풀잎에 맺힌 이슬은 물가에 이지러진 달빛보다 아름답구나.
　　황금빛 골짜기에서 꽃을 노래하던 영화는
　　먼저 무상한 바람에 흩날리고
　　남쪽 망루의 달과 노닐던 이들도 달보다 먼저 가버려
　　무상한 이 세상의 구름에 가리우고

인생 오십 년, 돌고 도는 인간 세상에 비한다면 일장춘몽인 것을

한 번 태어나 죽지 않을 자 그 누구인가, 죽지 않을 자 그 누구인가.

인생 오십 년, 돌고 도는 무한에 비한다면 덧없는 꿈과 같구나.

한 번 태어나 죽지 않을 자 그 누구인가, 죽지 않을 자 그 누구인가.

'한 번 태어나 죽지 않을 자 그 누구인가, 죽지 않을 자 그 누구인가'라는 후렴구를 무한히 반복할 듯하던 요시노부의 신형이 갑자기 앞으로 푹 꼬꾸라졌다.

"이보시오! 이보시오! 요시노부 공!"

이상적의 다급한 부르짖음에도 불구하고 벌써 요시노부가 엎어진 다다미 앞이 핏물로 흥건해지고 있었다. 이때 고개를 든 요시노부가 오히려 평온한 표정으로 실소하듯 웃었다.

"후후후, 내 어찌 이 수치를 당하고도 살아남을 수 있겠소. 하지만 쇼군께서 이미 허락하셨으니 양국의 대사에는 차질이 없을 것이오. 윽!"

빠르게 말한 요시노부가 끝에는 고통이 밀려오는지 나지막하게 비명을 지르며 앞으로 더욱 엎어졌다. 그러자 그가 찌른

비수가 더욱 가슴을 파고드는지 그의 안색이 급격히 흐려지기 시작했다.

이 모습을 본 이상적이 다급하게 부르짖었다.

"이보시오! 이보시오! 이러면 안 되잖소?"

그러나 한 번 더 앞으로 꼬꾸라진 요시노부에게서는 더 이상 답이 없었다.

이때였다. 갑자기 주변이 소란스러워지더니 요시노부를 호위하던 군사들이 몰려들기 시작했다. 그런 호위 무사 중 제일 앞쪽에 달려오던 자가 갑자기 장검을 빼어 들고 이상적의 복부를 무자비하게 찔러왔다.

"네놈이……!"

"멈추어라!"

때를 같이하여 청 밖에서 한 소리 호통이 들려왔으나 때가 늦었다.

"내 이럴 줄 알고 달려왔건만 간발의 차로 늦었구나! 이보시오! 이보시오! 외무대신!"

막부의 책사로 활약하고 있는 가쓰 가이슈가 이상적을 붙들고 흔들었다.

그러나 벌써 이상적은 복부에서 피를 계락(홍수의 방언)같이 쏟으며 살리기에는 힘든 상태가 되어 있었다. 그렇지만 이상적의 의식만은 또렷이 살아 있었고, 의외로 그의 입가에는 미소가 맺혀 있었다.

그런 그의 입에서 낮지만 분명한 목소리가 들려왔다.

"이보시게, 요시노부 공. 자네는 인생 30년 아닌가? 나는 인생 60년이고. 하하하! 만족한 삶이었으니 여한은 없다. 총리님께 감사하오. 하하하!"

이내 웃음소리가 잦아지는 것 같더니 이상적의 목이 뚝 꺾였다. 그러나 여전히 그의 입가에는 잔잔한 미소가 맺혀 있었다. 그의 나이 올해 환갑이니 60년을 산 셈이고, 도쿠가와 요시노부의(德川慶喜) 나이 스물여덟이니 27년을 산 셈이다.

"허허, 이런 일이……."

탄식하듯 하늘을 쳐다보는 가쓰 가이슈의 표정은 암담하기만 했다. 그런 그가 결연한 표정으로 호위 무사들을 향해 한소리 호통을 내질렀다.

"모두 물러가라!"

"이자가 우리 노중을 죽였단 말입니다!"

"쓸데없는 소리! 상태를 보면 모르나? 자결한 것 아닌가?"

그제야 호위 무사의 우두머리인 듯한 이상적을 찌른 자가 자세히 요시노부의 사체를 살펴보더니 암울한 표정을 지었다. 그도 이 사태가 막부에 얼마나 불리하게 돌아갈 것인가를 인지한 것이다.

그러나 호위 무사의 우두머리는 무슨 생각을 했는지 결연한 표정으로 가쓰 가이슈에게 말했다.

"차라리 대한제국 놈들과 사생결단을 내는 것이 어떻겠습니까?"

"이 철없는 사람아, 그들의 전력을 보고도 그런 소리가 나오는가?"

곧 머쓱한 표정의 그자가 한 걸음 물러서는데 잠시 암담한 표정으로 서 있던 가쓰 가이슈가 우두머리에게 말했다.

"이 상태 그대로 현장을 잘 보존하도록."

"네!"

짧게 답한 그가 기적을 바라는지 이상적의 호흡을 재차 확인하나 이상적의 호흡은 끊긴 지 오래였다.

일별한 가쓰 가이슈는 곧 쇼군과 대책을 상의하기 위해 그 자리를 떠났다. 그리고 이각 후.

에도성 천수각에 백기가 내걸리는 것 같더니 정문이 천천히 열리며 백기를 든 일단의 인물들이 출현했다.

가쓰 가이슈와 그 일행이었다. 곧 대한제국군 헌병의 안내를 받으며 총사령관 이원희 군영에 도착한 가쓰 가이슈는 면전의 이원희를 향해 급히 무릎을 꿇었다.

"큰 결례를 범했습니다, 사령관 각하!"

"무슨 말이오?"

"회담 도중 섭정 요시노부 공이 자결을 하는 변이 발생하자 영문 모른 그 호위병이 대뜸 외무대신 각하를 살해하는 흉측한 변이 발생했소이다."

"뭣이라고? 그러고도 네놈들이 살기를 바라? 낯짝 두껍게 찾아오는 네놈은 또 뭐고?"

"면목 없지만 우발적인 사건이니 살펴주십시오, 각하!"

"일없다! 내 에도성을 초토화시킨 후 각하의 시신을 찾을 것이다!"

"초토화된다면 어떻게 시신을 찾을 수 있겠습니까?"

"네놈이 아예 남의 분통을 터뜨릴 작정을 하고 왔구나!"

"진정하시죠, 사령관 각하! 내 말 뜻이 그게 아닌 것은 각하께서도 잘 알고 계시지 않습니까?"

"일없으니 네놈은 여기서 우리가 왜놈들의 씨를 어떻게 말리는지 구경이나 하고 있거라!"

이때였다. 흥분한 이원희를 옆에서 조용히 말리는 자가 있었다.

"총사령관 각하, 단독으로 판단할 사안이 아닌 것 같습니다. 본국의 지시를 받는 것이 어떠신지요?"

"끙!"

부관 이상철 중령의 말에 비로소 이성이 살아나 괴로운 신음을 토하는 이원희였다. 곧 정신을 수습한 그가 전령을 파견해 이 사실을 본국 정부에 알리고 어찌할지 답을 달라 청했다.

이 소식을 접한 총리 김병호는 길길이 날뛰었다. 이상적과 함께한 세월이 얼마인가! 그가 두 번씩이나 사의를 표명했건만 자신의 만류로 작금에 이르게 한 바, 자신이 꼭 죽인 기분이었다.

분노와 자책감으로 이성을 잃은 총리 김병호는 곧 일선에 지시하였다. 에도성을 공격하고 무조건 일본을 병탄하라는 지시를 내린 것이다. 물론 이런 일은 사안의 중대성을 감안하여 내각의 의결을 거쳐야 하나 사안이 시급하니 자신이 일단 명을 내리고 추후 내각의 승인을 받으려 하는 것이다.

아무튼 직후 총리 김병호는 즉각 다른 조치도 취했다. 신임 외무대신으로 비서실장 오경석을 임명함과 동시에 일본에 급파한 것이다. 물론 이 역시 황제의 승인을 받아야 하는 사항이나 뒤로 미룬 채 오경석을 일본 현지로 급파했다.

이런 속에서 총리의 명을 받은 총사령관 이원희가 가쓰 가이슈의 항복 의사에도 불구하고 에도성 공격 명령을 내리려는 찰나였다. 갑자기 성문이 활짝 열리며 일단의 인물들이 걸어나오기 시작했다. 이들 역시 백기를 든 상태였다.

이를 보고도 공격 명령을 내릴 수 없게 된 이원희가 이들을 접견했다.

"무슨 일이오?"

"항복을 천명한 지 오래인데 아직 답변이 없어서 찾아뵈었습니다."

정사총재직(政事総裁職)을 맡고 있는 마쓰다이라 요시나가(松平慶永)의 말에 침음하며 생각에 잠겨 있던 이원희가 그에게 물었다.

"병탄을 승낙하겠다는 말인가?"

"무슨 말이오? 외교, 재정과 군사권까지만 양허하기로 하지 않았소?"

"귀측의 아국 외무대신 살해 사건으로 인해 총리 각하의 생각이 바뀌셨다. 무조건 병탄하라는 지시가 새로 내려왔음이야."

"그건 안 될 말이죠. 종전과 같은 조건으로 항복할 테니 받아주시오. 사령관 각하."

애걸하는 마쓰다이라 요시나가의 말에 곤란함을 느낀 이원희가 잠시 생각에 잠겨 있는데 곁에 있던 부관 이상철 중령이 말했다.

"항복한다는 병사를 상대로 공격을 한다는 것은 인륜도의에 비추어보아도 부당한 일입니다. 따라서 항복은 받아들이시고 병탄이니 여타 사항은 추후 논의하는 게 좋겠습니다, 각하."

"당신은 또 무슨 말을 하는 것이오? 대한제국이 우리 일본을 병탄하려 든다면 절대 항복할 수 없소."

"그래? 아니래도 공격하려 했는데 잘됐군."

"왜 이러십니까, 각하?"

이원희의 단호한 말에 요시나가가 그의 바짓단을 잡고 매달렸다.

"공격도 반대하고 그렇다고 병탄에 응하지도 않고, 도대체 어쩌자는 거요?"

부관 이상철마저도 짜증이 나는지 힐난하듯 묻자 지금까지 침묵을 지키고 있던 가쓰 가이슈가 한 가지 제안을 했다.

"공의정체(公議政體) 체제로 전환하면 어떻겠습니까?"

"무슨 말이오? 좀 더 자세하게 설명해 보오."

이원희의 말에 가쓰 가이슈가 곧 목청을 가다듬고 자신의 견해를 밝혔다.

"정말 대한제국이 우리 일본을 병탄하려 든다면 지금과는 전혀 다른 번주들과 사무라이들의 저항에 부딪쳐 대한제국도 크나큰 희생을 치러야 할 것이오. 따라서 양측을 만족시킬 수 있는 대안으로, 대한제국으로 보면 걸림돌이 되는 각 번의 번주들을 제후로 임명하여 번을 해산시키는 것입니다. 그리고 막부는 이 제후회의체, 즉 공의정체의 수장이 되어 지금과 같이 각 제후들을 통솔하고, 또 천황은 대정봉환에 의해 반납된 권한에 의해 이 공의정체를 이끌되 실질적으로 간섭하는 것이 아니라 수장 및 제후의 임명, 내지 해임 권한만 갖는 것입니다. 여기에 대한제국은 기 막부가 약속한 외교, 재정, 군사 권한만 가져도 능히 일본을 실질적으로 통치할 수 있으니 큰 반발 없이 소기의 목적을 달성할 수 있는 것 아닙니까?"

"어렵기는 하지만 무슨 말인지는 알아들었소. 이렇게 되면 또 본국의 지시를 받아야 되는데……."

이원희가 다시 생각에 잠기자 이상철 부관이 조언을 했다.

"매우 일리 있는 안입니다, 각하. 하니 총리 각하께 건의하여 지시를 따르는 것이 좋겠습니다."

"알았다. 다시 전령을 함상으로 파견하여 이 내용을 전하도록."

"네, 각하."

곧 부관이 장막 밖으로 걸어나가자 내부에는 묘한 침묵만이 감돌았다.

그로부터 삼각 후.

총리 김병호의 새로운 지시가 내려왔다. 단 한마디, '허한다'는 내용이었다. 이에 이후의 일은 일사천리로 진행되었다.

무장해제된 막부군 7만이 기존 대한제국군의 병영으로 이거(移去)되고, 쇼군 도쿠가와 이에모치(德川家茂)는 막부의 제2성인 오사카성으로 옮겨졌다. 이로써 1차 막부에 대한 정리가 끝난 상태에서, 급파된 신임 외무대신 오경석이 대한제국의 병영을 찾아들었다.

곧 이원희로부터 전말을 들은 오경석은 남은 일을 실행하기 위해 이원희에게 말했다.

"병력 3만을 교토(京都) 황성으로 파견하는 것이 좋겠습니다."

무슨 말인지 이해한 이원희가 즉답했다.

"좋소. 내가 3만을 통솔하고 직접 가겠소이다."

"그렇게까지는 안 하셔도……."

"아니오. 지금까지의 행태로 보면 천황의 반대가 극심할 것인즉 몸소 임하여 끝을 봐야지요."

"정 그러시다면 함께 갑시다. 육상은 아직 위험하니 해로로 갑시다."

"동감이오."

이렇게 되어 3만 병력과 함께 오경석과 이원희는 해군의 지원을 받아 천황이 거주하고 있는 교토로 향했다.

* * *

녹음이 짙푸른 교토황성, 즉 교토고쇼(京都御所)를 어느 날 홀연히 나타난 대한제국군 3만이 빈틈없이 포위했다. 그리고 이를 주관한 자들은 얼굴을 보이지 않으니 고메이 천황은 더욱 답답함과 초조함을 느끼고 있었다.

이때 실질적 주재자의 하나인 외무대신 오경석은 교토고쇼(京都御所)를 중심으로 즐비하게 늘어선 중앙의 관료, 귀족들의 저택 중 한 곳을 방문하고 있었다. 곧 당금 간바쿠(関白) 모토다 나가자네(元田永孚)를 만나고 있는 것이다.

모토다 나가자네는 조정의 정무를 총괄하는 직인 간바쿠직 외에도 훗날 메이지 천황이 되는 저군(儲君: 황태자) 무쓰히토의 유학 스승으로 재직 중인 인물이었다. 그러나 기 밝힌 대로 금년 47세인 이자는 대한제국에 이미 포섭된 자이기도 했다.

그런 인물이었기에 오경석은 전후 사정을 전하고 대한제국의 입장을 적극 지지해 줄 것을 부탁했다. 이에 그가 동의하자 오경석은 바로 그 집을 나와 막부와 조정 간의 의사를 전달, 조정하는 관직인 부게덴소(武家傳奏)를 찾았다.

그러나 그가 얼마 전 교체되었음을 알고 다시 간바쿠 모토다 나가자네에게 물어 신임 부게덴소를 찾아가니 뜻밖에도 젊은 청년이었다. 이름이 이토 히로부미(伊藤博文)라는 25세의 청년이었다.

나가자네에게 듣기로 이자는 반란의 수장이었던 조슈번의 번주 모리 다카치카(毛利敬親)의 적극 추천을 받아 금번에 이 직에 임명되었다 한다. 그런데 특이하게도 영국 유학파라 했다. 비록 반년밖에 머물지 못하고 귀국한 지 얼마 되지 않았지만 말이다.

아무튼 이자의 이력을 듣고 오경석은 이자가 천황파로서 대한제국의 안에 완강히 반대하지 않을까 하는 생각을 하며 이자의 저택을 찾아들었다. 훗날 알게 된 사실이지만 저택 또한 이자의 것이 아니라 번주 모리 다카치카가 지원한 집이었다.

아무튼 그의 집에서 이토 히로부미와 대좌한 오경석은 그와 몇 마디를 나누자마자 깜짝 놀라고 말았다.

반년 동안이나마 유학 물을 먹어서인지 천황이 주창하는 양이론자가 아닌 상당히 깬 개화론자였기 때문이다. 그러고 보면 이자를 추천한 조슈번주가 예전에 그가 가진 사상만 생각하고 속은 셈이었다.

그러나 막상 일한합방 문제로 들어가자 강력하게 이를 반대했다. 그래서 오경석은 대한제국이 실제로 이루고자 하는 가쓰 가이슈가 주창한 공의정체(公議政體) 체제를 행하고 외교군사재정권을 대한제국에 넘기는 데 찬성하라 했다.

그러자 이토 히로부미는 공의정체는 납득할 수 있으나 3권을 대한제국에 양여하는 것은 강력히 반대한다고 주장했다. 이에 오경석이 몇 번에 걸쳐 강압과 회유를 거듭했으나 마찬가지였다.

결국 그를 회유하는 데 실패한 오경석은 사전에 미리 준비된 치밀한 안에 따라 행동하기로 하고 그 이튿날부터 실행에 들어갔다. 그런데 이 행동 방안이라는 것이 총리 김병호의 결재를 받는 과정에서 많이 수정되었다.

그러니까 그 내용이라는 것이 을사늑약(乙巳勒約) 체결 과정에서 일본이 대한제국에 행한 행동과 상당히 비슷하게 수정되어 있었지만 오경석은 몰랐다. 아무튼 이제 일본 열도가 장마철로 접어든 6월 15일.

아침부터 부슬부슬 비가 내리는 속에 오경석은 황성으로 들어가 고메이 천황을 배알하고, '짐이 동양 평화를 유지하기 위하여 외무대신을 특파하오니 대신의 지휘를 따라 조처하소서'라는 내용의 대한제국 황제의 친서를 봉정하며 일차 위협을 가하였다.

이어 16일 고메이 천황을 재차 배알하여 일한협약안을 들이밀었다. 그러자 매우 중대한 사안이라 조정에서 격론이 벌어졌다. 정보부에서 포섭했다고는 하나 일본이라는 나라 자체가 없어지거나 빈껍데기만 남을 중대 사안에 부딪치자, 포섭된 자들까지 상당수가 반대를 일삼아 결국 부결되었다.

이에 그 이튿날인 17일, 외무대신 오경석은 일본 조정의 공경 대부분을 대한제국대사관에 불러 일한협약의 승인을 꾀하였다. 그러나 오후 3시가 되도록 결론을 내지 못하자 이들은 별도로 궁중에 들어가 어전회의(御前會議)를 개최케 되었다.

이날은 궁궐 주위를 2만 명의 대한제국군이 빈틈없이 에워싸고, 1만 명 중 5천 명은 시내 요소요소에 배치해 무장한 경계를 선 가운데 5천 대한제국군은 쉴 새 없이 시내를 시위 행진했다.

이런 가운데 본회의장인 궁궐 안에까지 무장한 대한제국 헌병들이 거리낌 없이 드나들며 살기를 내뿜었다. 그러나 이런 공포 분위기 속에서도 어전회의에서는 대한제국 측이 제안한 조약을 거부한다는 결론이 내려졌다.

이에 외무대신 오경석이 파일 총사령관 이원희와 함께 세 번이나 고메이 천황을 배알하고 조정 대신들과 숙의하여 원만한 해결을 볼 것을 재촉하였다. 이어 속개된 회의에서는 화가 난 고메이 천황이 불참한 가운데 다시 열린 궁중의 어전회의에서도 의견의 일치를 보지 못하자 오경석은 정공법으로 나갔다.

이원희를 대동하고 헌병의 호위를 받으며 어전으로 들어간 오경석은 다시 회의를 열고, 조정 대신 한 사람, 한 사람에 대하여 조약 체결에 관한 찬부를 물었다.

그러자 우물쭈물하는 자들이 많아졌다. 이에 오경석이 이들의 약점을 폭로하겠다고 협박하자, 이들은 결국 소극적인 반대 의견을 내다가 결국 나중에는 찬의를 표하였다.

즉, 약간의 수정을 조건으로 찬성 의사를 밝힌 것이다. 이렇게 되자 끝까지 반대를 하다 격분한 이토는 고메이 천황에게 달려가 회의의 결정을 거부케 하려다 중도에 쓰러져 실려 나가는 촌극을 빚었다.

이날 밤 오경석은 조약 체결에 찬성하는 대신들과 다시 회의를 열고 자필로 약간의 수정을 가한 뒤 위협적인 분위기 속에서 조약을 승인 받았다. 이로써 어전회의는 통과가 되었으나 천황의 재가가 남았다.

길고 긴 하루가 가고 6월 18일 아침.

오경석은 파일사령관 이원희는 물론 헌병 30명과 함께 어전을 찾았다. 곧 고메이 천황과 대면케 된 오경석은 조약문을 내밀고 재가를 강요했다.

"보다시피 일본의 공경 모두 찬성했소이다. 천황께서도 서명을 해주시기 바랍니다."

"짐으로서는 할 수 없소!"

"무슨 소리요?"

"짐으로서는 목에 칼이 들어와도 재가할 수 없으니 알아서 하시오."

34세의 젊은 천황이 생각보다 더 강경하게 나오자 오경석으로서는 화가 나 더 이상 참을 수 없어 소리를 질렀다.

"재가하지 않으면 강제로 황위에서 물러나게 할 수도 있소!"

"그래도 나는 못 하오! 누천년 면면이 이어온 황위를 짐의 대에서 끊을 수는 없소!"

"조약문도 안 보았소? 황가는 분명 유지된다고 되어 있질 않소?"

"나라를 잃은 후의 황가가 무슨 소용이 있소?"

"허허, 참으로 고집불통이로군."

도저히 안 되겠다고 판단한 오경석은 이날은 그대로 어전에서 물러났다. 그리고 연이틀 어전을 찾아 재가할 것을 종용하였다. 그러나 고메이 천황은 끝까지 반대하였다.

이에 오경석은 비상한 수단을 동원하지 않을 수 없었다. 즉, 고메이 천황을 강제 퇴위시키고 그의 아들인 13세의 어린 무쓰히토를 122대 천황에 즉위시키도록 했다.

이에 따라 이틀 후인 6월 22일에는 역대 왕들의 즉위식이 열린 정전인 시신덴(紫宸殿)에서 메이지 천황(明治天皇)의 즉위식이 조촐하게 열렸다. 그리고 비가 장대같이 쏟아지는 6월 23일 아침.

마침내 메이지 천황이 강제로 조약문에 서명케 되니 비로소 대한제국과 일본은 외적으로는 둘이나 실제로는 한 나라가 되었다. 즉, 외교, 재정, 군사권 일체를 대한제국에 양여(讓與)함으로써 실질적으로는 나라로서의 명운이 끝났다 해도 과언이 아니었다.

아무튼 대한제국의 외무대신 오경석과 일본의 간바쿠 모토다 나가자네[元田永孚] 사이에 조약이 체결되자마자 오경석은 즉시 이 조약문에 대한 내각의 동의 및 황제의 비준을 받기 위해 귀국했다.

곧 조약문이 내각의 의결을 거쳐 황제의 재가를 받았다. 여기서 잠시 그 조약문 내용을 살펴보면 다음과 같았다.

대한제국과 일본국은 양 제국을 결합하는 이해 공통의 주의를 공고히 하고자 일본의 부강의 실(實)을 인정할 수 있을 때에 이르기까지 이를 위하여 이 조관(條款)을 약정한다.

제1조, 대한제국 내각은 재 한양 외무부를 경유하여 금후 일본의 외국에 대한 관계 및 사무를 감리(監理), 지휘하며 대한제국의 외교대표자 및 영사는 외국에 재류하는 일본의 신민(臣民) 및 이익을 보호한다. 또 대한제국은 일본과 타국 사이에 현존하는 조약의 실행을 완수할 임무가 있으며, 일본은 금후 대한제국 내각의 중개를 거치지 않고는 국제적 성질을 가진 어떤 조약이나 약속도 하지 않기로 상약한다.

제2조, 일본은 이 조약이 체결되는 즉시 모든 군사를 해산하되 대한제국은 일본을 적극적으로 방어할 의무와 책임을 진다. 그 대신 대한제국군의 일본 내의 합법적인 주둔, 일본인에 대한 징집 및 지휘권을 대한제국이 갖는다.

제3조, 대한제국 내각은 그 대표자로 하여금 일본 천황폐하의

궐하에 1명의 통감(統監)을 두게 하며, 통감은 외교, 군사, 재정에 관한 사항을 관리하기 위하여 에도에 주재하고 일본 천황폐하를 친히 내알(內謁)할 권리를 가진다. 또 대한제국 내각은 일본의 각 개항장 및 대한제국 내각이 필요하다고 인정하는 지역에 이사관(理事官)을 둘 권리를 가지며, 이사관은 통감의 지휘하에 종래 재일본 대한제국 대사에게 속하던 일체의 직권을 집행하고 아울러 본 협약의 조관을 완전히 실행하는 데 필요한 일체의 사무를 장리(掌理)한다.

제4조, 일본은 대한제국 내각의 승인 내지는 통감의 재가 후 모든 재정을 의결하고 집행할 수 있다. 따라서 조세 및 이의 집행에 대해서도 일정 부분 관여할 수 있다.

제5조, 대한제국과 일본국 사이에 현존하는 조약 및 약속은 본 협약에 저촉되지 않는 한 모두 그 효력이 계속되는 것으로 한다.

제6조, 대한제국은 일본 황실의 안녕과 존엄의 유지를 보증한다.

이 조약에 따라 일본은 외교권을 대한제국에 박탈당하여 외국에 있던 일본 외교기관이 전부 폐지되고 네덜란드, 영국, 프랑스, 청국, 스위스, 벨기에 등의 주일 공사들은 공사관에서 철수하여 본국으로 돌아갔다.

그리고 바로 7월 1일에는 도쿄(東京)로 이름을 바꾼 에도에 통감부가 설치되었고, 초대 통감으로는 현지 주둔 사령관인 이원희가 취임하였다. 통감부는 외교뿐만 아니라 군사, 재정 면에서까지도 일본 내각에 대해 직접 명령, 집행하는 권한을 가지고 있기 때문에 군사를 실질적으로 움직일 수 있는 자가 더 낫다는 판단하에 이원희가 초대 통감에 임명된 것이다.

아무튼 이 조치로 인해 일본 조야는 물론 일본 전체가 시끄러웠다. 연일 조약 체결에 반대하는 항의 시위가 전국적으로 열리는 것은 물론, 일부는 각 지방 번에 주둔한 대한제국군을 공격하다가 살해당하는 참변이 곳곳에서 일어났다.

한편 대한제국 통감부의 감시하에 일본 정가도 급변하기 시작했다. 우선 일본 황실이 교토에서 도쿄로 이주해 옛 에도성을 황성으로 사용하게 되었다. 또한 각 번이 철폐되고 면이 설치됨에 따라 지위를 잃게 된 각 번의 번주들은 제국의 제후라는 감투를 쓰고 제후회의 회원이 되었다.

또 제후회의 의결로 내각이 대한제국과 같은 형태로 조각되고 이들이 정부의 실무를 담당하게 되었다. 물론 이 과정에서 번의 철폐에 격렬히 반대해 저항하는 번주들이 대한제국군에 의해 토벌되는 불상사가 발생하기도 했다.

또 이 사실이 뒤늦게 세계 각국에 알려지면서 이듬해 1월 13일 '런던타임즈'지는 오경석의 협박과 강압으로 조약이 체결된 사정을 상세히 보도하였으며, 프랑스 공법학자 한 명은 프랑스 잡지 '국제공법' 2월호에 쓴 특별 기고에서 이 조약의 무효를 주장하기도 했다. 영국과 프랑스 모두 대한제국과 대척점에 서 있다는 공통점이 있는 나라들이었다.

한편 이렇게 일본 내정이 어지러운 속에서 폐위된 고메이 천황 일가와 끝까지 반대를 일삼던 이토 히로부미는 대한제국 한양으로 압송되는 비운을 맞았다. 이날이 7월 10일로 대한제국도 장마가 끝나고 무더위가 한창 기승을 부리고 있는 시점이었다.

이에 예우상 천황 부처가 한양에 입성하던 날 총리 김병호는 한양역까지 나가 이들 부처를 맞았다. 원래 계획은 조약 체결 시 병호는 아내인 가즈노미야 지카코 내친왕, 즉 황녀와 함께 일본을 방문할 계획을 갖고 있었다.

그러나 일본의 소요가 예상보다 격렬했고, 조약 체결이 지지부진함에 따라 그 시기를 보다가 결국은 고메이 천황 부처를 한양역에서 맞게 된 것이다. 아무튼 병호는 이날 특별히 아내인 지카코 황녀를 데리고 출영을 나간 바, 오빠 고메이 천황을 맞은 황녀가 통곡을 하는 데 반해 고메이 천황의 표정은 싸늘하기만 했다.

비록 그간의 신고로 몸이 매우 말랐고 안색은 창백했지만 그 눈빛은 살아 있어 마치 여동생이 국권을 탈취한 장본인인 양 매서운 눈빛을 내쏘며 외면하고 있는 것이다.

이에 구죠 아사코(九條凞子) 황후가 시누이를 다독이며 위안하니 그런대로 남매의 상봉은 마냥 어색하지만은 않게 되었다. 아무튼 지카코의 울음마저 이내 잦아들자 병호는 대기한 차량으로 천황을 안내하며 말했다.

"타시죠!"

이에 고메이 천황은 불쾌한 낯빛 속에서도 자동차는 처음 보았는지 매우 이채로운 눈빛으로 한참을 바라보다 결국 황후와 함께 차에 올랐다. 그리고 후궁과 자녀, 황실 가족을 시중들 인물들 역시 차례로 차에 올랐다.

이렇게 되자 금번 입국자 중 남은 요인은 이토 히로부미 하나. 병호는 그를 보자 만감이 교차했다. 비록 사진 속에서 본 늙은 모습은 아니었지만 이자가 원역사에서 조선을 병탄한 자라 생각하니 별의별 생각이 다 들었던 것이다.

그렇지만 이제 현실은 대한제국이 승자요, 일본은 그 반대가 되었으니 병호는 보다 관대한 마음을 갖고 이자를 대했다.

"자네가 이토 히로부민가?"

"그렇소!"

여전히 뻣뻣하게 나오는 그를 보고 피식 실소한 병호가 재차 물었다.

"왜 우리의 제안을 완강히 반대했지?"

"당신이라면 찬성했겠소?"

"하하하! 패기가 있어 좋군!"

말과 함께 이토 히로부미의 등을 한 대 툭 치고는 말했다.

"타시게."

"……"

가타부타 말없이 차에 오르는 히로부미를 보며 병호가 말했다.

"나중에 술 한잔함세."

역시 이토는 답이 없었다. 그러거나 말거나 자신의 차에 오른 병호는 오경석을 옆자리에 앉히고 물었다.

"이토 히로부미란 자 말일세. 제법 기개가 있지 않은가?"

"저도 그렇게 느꼈습니다."

"주의해서 잘 살펴보시게."

"네, 각하."

둘이 이야기를 나누는 동안에도 천황의 후궁과 황녀 및 수행원들까지 태운 수십 대의 자동차는 황궁을 향해 빠른 속도로 달리기 시작했다.

제2장
세계대전의 전조

경복궁으로 가 황제를 잠시 배알한 고메이 천황은 곧 그들 가족의 거처로 내정된 창경궁 환경전(昌慶宮 歡慶殿)으로 갔다. 환경전은 전에 침실로 사용되던 곳으로 천황 일가를 특별히 예우하여 거처케 한 것이다.

그러나 많은 가족과 수행원이 옴에 따라 부속 시설을 추가로 짓는 공사도 곧장 착수케 되었다. 물론 이토 히로부미 또한 구성원의 하나로 이곳에 머물게 되었다.

아무튼 총리 김병호는 천황 일가가 환경전에 안돈된 것을 계기로 본격적인 일본의 내정 개혁에 착수했다. 그 첫째 조치로 병호는 유럽과 같은 귀족 작위제를 도입한 화족령(華族令)을 제정해 기존 공경과 번주들을 예우토록 했다.

또 이들로 400인의 제후의회(諸侯議會)를 구성토록 해 이들 안에서만 각료를 임명하는 내각제를 실시토록 했다. 그렇게 함으로써 일본 내에서 힘깨나 쓰던 자들을 달래 빠른 안정을 찾도록 한 것이다.

아무튼 이 제도의 시행으로 초대 내각의 총리에는 약속대로 전 막부의 쇼군이던 도쿠가와 이에모치가 임명되었고, 부총리로는 친한파 가쓰 가이슈가 임명되었다. 그리고 그 나머지는 저희들이 알아서 선출하도록 했다.

이어 병호는 어수선한 일본을 빠르게 안정시킬 목적으로 메이지 천황을 통해 '오개조어서문(五個條御誓文)'을 발표케 했다. 그 내용은 다음과 같다.

1. 널리 회의를 열어 모든 정책을 공론에 따라 결정할 것.

2. 상하가 마음을 하나로 하여 힘써 경륜을 펼칠 것.

3. 관과 무사, 서민에 이르기까지 각자 그 뜻하는 바를 이루어 인심이 지치지 않게 할 것.

4. 지금까지의 누습을 타파하고 천지의 공도(公道)에 따를 것.

5. 지식을 세계로부터 구하여 크게 황국의 기초를 떨칠 것

등 5개 조였다.

이어 병호는 황성이 도쿄로 이전됨에 따라 방치되다시피한 기존 황성 주변의 관료, 귀족들의 저택들을 헐고 그 자리에 교토교엔(京都御苑)이라는 어원 겸 공원을 조성하도록 지시하였다.

그리고 해가 바뀌어 일본이 어느 정도 안정기에 들어서자 지금까지 뽑아 훈련에 매진해 온 대한제국의 경찰 5만을 대한제국 육군 헌병이라는 이름으로 각 면에 파견하여 지소를 짓고 상시 일본인들을 감시케 하였다. 경찰이라는 이름으로 파견하면 내정간섭이 되므로 편법을 쓴 것이다.

이렇게 되어 일본이 더욱 안정을 찾자 해군에 이어 육군도 15만을 빼내 아메리카 내 대한제국령인 알타 캘리포니아 지역에 배치했다. 이곳 역시 기존의 일본 군대가 머물고 있었으나 아직도 산발적인 시위와 저항이 이어지고 있어 확실히 다스릴 필요가 있어 파견한 것이다.

이렇게 되어 일본 및 알타 캘리포니아 지역까지 안정을 되찾자 비로소 병호는 한숨 돌리고 내치에 더욱 힘쓰며 주변 정세를 면밀히 살필 수 있는 여유를 갖게 되었다.

작금의 국제 정세를 살펴볼 것 같으면 본래 강대국이던 영국과 프랑스가 조선이 대두하기 시작하자 종전의 견원지간에서 벗어나 동맹 차원으로 발전해 있었다.

여기에 남북전쟁의 개입으로 북미합중국은 완전히 대한제

국과 적이 되어 영불 동맹의 한 축으로 자리 잡았다. 여기에 상당한 국토를 대한제국에 빼앗긴 러시아가 음으로 양으로 이 동맹에 가담하고 있었다.

더하여 해가 지날수록 유일 초강대국으로 부상하는 대한제국에 위기의식을 느낀 스페인 역시 몇 개 남은 식민지마저 빼앗길세라 은근슬쩍 이 동맹에 발을 담그고 있었다.

이런 속에 대한제국의 동맹도 없지 않았으니 시종 우호적인 네덜란드를 필두로 프로이센제국이 그러했다. 여기에 전쟁의 지원으로 독립을 쟁취한 미남부 연합 또한 대한제국 동맹의 든든한 한 축이 되어 있었다.

이 밖에 수많은 작은 나라들이 양 동맹의 눈치를 보며 양 동맹과 양다리 외교를 하고 있었다. 이런 국제 정세 속에 근래 문제되는 두 곳이 있었다. 하나는 황하 이남으로 쫓긴 청국 조정이었다.

근래 이들은 종래 원수이던 프랑스, 영국과 급속히 가까워져 이들의 지원 속에 내정 개혁은 물론 장강 이남의 염군과 치열한 영토 다툼을 벌이고 있었다. 또 하나는 프로이센이었다.

빌헬름 1세가 등장하여 철혈재상 비스마르크를 중용한 것으로 시작되는 프로이센의 웅비는 작금 큰 분란의 씨앗이 되어 대한제국 외교의 두통거리가 되고 있었다.

독일연방의 두 축은 오스트리아와 프로이센이다. 이 양자는 1863년 말, 덴마크의 지배를 받고 있던 덴마크 남부의 슐레스비히—홀슈타인 지역을 둘러싼 전쟁의 승리까지만 해도 덴마크와 함께 싸웠다.

그러나 슐레스비히—홀슈타인 지역을 덴마크로부터 분리하여 공동 관리하게 되자 양자 사이에 서서히 균열이 생기기 시작했다. 오스트리아와 프로이센의 생각이 전혀 달랐던 것이다.

오스트리아는 두 공국을 독립 연방국으로 독립시켜 연방의 일원으로 만들려고 한 반면, 프로이센은 이 지역을 병합하려고 계획하였다. 이 과정에서 다시 한번 비스마르크의 외교적 수완이 빛을 발하게 되었다.

비스마르크는 이미 1864년 8월에 오스트리아 외상 레히베르크 백작과 담판을 벌였다. 여기서 그는 슐레스비히—홀슈타인 지역을 프로이센이 합병하는 대가로 오스트리아가 롬바르디아 지역을 재합병하는 것을 지원하겠다는 약속을 한다.

이러한 제안을 오스트리아가 거부하자 비스마르크는 새로운 제안을 하기에 이른다. 슐레스비히—홀슈타인을 독일연방 국가로 인정하는 대신 외교, 군사, 해양, 경제에 관한 모든 권한을 프로이센에 이양할 것을 주장한 것이다. 이것은 슐레스비히—홀슈타인의 합병을 공공연히 천명한 것과 다름없었다.

이제 오스트리아와 프로이센의 무력 충돌은 피할 수 없는 상황으로 발전하였다. 비스마르크의 이러한 외교 정책은 국왕 빌헬름 1세와 군부의 강력한 지지를 받았다.

이러한 비스마르크의 강경 외교 노선에 더욱 유리한 조건이 형성되었는데, 프랑스가 멕시코 혁명에 깊이 관계하고 있어서 유럽에서 일어나는 문제에 적극적으로 나서지 않았다는 것이다.

전쟁의 위험이 증가하자 프로이센과 오스트리아는 가슈타인에서 만나 이 문제에 대한 결론을 내리게 된다. 가슈타인 협상에 의해 홀슈타인은 오스트리아가 관리하고 슐레스비히는 프로이센의 영향력 아래에 둘 것이 결정되었다.

이 결정에 의해 홀슈타인이 프로이센의 영향력에서 벗어난 것처럼 보였지만 현실은 전혀 달랐다. 오스트리아에서 멀리 떨어져 프로이센의 영토에 둘러싸여 있는 홀슈타인이 경제적으로 프로이센의 영향권 내로 잠식당하였던 것이다.

결국 증대되는 프로이센의 압박에 오스트리아는 자존심을 건 일전을 벌여야 하는 상황으로 몰리게 되고 만다. 이 지역을 둘러싼 분쟁의 횟수가 증가하면서 프랑스 비아리츠에서 비스마르크와 나폴레옹 3세가 밀약을 맺게 된다.

이를 전후하여 복잡한 외교교섭이 진행되고 프랑크푸르트 연방의회에서 오스트리아와 프로이센의 공방이 전개되는 가운데 프로이센군이 홀슈타인으로 진군하였다.

이에 프랑크푸르트 연방의회에서 프로이센을 제외한 국가들로 연합군이 구성되고 전쟁이 시작되었다. 전쟁은 막강한 프로이센의 군사력 앞에 무기력한 연방 연합군과 오스트리아군이 싸우는 형상으로 순식간에 승패가 결정 나고 말았다.

쾨니히그레츠 전투에서 프로이센군은 오스트리아와 작센 연합군을 괴멸시켰다. 이로써 프로이센은 독일 내에서 절대 강국으로 자리 잡게 되었다. 그러나 정작 문제는 이때부터였다.

프로이센의 부상에 위기의식을 느낀 프랑스는 영국과 스페인을 끌어들여 대대적으로 프로이센을 침략한다.

이런 정세 속에 1965년 3월 초닷새.

아침부터 정보부장 이파가 총리 김병호의 집무실을 찾아들었다.

"안녕하십니까, 각하?"

"아침부터 무슨 일이오?"

병호가 자리를 권하며 물었다. 그리고 병호 또한 소파의 맞은편에 앉으며 차를 주문하고 말없이 이파를 주시했다.

"유럽이 시끄럽습니다, 각하."

이렇게 운을 뗀 이파의 말이 이어졌다.

"프랑스가 영국 및 스페인과 밀약을 맺고 프로이센에 대해 대대적인 공세를 취하고 있습니다. 그 결과 영국 함정들이 대거 프로이센으로 향하고 있고 스페인은 군수 지원에 나섰습니다. 이렇게 되면 오스트리아 또한 이 기회를 빌려 준동할 가능성이 매우 큽니다."

"그래서?"

"금명간에 프로이센의 지원 요청이 있을 것으로 사료되어집니다."

"대책은?

"일단 우리의 우방인 네덜란드로 하여금 프로이센을 지원하라 하고 우리도 일정 부분 프로이센을 도와야 할 것 같습니다. 프로이센과 프랑스가 일대일로 싸우면 프로이센의 압도적인 승리가 예상되나 문제는 영국의 지원입니다."

"흐흠!"

침음하며 생각에 잠겨 있던 병호가 물었다.

"스코틀랜드는 어떤가?"

"독립 의지는 분명 있으나 그 세가 미약합니다."

"정보 요원들을 통해 그들을 자극해 영국 내에서 소요를 일으키면 그것으로도 우리에게 일정 부분 도움이 되지 않겠소?"

"분명 그럴 것입니다, 각하."

"또 스페인은 쿠바와 푸에르토리코 및 필리핀의 반군들을 지원한다면 스페인 역시 프랑스를 도울 여유가 없을 것이고."

"그렇게 하도록 하겠습니다."

"하고 해군을 대서양으로 급파하여 아예 영국 본토를 공격하는 것이오. 하면 놀란 영국 놈들이 급거 귀국하여 본토 방위에 임하기도 급급할 것이니 전쟁은 끝난 것이나 다름없을 것이오."

"물론 그렇습니다만, 최악의 경우를 상정하지 않을 수 없습니다."

"무슨 소리요?"

"궁지에 몰린 프랑스와 영국이 저희 우방국이란 우방국은 전부 끌어들이는 것입니다. 즉, 우리와 사이가 좋지 않은 러시아와 미북부 연합을 더하여 청나라까지 가세케 한다면 이는 그야말로 세계대전이 되지 않겠습니까?"

"물론 그렇게 되면 상황이 심각하겠군."

"따라서 이 모든 상황을 염두에 두고 애초부터 작전을 짜는 것이 현명할 것 같습니다, 각하."

"미북부 연합이야 남부 연합과 알타 캘리포니아 지역이 연대한다면 무난할 것이나 러시아와 청국이 함께 준동한다면 문제로군."

"그렇습니다, 각하."

"좋소! 최악의 경우를 상정해 지금부터 일본도 징집령을 하달해 16세에서 18세까지는 징집을 행해 훈련시켜 대응하는 것으로 하지."

"그렇게 되면 전혀 두려울 것이 없을 것 같습니다."

"세계 초강대국이 되어 세계의 경찰 노릇을 하는 것도 참으로 피곤한 일이군."

"하하, 그래도 이젠 즐거운 비명 아니겠습니까? 각하가 정치 일선에 등장하기 전만 해도 서구 열강들의 눈치 보기에 급급하던 조선이 아니었습니까? 그랬던 것을 불과 몇십 년 만에 조선을 세계 초강대국으로 만들어 세계를 호령하고 있으니 꿈만 같습니다. 이 모든 것이 각하의 은공이니 대한제국으로서는 각하를 국부(國父)로 칭송해도 부족할 것입니다, 각하."

"언제부터 그렇게 아첨이 늘었소?"

병호의 말에 이파가 정색을 하고 항변했다.

"아첨이 아닙니다, 각하. 소직으로서는 사실만을 말했을 뿐입니다."

억울하다는 듯 볼이 부어 항의하는 이파를 본 병호가 미소를 띠고 더 이상의 전개를 막았다.

"됐소. 각 나라의 상황을 예의 주시하면서 차례차례 그에 맞는 대응을 해나갑시다."

"네, 각하."

"더 할 말 없죠?"

"황제와 막내 아가씨와의 국혼을 추진하는 것은 어떻습니까, 각하?"

"세계대전의 전조가 보이는 마당에 무슨 한가한 소리요?"

"그렇다고 해도 대한제국 내에는 큰 변화가 없을 것이니……."

"됐소. 그만 나가보시오."

"네, 각하."

답하고 돌아서는 이파는 결코 승복하는 표정이 아니었다.

그가 나가자 병호는 곧 국방부대신 이용희를 불러 일본에 징집령을 하달해 신규 병력을 양성할 것을 주문했다. 그리고 그로부터 10일 후에는 독일대사가 외무부에 구원 요청을 해 왔다.

이렇게 시차가 나는 것은 아무래도 대한제국만이 운용하고 있는 무선통신 때문일 것이다. 이 무선 체계를 이용해 대한제국은 각국에 상주하고 있는 대사관은 물론 세계 곳곳에 퍼져 있는 정보원들로부터 신속히 정보를 보고 받고 있으니 다른 나라보다 훨씬 빠른 정보 획득과 대응을 할 수 있는 것이다.

아무튼 이에 병호는 승낙한다는 지시를 내리고 즉각 네덜란드 현지 대사를 무선으로 불러 네덜란드의 프로이센 지원을 요청하도록 했다. 그리고 해군 5만 병력을 대서양으로 급파하도록 했다.

이에 따라 150척의 전함에 실린 5만 해군이 영국을 향해 머나먼 항해를 떠났다. 여담이지만 작금의 대한제국 해군은 전함 500척에 20만의 해군을 보유하고 있어 세계 최강 전력이 아닐 수 없었다.

여기에 구 청나라 영토에서 계속된 징집으로 인해 해병 또한 20만 명으로 불어나 있었다. 이런 속에서 대한제국을 떠난 최신 전함 대한호와 제국호를 기함으로 한 150척의 전함은 대한제국 연방 영토 중의 하나인 수마트라 아체항에서 1차 보급을 받고 항진을 계속했다.

그리고 이들이 2차 보급을 받은 곳은 현재 영국이 식민지화하고 있는 인도의 봄베이에서였다. 당연히 영국령이니 적국 항구로 해군의 포격에 이은 해병의 상륙으로 약탈에 의한 보급이었다.

이 부분은 훗날 총리 김병호의 질책을 받아 피해를 입은 인도인에 대한 보상이 이루어졌다. 아무튼 항해를 계속한 대한제국의 대전단은 남아프리의 케이프타운에서 3차 보급을 받았다.

케이프타운 또한 영국의 식민지였기 때문에 아예 5천 해병을 상륙시켜 이곳을 점령해 대한제국 영토의 일부로 편입시켜 버렸다. 이는 대서양을 잇는 항로의 보급기지로 삼기 위한 계획의 일환이었다.

그리고 이들은 마침내 지브롤터해협(Gibraltar Straitof)에 이르렀다. 지브롤터해협은 지중해와 대서양을 연결하는 해협으로 길이 58km, 너비 12~36km로 동쪽은 스페인 남단의 영국령 지브롤터와 모로코 북단의 스페인령 세우타 사이, 서쪽은 스페인의 트라팔가르곶과 모로코의 스파르텔곶 사이에 이르는 좁은 해역으로 군사상의 요충이었다.

1704년 스페인 계승 전쟁에 개입하였던 영국이 이곳을 점령하였으며, 그때부터 영국의 주권이 확립된 곳이었다. 그러나 군사상의 요충인 관계로 이후에도 그 소유권을 둘러싸고 크고 작은 전투가 일어난 곳이었다.

아무튼 대서양에서 지중해로 들어가는 유일한 통로이며 군사상 요충인 까닭에 이곳 또한 사전 계획에 의해 대한제국 영토의 일부로 편입시키기 위해 해군은 천천히 좁은 해협을 빠져나와 지브롤터 항구로 접근해 갔다.

해군사령관 신헌과 해병사령관 어재연이 망원경으로 바라보니 해협을 마주 보며 깎아지른 듯한 바위산, 즉 '지브롤터 바위'란 놈이 보였다. 또 낮은 고도(해발 300m)의 석회암 암봉이 다섯 개나 연이어져 있었으며 평지 부분은 거의 없었다.

또 바위산의 절벽과 급사면 위에는 영국의 해군기지가 구축되어 있었고, 아직도 아군의 내습을 모르는지 30척의 영국 함정만이 한가롭게 떠 있었다. 이런 그들을 향해 아군의 대전단은 아군 함포의 유효사거리 내까지 접근했다.

그제야 영국 해군도 대한제국 해군의 내습을 알아차리고
허둥지둥 전투 준비에 착수하였다. 그러나 적의 대전단을 보
고는 기가 질리지 않을 수 없었다. 이에 현지 주둔 사령관과
참모들 사이에 싸워보지도 않고 항복이냐 명예로운 죽음이냐
를 놓고 설전이 벌어졌다.

그렇지만 대한제국군은 그런 그들에게 여유를 주지 않았
다. 바로 해군사령관 신헌에 의해 발포 명령이 내려지고 50척
의 아군 전함의 일제 포격에 적선은 순식간에 불길에 휩싸이
며 바닷속으로 수장되기 시작했다.

이렇게 이들은 채 이각도 되지 않는 시간에 모두 강제로 명
예로운 죽음을 택하게 되었다. 곧 이곳에도 20척의 전함을 남
겨 아국의 해군기지화한 대한제국 대전단은 다시 방향을 거꾸
로 돌려 지브롤터해협을 빠져나가 그길로 영국을 향해 항진하
기 시작했다.

그리고 이들은 대한제국을 떠난 지 한 달여의 항해 끝에
프랑스 오트노르망디 주(레지옹: Region) 센마리팀 데파르트
망(Department)에 있는 도시 르아브르(Le havre)항 가까이 도
착했다.

르아브르는 센강 어귀의 북안에 위치해 영국 해협에 면한 무
역항으로 미국, 영국, 아프리카 등지에 이르는 항로의 기점 도

시이다. 면화, 커피, 코코아, 비철금속 등의 수입항이자 공업 제품의 수출항으로 그 무역액은 마르세유에 이어 프랑스 제2위를 차지하는 항구도시였다.

1517년 프랑수아 1세가 어촌에 불과하던 이곳에 도시를 건설하여 르아브르 드 그라스(혜택받은 항구)라고 명명한 것이 시의 기원이다. 그 후 고래잡이, 대구잡이 등의 어업기지로 발전하여 18세기 나폴레옹 1세에 의해 항구가 정비되어 제1급 해군기지가 된 곳이다.

아무튼 이런 항구에 들러 보급품을 조달(?)받으려던 대한제국 해군은 뜻밖에 영국 함정 대전단과 조우하였다. 1차, 2차에 걸쳐 영국군 10만을 프랑스에 상륙시키고 돌아가던 영국 해군 대전단이었던 것이다.

르아브로항으로 진입하기 위한 먼 바다.

양쪽의 대전단은 동시에 상대편을 발견하고 깜짝 놀랐다. 곧 양측 병사들에게 전투명령이 하달되었다.

그런데 정작 신헌을 놀라게 한 것은 예상 밖으로 이루어진 적함과의 조우보다 적의 함정 때문이었다. 정보부의 보고로 적함에 대해 알고 있었지만 그 실제를 이 해역에서 볼 줄은 몰랐기 때문이다.

1860년 12월 29일, 영국 템스철공조선소.

군함 워리어(HMS Warrior)호 진수식에는 많은 사람들이 몰려들었다. 이 가운데는 대한제국에서 파견된 정보 요원도 있었다. 50년 만의 강추위에도 불구하고 많은 사람들이 운집한 이유는 워리어호가 새로운 개념으로 건조된 전투함이었기 때문이다.

덩치도 컸다. 배수량 9,180t. 같은 해에 진수된 1급 전열함 프린스 오브 웨일즈호(6,201t)보다 훨씬 컸다. 선체도 길었다. 128m. 선체 길이로만 따지면 요즘 기준으로도 큰 전투함에 해당된다. 한국 해군의 광개토대왕함의 길이(135m)에 필적하는 것이다.

외양은 더욱 특이했다. 갑판도 낮고 온통 검은색이었다. 돛대와 증기기관을 동시에 사용, 이 당시로서는 경이적인 시속 17.5노트를 낸다 했다. 눈에 뜨이지 않는 특징도 있었다.

목재 선체 위에 11.4㎝ 두께의 철판을 입혀 원역사에서 종종 '최초의 철갑선'으로 간주된다. 조선 수군의 거북선이 '최초의 철갑선'이라고 강조할 때 비교 대상이 바로 워리어호였다.

세계 최초의 철갑선이 어떤 배인가에는 논쟁의 여지가 있다. 프랑스는 1859년 건조된 전투함 '글루와르'를 시효로 본다. 맞다. 글루와르호는 분명 워리어호와 같은 철갑선이고 먼저 등장했다.

그럼에도 워리어호가 철갑선의 효시로 꼽히는 데에는 이유가 있었다. 증기기관 소형화와 신소재 장갑, 스크류 추진, 후

장형 강선포 장착 등 워리어호가 채용한 신기술은 원역사에서 이후 군함 제작에 결정적인 영향을 미쳤다.

영국은 워리어호 건조까지 곡절을 겪었다. 무엇보다 철제 전함에 대한 우려가 컸다. 강철판이 나침반을 혼란시켜 큰 바다에서 길을 잃기 쉬운 데다 저온에서는 곧잘 부서졌기에 '전함의 재질은 단단한 목재'라는 고정관념에 빠져 있었던 것이다.

완고하던 영국 해군이 생각을 바꿔 철갑선을 건조한 이유는 세 가지. 항해술과 제련 기술 발달로 철제 군함의 문제점이 사라지고, 프랑스가 대한제국에 이어 목제 선박을 쉽게 부술 수 있는 신형 작렬탄을 선보인 데다, 프랑스의 글루와르호 건조에 자극 받았기 때문이다.

워리어호는 모든 면에서 프랑스의 글루와르(5,529t)를 앞섰다. 문제는 비용. 워리어호 건조비는 37만 7,792파운드로 목재 선박보다 세 배 가까운 돈이 들어갔다. 배 한 척을 만드는 데 연간 해군 예산의 20% 가까운 돈을 잡아먹었다.

이 모든 것을 대한제국은 뛰어난 정보 요원들의 활약으로 이미 모두 알고 있었다. 당연히 군에도 이 사실이 통보되었다. 그러나 총리 김병호는 이런 일이 전개될 줄 알고 이에 걸맞은 투자를 해군에 대대적으로 행해왔다.

영국이 1906년에나 진수한 전함 드레드노트(Dreadnought)급으로 함정을 교체하기 시작한 것이다. 그 대표적인 전함이 금번에 그 위용을 선보인 대한호(大韓號)와 제국호(帝國號)였다.

12인치(304.8㎜) 함포 12문을 장착했고 배수량은 18,000여 톤에 달했다. 12인치 함포는 당시 전함들의 장갑을 손쉽게 관통할 수 있었고, 8인치 함포의 공격에도 버틸 수 있는 대한, 제국호는 그야말로 해상의 요새였다. 또한 이 두 전함은 최대 21노트로 항해할 수 있어 타의 추종을 불허했다.

이것뿐만이 아니었다. 새로운 무기와 새로운 차원의 함정 건조에도 심혈을 기울여 12인치 주포는 물론 어뢰(torpedo)와 잠수함도 개발했다. 대한제국이 자랑하는 해군의 가공할 무기인 어뢰는 원역사에서 1867년 영국의 엔지니어 R 화이트헤드가 발명한다.

그런데 대한제국은 이를 몇 년 앞서 개발해 벌써 실전에 투입하고 있는 것이다. 대한제국에서 처음 제작된 이 어뢰는 압축공기로 추진되는데, 탄두에 8㎏의 폭약을 장착하고 최고 6노트의 속력으로 돌진해 선박을 강타하게 되는 것이다.

또 하나, 대한제국의 신무기인 잠수함은 근대적 형태의 잠수함이 내연기관, 잠망경, 어뢰 등의 발전과 함께 이뤄지는데 대한제국은 이미 이런 제반 기술 요건을 갖추고 있었다.

따라서 가솔린 엔진으로 수상 7노트, 축전지 및 전기모터로 수중 6노트까지 항해할 수 있는 잠수함을 건조했다. 여기에 잠망경과 어뢰 발사관까지 갖추면서 잠수함의 모든 기능이 갖추어졌다.

처음 개발한 잠수함은 제1차, 제2차세계대전 때 대서양과 태평양에서 활동한 독일의 중형 잠수함인 U보트에는 성능이 미치지 못했다. 하지만 시작이 반이라고 개량에 개량을 거듭한 끝에 현재는 수상 배수량 790t, 속력 17㎞, 항속 거리 1만 2,000㎞에 대량생산이 가능하고, 무음(無音), 급속 잠항 능력까지 겸비한 최신 잠수함까지 탄생시킬 수 있었다.

아무튼 대한제국은 지금 영국 해군에는 없는 드레드노트급 전함에 어뢰, 여기에 개량에 개량을 거듭해 U7보트와 동급인 K7이란 명명된 잠수함 12척도 보유하게 되었다. 그러나 아직 개발된 지 얼마 안 되어 많이 생산되지 못한 것이 신헌은 매우 안타까웠다.

그렇지만 신헌은 승리를 자신하고 있었다. 저들에게는 없는 드레드노트급 전함 두 척 외에도 수백 발의 어뢰, 여기에 대한제국은 일찍이 저들의 워리어호급으로 대체한 전함이 12척에 여타 함정도 모두 증기선이었다.

그런데 반해 적함은 워리어호 외에는 철갑선이 아닌 150척 모두가 구식 전열함(戰列艦: ship of the line)이었다. 전열함은 17~19세기 범선 시대에 유럽 열강들의 주력함을 말하는 것이다.

함대가 한 줄로 늘어서는 전열(line of battle)을 형성해 포격전을 벌일 목적으로 제작됐고, 나라마다 1등급 전열함에서 5등급으로 분류하는 차이가 있으나 대개 60~70문의 포를 탑재한 3급 전열함이 많았다.

영국 해군은 3급부터 전열함이라고 불렀으며 60~70문은 3급, 80~90문은 2급, 그 이상을 1급 전열함으로 불렀다. 아무튼 이런 양 전력이 갑자기 조우하자 갑자기 적함들이 기 현상을 연출하기 시작했다.

아군의 막강한 해군 전력을 본 적함들이 일제히 꼬리를 말고 전진이 아닌 후퇴를 택한 것이다. 그러니까 르아브르항으로 도망치기 시작한 것이다. 이에 아군 해군은 느긋하게 이들을 추격하기 시작했다.

마침내 저들이 모두 르아브르항으로 도망치자 신헌은 보다 멀리 떨어진 해상에서 망원경으로 항구를 살폈다. 그러자 항구 곳곳에 정박한 수많은 상선은 물론 프랑스 함정 50여 척도 보였다.

이를 보고 신헌은 고개를 끄덕였다. 영국 해군이 도망친 이유가 프랑스 해군과 연합하기 위함임을 알게 된 까닭이다. 이에 신헌은 곧 동석한 부관 박창수(朴昌收) 중령에게 명령을 하달했다.

"먼바다로 철수한다!"

"네? 항구를 봉쇄하는 것이 아니고요?"

"네가 사령관이냐?"

"아, 아닙니다, 각하!"

깜짝 놀란 박창수 중령이 부동자세로 답하고 곧 무선으로 각 함정에 이를 통보하도록 관제실에 지시를 내렸다. 곧 무전병들에 의해 각 함정에 철수 명령이 떨어졌다.

이에 따라 대한호와 제국호를 필두로 180척의 전함이 먼바다로 철수해 일자진을 형성하고 적함들이 항구에서 나오기만을 기다렸다. 그리고 한 시간 후 프랑스 해군과 연합한 영국 해군이 탈출하기 위해 움직이기 시작했다.

철갑선 워리어호를 필두로 프랑스의 글루와르 등이 선두에서 길을 열고 여타 증기선 및 전열함이 일렬로 늘어서서 뒤를 따르는 형태였다. 적의 사령관이 누구인지 몰라도 이 전술은 영국의 넬슨 제독이 트라팔가 해전에서 프랑스와 스페인 연합 함대를 깨뜨린 전술을 답습하고 있음을 알 수 있었다.

그전 해전에서는 볼 수 없던 중앙 돌파 작전에 이은 일렬로 늘어선 전열함들이 양 현의 함포를 이용해 몰려 있는 적선을 쳐부수는 전술이다. 그전까지의 서로 마주 보고 함포로 쇠구슬을 날리는 작전에 비하면 당시로서는 획기적인 전술이었다.

그러나 이들은 모르고 있었다. 적이 먼바다에서 아군 가까이 다가오자 K7잠수함 12척이 신헌의 명령을 받고 적함 가까이 다가들기 시작했음을. 아무튼 이때서야 박창수 중령은 사령관이 왜 아군 전함을 먼바다까지 철수시켰는지 이해할 수 있었다.

잠수함이란 놈 자체가 수심이 얕은 곳에서는 활동할 수 없기 때문에 봉쇄를 마다하고 먼바다까지 철수했다는 것을 안 것이다. 아무튼 곧 명을 받은 K7잠수함 12척이 소리 없이 적함을 향해 다가서고 있었다.

K보트라고도 불리는 잠수함 1002호의 함장 나 심재영(沈在榮)은 명령을 받고 적함 가까이 소리 없이 접근했다. 다른 함장들은 계급이 중령인 데 비해 K보트 함장들은 모두 대령 계급이었다.

이는 수중에서 고생하는 것을 감안하고 신전력에 대한 배려 차원이라 들었다. 물론 전단을 이끄는 대한호와 제국호의 함장은 계급이 소장이었다. 어쨌든 박창수 중령이 맡은 프랑스의 글루와르 철갑 증기함은 우리 배에 가까이, 그리고 엄청나게 크게 보였다.

조그만 호루라기를 입에 문 함장이 선교(船橋) 위를 걷고 있는 것이 보였다. 전투준비를 마친 선원들이 긴장감으로 낯빛이 딱딱하게 굳어 있는 것도 보였다. 목울대를 꿈틀거리는 자도 보였다. 심지어 심한 자는 선상에서 노상 방뇨를 하고 있었다.

그런 그들이 눈에 들어오는 것을 보고 박창수 중령은 놀라움과 함께 가벼운 전율을 느꼈다.

"아이고, 저런! 저놈들도 몇 분 후면 골로 가겠구나! 저 멋진 놈들 불쌍해서 어쩌나! 하지만 어쩔 수 없지."

박창수 중령은 그렇게 생각하며 두 눈에 힘을 주었다.

적 증기함의 방향은 꼭 맞는 위치에서 몇 도(度) 모자라는 상황이었다.

거의 다 와 있었다. 거리도 몇 백 미터 정도로 아주 좋았다.

"어뢰 발사 준비!"

관제실에 대고 박창수 중령이 소리쳤다.

이것은 모든 승무원에게 주의를 주는 명령이었다. 모두들 숨을 죽이고 기다렸다. 이제 증기선의 뱃머리가 잠망경의 기준선을 가로질렀다. 뒤를 이어 앞 갑판, 선교, 적의 주포, 그리고 굴뚝이……

"발사!"

가벼운 진동이 배를 흔들었다. 어뢰가 떠난 것이다. 죽음을 가져올 발사는 정확하게 이뤄졌고, 어뢰는 빠른 속도로 운명의 배를 향해 달려갔다. 그 궤적은 뒤에 남기는 조그만 방울들로 정확하게 알아볼 수 있었다.

"이십 초!"

조타수가 읊었다. 회중시계를 손에 들고 있는 그에게는 어뢰의 발사와 격중(擊中) 사이의 정확한 시간을 재는 책임이 있었다.

"이십삼 초."

금방, 이제 금방 그 무섭고 끔찍한 일이 벌어질 것이다. 선교 위의 사람들 눈에 어뢰의 거품 궤적이 띄었다는 것을 알 수 있었다. 놀란 사람들의 손이 물 위를 가리키고 있었다.

모두 서로를 바라보나 영문을 모르기는 마찬가지. 그런 그들에게 무서운 재앙이 닥쳐온 것은 바로 수 초 후였다. 어뢰가 무시무시한 폭발력으로 수중에서 대폭발을 일으켰다.

그 충격으로 몸이 휘청거리며 서로 부딪쳤다. 그러고는 200미터 높이에 50미터 폭의 거대하고 장엄한 물줄기가 무서울 정도의 아름다움과 힘을 뿜내며 화산처럼 하늘을 향해 솟아올랐다.

"두 번째 굴뚝 뒤쪽에 격중!"

관제실을 향해 박창수 중령이 소리쳤다. 아래 있는 승무원들은 열광하며 어쩔 줄을 몰랐다. 긴장에서 풀려난 그들 마음에서 솟아난 열광은 물결처럼 선내를 휩쓸고 기쁨에 찬 그 메아리가 사령탑에 있는 박창수 중령에게까지 전해졌다.

저쪽은? 전쟁은 사람에게 혹독한 일을 강요한다. 정통으로 얻어맞아 가라앉고 있는 배 위에서는 참혹한 드라마가 연출되고 있었다. 배는 우리 쪽을 향해 심하게 기울어져 있었고, 기울기는 빠른 속도로 더해가고 있었다.

갑판 전체가 그의 눈에 들어왔다. 출입구마다 절망에 빠진 사람들, 시커먼 화부들, 장교들, 병사들, 요리사들이 뒤얽혀 갑판으로 나오려 버둥대고 있었다. 모두들 소리를 지르며 구명정을 향해 달려가고 있었고, 구명정이 있는 곳으로 내려가는 사다리에서는 서로 밀며 밀리고 있었다.

기울어진 갑판 위에서는 구명대를 차지하려 아귀다툼을 하고 있었다. 우현(右舷)의 구명정은 배가 기울어진 때문에 내릴 수가 없었다. 따라서 모두 좌현(左舷)으로 몰려들었는데, 공황 상태에서 서둘렀기 때문에 좌현의 구명정들도 어리석기 짝이 없게 반만 채우거나 탑승 인원 이상을 태우고 내려갔다.

뒤에 남은 사람들은 절망감에 빠져 손을 쥐어짜며 갑판 위를 이리 뛰고 저리 뛰고 하다가 마침내는 구명정까지 헤엄쳐 갈 양으로 물속으로 뛰어들었다. 이어 두 번째 폭발이 일어나고, 모든 출입구와 현창(舷窓)으로부터 하얀 김이 쉭쉭대며 쏟아져 나왔다.

하얀 김을 쐰 병사들이 미쳐 날뛰었다. 그의 눈에 병사 하나가 초인적인 힘으로 난간을 훌쩍 뛰어넘어 사람들이 가득 탄 구명정 위로 덮쳐 내리는 것이 보였다.

그 시점에서 박창수 중령은 차마 더 바라볼 수 없어서 잠망경을 내리고 깊이 잠수하라는 명령을 내렸다.

*　　　*　　　*

프랑스의 철갑함 글루와르가 바닷속으로 서서히 침몰하는 그 시간, 대영제국이 자랑하는 철갑함 워리어호 또한 비슷한 운명을 맞고 있었다. 아니, 더 비참한 최후를 맞고 있었다.

소리 없이 발사된 세 발의 어뢰를 정통으로 맞은 데다 접근한 대한호의 12인치 주포 공격에 곳곳이 벌집이 되어 서서히 바닷속으로 수장되고 있었기 때문이다.

이런 속에 각 전염함들 역시 곳곳에서 불길을 토해내며 수장되고 있었다. 그러나 양 연합군의 전함을 모두 수장시켜 버리겠다는 것인지 대한제국 해군의 공격은 아랑곳없이 무자비하게 진행되고 있었다.

소리 없이 다가든 잠수함의 공격에 때로는 어뢰에 피침을 받는 것은 물론 각 대한제국 전함들이 쏟아내는 작렬탄 세례에 바다는 금방 화광이 충천하고 그 넓은 바다가 핏물로 덮이는 착각이 들 정도로 대한제국 해군의 일방적인 공격이 한동안 계속되었다.

이런 와중에도 생존한 자들도 있어 구명정으로 뛰어내리고 일부 다급한 자들은 그대로 바닷속으로 뛰어들고 있었다. 이렇게 한 시간 동안 이어진 맹폭에 바다에 뜬 적함은 손으로 꼽을 정도의 궤멸적 타격을 입었다.

따라서 그래도 살 것이라고 탈출한 수백 개의 구명정과 부유하는 인간만이 전부인 바다에 곧 구조 명령이 대한제국 해군에 떨어졌다. 이에 각 함정에서 내린 단정에 탑승한 아군 병사들이 적의 구조에 나섰다.

그런데 이때 뜻밖의 사태가 발생했다. 애국심으로 똘똘 뭉친 영국 병사 하나가 아군 병사에게 총격을 가한 것이다. 구명정으로 뛰어들면서도 총을 손에서 놓지 않은 놈이었다.

곧 그놈에 의해 아군 병사 하나가 총상을 입자 화가 난 아군 병사들이 일제히 자동소총으로 그 구명정을 향해 난사를 해버렸다. 곧 콩나물시루같이 빽빽하게 구명정에 탄 적 병사들이 벌집이 되어 비명을 지를 새도 없이 죽어 나자빠졌다.

그래도 분이 풀리지 않는지 몇몇 병사에 의해 수류탄까지 투척되었다. 이에 구명정은 아예 풍비박산이 나 바다의 부유물로 화하고 말았다.

아무튼 그렇게 한 시간의 구조 활동이 이어져 적 5,700여 명을 포로로 잡고 천운으로 아직 외관이 멀쩡한 적 전함 9척도 나포되어 르아브르항으로 예인되어 갔다.

곧 르아브르항 일대는 아비규환의 아수라장으로 변해 버렸다. 르아브르항 일대를 지키기 위해 축조된 적 해안 포대에 아군 함정의 무차별적 포격이 이어지는가 싶더니 적의 포대가 초토화되자 아군 해병 1만 명이 상륙했기 때문이다.

물과 식품 등 여타 항해에 필요한 물자를 보급받기 위해 해병 1만 명이 상륙하자 일부 생존해 있던 프랑스 육군과 치열한 교전이 벌어졌고, 이 소동에 시가지에 살던 대부분의 시민들이 시를 탈출하는 대소동이 벌어졌다.

곧 적 잔당을 소탕한 1만 해병에 의해 약탈이 자행되었다. 그러자 물건이 아까워 차마 피난을 떠나지 못한 일부 상점 주인들과 곳곳에서 실랑이가 벌어졌다. 하지만 애초부터 비무장의 민간인이 대항해 봤자 버는 것은 매밖에 없었다.

이런 소동 속에 1박을 한 대한제국 해군은 다음 날 날이 밝자 원래 목표로 한 런던을 향해 출항했다. 그리고 이틀 후.

이날 오후 대한제국 해군이 영국의 수도 런던에 홀연히 그 모습을 드러냈다.

아직 영국 해군의 대패 소식도 모르고 있던 영국민, 아니, 런던 시민에게는 이보다 혼비백산할 일이 없었다. 런던이라는 도시 자체가 남동부 템스강(江) 하구에서부터 약 60km 상류에 있는 도시이다 보니 템스강을 거슬러 올라 대한제국 해군이 런던까지 출몰한 것이다.

어쨌든 길이 336km로 런던 브리지 부근에서는 강폭이 225m로 넓어진 템스강이지만 강폭이 좁은 그곳에 180척의 전함이 일시에 그 위용을 드러내자 런던 시민이 공황 상태에 빠진 것은 물론, 빅토리아 여왕과 헨리 존 템플 수상 역시 혼비백산하기는 마찬가지였다.

이런 그들에게 웨스트민스터 브리지나 런던 브리지의 교각 때문에 더는 움직일 수 없게 된 대한호와 제국호을 포함한 일부 전함이 일제히 두 교각을 맹폭하자 대리석 교각이 풍비박산 나는 것은 일도 아니었다.

이에 더욱 경악을 금치 못하는 런던 시민 속으로 4만 5천 해병이 일제히 상륙해 뛰어들었다. 이에 런던을 지키던 육군 병사 2만이 허겁지겁 대항에 나섰다. 그런데 하필 템스강 변에 그 모습이 노출되어 일제 함포 공격을 받으니 놀란 갈까마귀 떼가 떼를 지어 날아가고, 그들은 많은 주검만을 양산한 채 도심 속으로 숨어들었다.

곧 3만 명은 영국군을 소탕하러 이들에게 달려가고 나머지 만 5천 해병은 각각 5천 명씩 나뉘어 세 곳을 점령하러 달려갔다. 곧 빅토리아 여왕의 상주 궁전인 버킹엄궁전(Buckingham Palace)과 국회의사당, 그리고 다우닝가 10번지에 있는 화이트홀(White Hall), 즉 수상 관저였다.

이런 속에서 1년의 반에 가까운 168일에 이르는 강수 일수답게 부슬부슬 보슬비가 내리는 런던 곳곳에서 총성이 난무하고 때로는 수류탄 폭발음도 들렸다. 그러나 런던 시민 전체에 아예 문밖출입도 못하게 만든 이런 교전도 45분 만에 끝났다.

해가 지지 않는 나라의 수도라는 명성에 어울리지 않게 런던이 채 한 시간도 되지 않아 대한제국군의 수중에 들어오자, 이때를 기다리고 있던 해군사령관 신헌과 해병사령관 어재연은 5천 해병의 호위 속에 빅토리아 여왕이 살고 있는 버킹엄 궁전으로 향했다.

버킹엄 궁전은 1703년 버킹엄 공작 셰필드의 저택으로 건축된 이래 1761년 조지 3세가 이를 구입한 이후 왕실 건물이 되었다. 1825년 이후 100년 넘게 꾸준히 개축되었으며, 왕실의 소유가 된 뒤에도 당분간은 왕궁의 하나에 불과하였다.

그러나 1837년 빅토리아 여왕 즉위 뒤 국왕들의 상주(常住) 궁전이 되었다. 2만㎡의 호수를 포함한 17만 4000㎡의 대정원, 다수의 미술품을 소장한 미술관, 도서관 등이 있고, 매일 시행되는 전통 복장의 근위병 교대는 버킹엄궁전의 명물로 유명하다.

아무튼 이런 유명한 곳에 두 명의 사령관이 도착했을 때는 이미 수상 관저에서 체포된 81살 고령의 헨리 존 템플 수상 또한 빅토리아 여왕과 함께 궁전의 한 방 안에 영어의 몸이 되어 있는 상태였다.

그런 둘 앞에 군화 소리도 요란하게 수십 명의 참모와 100명에 이르는 헌병들의 호위를 받으며 두 사령관이 도착하자, 47세의 고집 센 여왕과 헨리 존 템플 수상의 이목이 일제히 쏠렸다.

여왕과 존 템플 수상을 본 신헌의 눈살이 찌푸려졌다. 아무리 정복군이라지만 아군이 너무 지나친 행동을 하고 있기 때문이었다. 왕궁을 점령한 기존의 해병대원들이 두 사람을 의자에 앉힌 채 뒤로 결박해 놓아 일국의 왕과 국가수반에 대한 예우로서는 과한 감이 있었기 때문이다.

"풀어주어라!"

"네, 총사령관님!"

둘 다 해군 및 해병사령관이지만 지휘관 다툼을 예방하기 위해서도 총리 김병호는 신헌을 총사령관으로 임명해 전 지휘권을 맡긴 바가 있기 때문에 소속이 다른 사령관이지만 해병대원들도 철저히 복종하고 있었다.

아무튼 결박에서 풀려난 두 사람이 잠시 팔을 주무르고 있는 사이 신헌이 주위를 둘러보며 물었다.

"차 한 잔도 없나?"

누구를 지칭하지 않은 이 질문에 빅토리아 여왕은 자신에 대한 물음이라 생각했는지 차갑게 내쏘았다.

"너희같이 무뢰한 놈들에게는 물 한 잔도 내줄 수 없다!"

"닥쳐!"

기존 해병 장교 하나가 여왕의 말에 발끈하자 신헌은 오히려 그들을 방에서 내쫓았다.

"너희들은 나가 있어!"

"네, 총사령관님!"

딴에는 영어도 알아듣는다고 뽐내려던 해병장교가 부하들을 이끌고 나가자 신헌은 자신을 수행해 온 헌병들도 모두 내쫓고 양 부관 한 명씩만 남게 했다. 잠시 정적이 감도는 속에서 온통 금으로 도배된 화려한 방을 둘러보던 신헌이 눈에 띄는 테이블로 먼저 가 앉았다. 그리고 두 사람을 청했다.

"이리 와 앉으시오."

평소 차를 마시고 접대하던 탁자 같은 곳으로 두 사람을 청하자 두 사람 또한 어쩔 수 없이 그와 마주 앉을 수밖에 없었다. 그러자 어재연 또한 신헌 옆에 나란히 앉고 두 부관은 양인의 뒤에 배석했다.

"자, 차가 없다니 바로 본론으로 들어갑시다."

원역사에서 신헌은 무신이며 군사전략가 및 외교관으로 활약한 사람이다. 따라서 협상도 능수능란했고 영어도 능숙하게 구사했다. 그랬기에 총리 김병호가 그에게 협상 전권을 맡기고 오경석을 파견하지 않은 것이다.

아무튼 신헌의 입에서 무슨 말이 튀어나올지 긴장으로 빳빳하게 굳은 두 사람에게 대한제국의 요구가 튀어나왔다.

"오늘 이 시간부로 영국은 전 해외 식민지 경영에서 손을 떼시오."

신헌의 말이 일고의 가치도 없다는 듯 빅토리아 여왕이 바로 차갑게 내쏘았다.

"절대 그렇게 할 수는 없다. 너희들이 지금은 우리를 이겼다고 으스대고 있지만, 곧 아군의 대함대가 귀환하는 날에는 오히려 너희들이 내게 살려 달라고 빌 것이다."

이 말에 존 템플 수상이 미미하게 눈살을 찌푸리며 고개를 흔들었다. 그는 알고 있는 것이다. 영국 해군이 이미 풍비박산이 났다는 것을. 그가 이 정보를 획득한 것은 막 대한제국 해군이 템스강에 모습을 드러냈을 때였다.

대한제국 해병이 르아브르항 일대의 모든 통신 선로를 끊어놓는 바람에 뒤늦게 영국 해군이 대패한 소식을 프랑스 정부로부터 통보받은 존 템플 수상은 긴급으로 버지니아 러셀 외상과 존 메이 국방상을 호출해 그 대책을 숙의한 바 있다.

와중에 대한제국 해병의 상륙 소식을 듣고 총총히 결론을 내어 외상과 국방상을 탈출시키고 자신은 여전히 수상 관저에 남았다가 대한제국 해병의 공세를 이기지 못해 이곳으로 끌려온 몸이 되었던 것이다.

아무튼 신헌이 예상은 했지만 완강한 빅토리아 여왕의 저항에 눈길을 수상에게 돌리고 물었다.

"당신은 내 제의를 어찌 생각하오?"

"나 역시 여왕폐하의 말에 적극 동의하오. 어느 한 나라도 대한제국에 내줄 수 없단 말이오."

"후후후! 그렇소? 그렇다면 좋소. 곧 이 땅을 초토화시킬 것이니 그때 가서 후회해도 소용없을 것이오."

"할 테면 어디 마음대로 해보시오. 머지않아 우리의 전 해외 식민 국가가 궐기할 것이고, 그때는 아마 대한제국도 감당하기 힘들 것이오. 후후후!"

이렇게 존 템플 수상이 자신하는 데는 또 다른 이유가 있었다.

즉, 해외 식민지가 무력으로 대한제국에 대항할 것이라 믿기보다는 외상과 국방상을 전적으로 믿고 있다는 것이 정확한 표현일 것이다. 셋의 숙의 결과 이들은 대한제국에 적대적인 러시아, 북미연합, 청나라, 스페인 등을 움직여 대항코자 외상이 지금 각국 대사관을 찾아다니며 해당 당사국을 설득하고 있는 중이기 때문이다.

또 국방상은 긴급히 수상의 명령으로 프랑스에 파견한 자국 육군 10만에 대한 철수 명령을 내린 바, 이들의 귀환을 기다리고 있는 것이다.

물론 이런 면으로 보면 신헌이나 어재연이 실수를 한 것이다. 미처 외교가에 군을 파견하지 않아 영국 외상이 자유롭게 각국 대사들과 접촉하게 내버려 둔 점은 큰 실수라 할 것이다.

아무튼 두 사람의 완강한 저항에 부딪친 신헌은 이제 골머리가 아파왔다. 이 둘을 강제로 퇴위시키는 등 강경책을 통해 영국의 해외 식민지를 탈취할 것인가, 아니면 정말 군 병력으로 영국 전토를 점령하여 어쩔 수 없이 이들의 항복을 받아낼 것인가에 대해 궁구하다가 이내 결론을 내렸다.

"좋소. 정 그렇게 나온다면 당신들의 신상을 우리는 책임질 수가 없소."

"우리를 죽이기라도 하겠단 말이오? 마음대로 해보시오. 내 나이가 벌써 81세. 살 만큼 살았으니 생에 뭔 미련이 있겠소. 그러니 알아서 하시오."

"후후후! 과연 우리 여왕 폐하도 그런 생각을 하고 계실까?"

"네놈들은 지금 무슨 생각을 하고 있는 게냐?"

노해 부릅뜬 여왕의 물음에도 신헌은 단지 빙글빙글 웃으며 놀리듯 자신의 생각을 읊기 시작했다.

"우리가 파악하기로 여왕폐하께서는 4년 전 미망인이 된 것으로 알고 있소. 하지만 아직 너무 젊은 나이인데 혼자 내버려 두는 것도 예의가 아닌 것 같아 대한제국으로 모시고 가 총리 각하의 후처로 두는 방안도 적극 검토할 생각이오. 우리 총리 각하의 나이가 상당히 젊으니 썩 훌륭한 배필이 되지 않겠소?"

신헌의 말에 존 템플 수상이 놀라 눈이 커지는 것은 물론 빅토리아 여왕 또한 치욕감으로 몸을 부들부들 떨며 악다구니를 해댔다.

"이 짐승 같은 놈들아! 그럴 바에야 차라리 나를 죽여라!"

여왕이 악다구니를 퍼부을 만큼 빅토리아 여왕은 4년 전,
즉 1861년에 작고한 부군을 무척 사랑했다. 그녀는 1840년 사
촌인 색스코버그 고터가(家)의 앨버트 공(公)과 결혼하였다.

독일 출신인 공은 영국에서 백안시(白眼視)되고 그녀도 애정
을 가지지 않았으나 고결한 인격과 풍부한 교양으로 여왕에
게 좋은 조언자와 이해자가 되어 공사(公事)와 가정생활에서
그녀를 두루 뒷받침했다.

이기적인 데가 있던 그녀가 국민이 자랑하고 존경하는 여
왕으로 자라날 수 있던 것은 공에게 힘입은 것이 컸으며, 그녀
도 차차 공의 인품에 감화되어 깊이 사랑하게 되었다. 1861년
공이 42세의 나이로 죽자 그녀는 비탄에 잠기어 버킹엄궁전에
틀어박힌 채 모든 국무(國務)에서 손을 떼었다.

뿐만 아니라 이후 정무를 보는 동안에도 한동안 검은 상복
을 입고 다닐 정도로 그녀는 공을 무척 사랑한 것이다. 그런
그녀이니만큼 신헌의 말에 치를 떠는 것은 당연했다. 아무튼
여왕의 악다구니에도 불구하고 신헌은 여전히 능글맞은 표정
으로 읊조렸다.

"세상에서 가장 멋있는 분을 배필로 맞을 수 있다는 것을
큰 영광으로 아시오. 게다가 26세나 된 왕자도 있으니 왕위를

계승해도 큰 문제가 없을 것이니 정사에도 큰 부담이 되지 않아 좋지 않소?"

신헌의 말처럼 그녀에게는 금년 26세의 장남이 있었다. 원 역사에서 빅토리아 여왕이 오래 사는 바람에 60세에 왕위를 계승해 68세에 세상을 떠날 때까지 짧은 재임 기간으로 그 뜻을 제대로 펴보지도 못한 불운한 왕 에드워드 7세가 그이다.

"차라리 나를 죽여라! 어서 나를 죽여! 이 짐승만도 못한 놈들아!"

이제는 울부짖으며 몸을 마구 흔들어대는 여왕을 지그시 바라보던 어재연이 한마디 거들었다.

"그렇게 되지 않으려면 해외 식민지에서 모두 손을 떼던지."

"그건 안 될 말이오!"

즉각 자신 대신 대답하는 존 템플 수상을 여왕이 노한 눈으로 바라보며 힐난했다.

"하면 당신은 내가 저 미개한 나라로 끌려가 노란 원숭이의 첩이 되어야 속이 시원하겠소?"

동양인을 비하하는, 아니, 총리 각하를 비하하는 여왕의 '노란 원숭이'라는 말에 이번에는 신헌과 어재연이 격분해 치를 떨었다. 곧 이들을 격분케 한 대가가 지불되었다.

"준비된 서류 꺼내!"

"네, 각하!"

곧 부동자세로 답한 박창수 중령이 서류 가방에서 미리 준비된 서류 하나를 꺼내 탁자 위에 올려놓았다. 이를 보고 신헌이 여왕에게 조용히 말했다.

"대보(大寶)를 찍으시오. 아! 대보라 하면 못 알아듣나? 인장 찍으시오. 아니면 수결을 하든지. 내용은 별것 없소. 해외 식민지를 대한제국에 양여한다는 내용이니까."

"무슨 개소리!"

격분해 소리치는 여왕을 여전히 능글맞은 표정으로 바라보던 신헌이 뒤의 부관에게 소리쳤다.

"강제로라도 찍게 해!"

"넵, 각하!"

부동자세로 답한 박창수가 곧 여왕에게 달려들었다. 그리고 그녀의 팔을 잡아 강제로 지장을 찍게 하려는 순간, 여왕이 초인적인 힘을 발휘하며 완강하게 저항했다.

"놔라! 이놈아!"

이 모습을 바라보고 있던 어재연이 돌연 박창수에게 말했다.

"총리 각하께 바쳐질 귀하신 몸인데 어디다 함부로 손을 대느냐? 그러지 말고 아이들을 시켜 이 방과 총리 집무실을 샅샅이 뒤져 인장을 찾아내도록 해!"

"네, 각하!"

곧 박창수가 밖에 나가 명을 전달하고 왔다. 이에 두 사람은 완전히 체념한 표정이 되어 서로를 바라보나 뾰족한 수가 있을 수 없었다. 결국 체념한 빅토리아 여왕이 사정조로 나왔다.

"기왕 이렇게 되었으니 너희들이 우리의 해외 식민지를 다 가져가도 좋다. 하지만 나만은 계속 이 나라를 통치할 수 있게끔 해다오."

잠시 생각하던 신헌이 답했다.

"그건 우리가 승낙할 수 있는 사항이 아니오. 총리 각하께 여쭤보고 그분이 허락한다면 계속 여왕으로 남아 이 나라를 통치하게 될 것이고, 아니면 내 말대로 정말 대한제국으로 가 총리 각하의 후처가 되어야 할 것이오."

"이 개만도 못한 놈들아! 말이면 다 말이냐?"

또다시 격분해 소리치는 여왕을 무시한 채 신헌이 자리에서 벌떡 일어나며 말했다.

"해병사령관께서는 인장을 찾아오거든 문서에 찍어오도록 하시오. 두 부 작성하는 것 잊지 마시고. 가자!"

"어디로 가시게요?"

어재연의 물음에 신헌이 답했다.

"함상으로 가서 총리 각하의 의중을 여쭈어보아야겠소."

"알겠소이다."

박창수 중령이 서류 가방을 어재연에게 맡기자 신헌은 박창수는 물론 호위해 온 5천 병사 중 2천 5백 명을 차출해 대한호로 향했다.

머지않아 대한호 함상에 도착한 신헌은 곧장 관제실로 들어가 대한제국 총리 집무실로 교신을 시도했다. 곧 비서의 응답이 들리고 머지않아 총리 김병호와의 교신이 이루어졌다.

"각하, 영국 여왕은 우리가 파악한 대로 47세의 미망인입니다. 따라서 대한제국으로 데리고 가 각하께 헌상하려 하는데 어찌 생각하십니까?"

곧 총리의 답변이 왔다.

"이 사람이 정신이 있나, 없나? 47세면 물도 잘 나오지 않을 할망구인데. 험험! 그 말은 농담이고, 빅토리아 여왕은 혈우병 보인자로 자손들을 망치게 하니 나는 싫소!"

"혈우병이 뭡니까, 각하?"

"한마디로 한번 피가 나면 잘 멈추지 않는 병으로, 쉽게 죽을 수밖에 없는 운명의 소유자요."

"세상에 그런 병도 있습니까, 각하?"

"그렇소. 본인이 이를 보균하고 있으면 자손에게 그 몹쓸병을 물려줄 확률이 아주 크오."

"알겠습니다, 각하. 그럼 여왕은 그대로 영국을 통치하는 것으로 하겠습니다."

"그렇게 하오."

"네, 각하."

교신을 마친 신헌이 다시 버킹엄 궁으로 돌아가려는데 멀리서 어재연이 아예 여왕과 수상을 끌고 오는 것이 보였다. 머지않아 함상에 도착한 어재연이 두 개의 인장과 두 장의 서류를 내밀었다.

서류는 보나마나 영국의 해외 식민지를 일괄 대한제국에 양여한다는 내용이 적힌 문서일 것이다. 강제가 되었든 어쨌든 이로써 영연방의 제 식민지가 대한제국의 품으로 넘어오는 순간이었다.

이 당시 영국의 식민지를 열거하면 자그마치 53개국이나 되었다. 각 나라를 열거하면 아래와 같다.

오스트레일리아, 뉴질랜드, 캐나다. 몰타, 말레이시아, 싱가포르, 방글라데시, 인도, 스리랑카, 키프로스, 나이지리아, 가나, 시에라리온, 감비아, 케냐, 우간다, 탄자니아, 말라위, 잠비아, 보츠와나, 스와질란드, 레소토, 세이셸, 모리셔스, 바하마, 자메이카, 도미니카, 세인트루시아, 세인트빈센트, 그레나딘, 바베이도, 트리니다드토바고, 가이아나, 사모아, 통가, 키리바시, 투발루, 피지, 나우루, 솔로몬, 짐바브웨, 파키스탄 등이다.

원역사에서는 파푸아뉴기니도 포함되니 유일하게 겹친다

할 것이다. 그러나 지금은 파푸아뉴기니를 대한제국이 선점한 관계로 위의 명단에서는 빠져 있다.

아무튼 이렇게 되어 대한제국은 명실공히 세계 유일 초강대국이 되어 해가 지지 않는 나라로 앞으로 더욱 세계 속에서 거침없는 행보를 해나갈 것이다.

한편 그 시간.

대한제국의 동맹국 네덜란드와 프로이센도 상당한 활약을 펼치고 있었다. 네덜란드는 약삭빠르게 프랑스의 절대적 영향력하에 있던 벨기에를 점령하고 이제는 프랑스 북부를 넘보고 있었다. 이에 못지않게 프로이센군도 화려한 활약을 펼치고 있었다.

양측은 거의 비슷한 정도의 무장을 하고 있었지만, 북독일연방군은 총 47만 5천인 반면 프랑스군은 28만 명이었다. 독일 측은 총참모장이던 몰트케가 지휘하였고, 프랑스는 나폴레옹 3세가 직접 지휘하였다.

프로이센군은 수적으로 우세하였을 뿐만 아니라 전술, 전략적으로도 프랑스군을 압도하고 있었다. 프로이센 측은 잘 발달된 철도망을 통하여 신속하게 군대를 이동시킴으로써 전쟁 초반에 기선을 제압하는 데 성공했다.

개전 10일 후 세당에서 벌어진 전투에서 프로이센군은 철도를 통한 신속한 병력 전개로 나폴레옹 3세를 압도적인 병력의 포위망을 완성했다.

그렇게 되자 사면초가의 형세가 된 나폴레옹 3세는 자국군과 영국군의 지원을 목이 빠지게 기다리게 되었다. 그러나 자국군과 영국군의 지원은 더디기만 했다. 모두 전국적으로 병사를 모아야 하는 일이니만큼 쉽지 않았던 것이다.

이렇게 되니 프랑스군은 점차 전의를 상실하게 되었고, 비록 이들이 위력적인 소총으로 무장하고 있었지만 지휘나 훈련 체계가 잘 잡혀 있지 않아 더욱 빠른 속도로 패배감이 퍼져 나갔다.

이 무렵 프로이센군이 대공세로 전환하니 자체 제작한 4만 킬로그램짜리 크루프 대포가 맹위를 떨치는 속에 프랑스 군대는 대패하고 말았다. 그 결과 나폴레옹 3세는 10만의 병력과 함께 프로이센군에 항복해 포로의 신세로 전락하고 말았다.

이때서야 영국의 첫 지원군 5만이 르아브르항에 입항했으나 실기한 감이 없지 않아 있었다. 어찌 되었든 이틀 뒤 프랑스 파리에서 나폴레옹 3세가 적에게 항복하자 신공화국이 선포되고 새 정부는 민족 항전을 천명하였다.

그러나 공화국군의 처절한 항전에도 불구하고 프로이센은 압도적인 군사력을 동원하여 프랑스를 점령해 나갔다. 영국군 5만이 참전하여 도움을 준다고 하나 이미 대세가 기운 데다 남의 나라 전투에 자국군의 생명을 잃게 하기 싫은 영국 지휘부의 소극적 전투로 인해 전황은 양 연합군에게 나날이 불리해져 갔다.

이런 전투가 보름간 지속되어 또 5만 영국군이 지원해 나섰고, 스페인과 영국 해군마저 군수물자를 지원하고 나섰으나 큰 도움이 되지 못하고 있는 속에서 갑자기 대한제국 해군이 르아브르항에 나타나는 초유의 사태가 발생했다.

이후의 영국 해군의 경과는 기술한 바와 같고, 이틀 후 자국 수상의 철수 명령을 받은 영국 육군이 르아브르항으로 속속 철군하기 시작하자 그나마 근근이 버티고 있던 파리에 집결한 공화국의 시민군이 처절하게 저항했음에도 불구하고 파리가 함락되는 불운을 맞이하고 말았다.

이로써 나머지 지역의 저항도 무기력하게 끝나고, 베르사유 궁전에서 협상이 이루어지게 되었다. 그러나 프랑스 측의 완강한 버티기에 프랑크푸르트에서 재협상이 이루어졌다.

그전에 영국에서 철수한 대한제국 해군은 다시 르아브르항으로 향했다. 동시에 네덜란드 아국 대사관을 통해 네덜란드 정부에 협조 요청을 했다. 즉, 프랑스 북부에서 소극적인 전투를 벌이고 있던 네덜란드군을 르아브르항으로 진격시켜 달라는 요청이었다.

이에 네덜란드 정부가 요청에 따르니 졸지에 르아브르항은 철군해 배를 기다리고 있던 영국군 10만과 거의 동시에 도착한 네덜란드군 5만, 여기에 대한제국 해군 및 해병 8만이 대치하는 형국이 되었다.

이렇게 영국군 10만과 양 연합군 13만이 일촉즉발의 형세를 이루고 있는 가운데 신헌과 어재연은 쓸데없는 전투를 피하기 위해 하나의 꾀를 냈다. 즉, 이곳까지 끌고 온 빅토리아 여왕과 존 템플 수상을 이용하는 것이었다.

곧 신헌과 어재연이 양인의 협조를 구했으나 두 사람은 이를 완강히 거절했다. 할 수 없이 신헌은 영국 육군 사령부에 전령을 보내 여왕과 수상이 생포되어 아군의 수중에 있으니 항복하라는 말을 전했다.

그리고 정 못 믿겠으면 영국 측에서 사람을 보내 확인해도 좋다는 말을 덧붙였다. 이에 영국군의 수뇌부가 실제 확인에 나섰으나 그것이 사실임이 판명되었고, 영국 해군의 궤멸 소식도 함께 들을 수 있었다.

여기에 만약 영국군이 저항한다면 여왕과 수상부터 처형하고 전투를 하겠다는 협박도 곁들이니 전력 면에서도 열세임을 자인한 영국군 사령부는 어쩔 수 없이 전원 항복하는 길을 택했다.

이렇게까지 전개되자 빅토리아 여왕과 존 템플 수상 또한 항복한 영국군 포로들을 생환시키기 위해서라도 강제로 맺어진 식민지 반환 협정을 승인하지 않을 수 없었다.

곧 강제 협정이 실제 협정이 되는 와중에 대한제국군은 또 하나의 난제를 빅토리아 여왕에게 디밀었다. 훗날 에드워드 7세가 되는 장남을 대한제국에 인질로 제공하라는 요구였다.

이에 또 여왕이 버티기에 들어가니 대한제국이 양보를 해 그녀의 막내딸 베아트리스 공주와 대한제국 황제와의 혼인을 요구했다. 이는 여왕이 승낙했으나 조건부였다.

당시 대한제국의 황제 나이 아홉 살, 베아트리스 공주 역시 아홉 살로 동갑인 관계로 양 황실 간에 일단 약혼만 하기로 했다. 이는 영국 왕실법에 17세가 되어야 혼인할 수 있다는 규정에 따른 것이다.

이렇게 되자 대한제국 측에서도 요구한 것이 있으니 그녀를 대한제국으로 보내 약혼을 행할 것이며, 약혼 후에는 대한제국에 살아야 한다는 것이었다. 즉, 인질을 요구한 것이다.

이는 영국 주재 대사의 조언에 따른 것으로 그녀가 둘째 딸 엘리스를 디프테리아로 잃은 후에는 막내딸에게 집착을 보인다는 점을 이용한 것이다. 그러니까 이후 사랑하는 딸을 위해서라도 빅토리아 여왕이 함부로 할 수 없을 것이라는 계산이 깔린 인질 요구였던 것이다.

아무튼 대한제국의 마지노선에 결국 빅토리아 여왕이 승낙해 양국 간의 국혼이 이루어졌으나, 문제는 훗날 밝혀진 사실이지만 막내 공주 베아트리스가 혈우병 보인자라는 사실이었다.

이는 병호 자신은 혈우병 보인자가 있을지 모른다고 빅토리아 여왕의 자녀와 혼사를 거절하더니 남의 일이라고 방기한 결과였다. 어찌 되었든 이로써 대한제국 황실로서는 우환을 하나 안은 셈이 되었다.

이런 우여곡절 끝에서야 양국의 병상이 끝나고, 프로이센과 프랑스 신 공화국 정부 사이에 극적으로 협상이 타결되었다. 즉, 체결된 양국 간의 조약에 따라 프로이센은 알자스─로렌 지방을 획득하였으며, 50억 프랑의 전쟁배상금을 받게 되었다.

보르도에서 선출된 새 의회에 의해 이러한 굴욕적인 강화조약이 진행되는 동안 파리에서는 파리 코뮌이 수립되었으나, 새로운 공화국 정부에 의해 무력으로 진압당하고 약 3만 명이 처형되었다.

한편, 프랑스에 대한 승리는 독일 전체를 열광의 도가니로 몰아넣었으며, 이로써 비스마르크는 자신의 정치적 최종 목적지에 도달했다고 판단했다. 즉, 남부 지방까지 아우르는 독일의 통일을 막을 세력은 사실상 존재하지 않는다고 판단한 것이다.

그러나 총리 김병호는 이들과 생각이 전혀 달랐다. 독일이 통일되며 유럽에서 영국과 프랑스를 대체할 새로운 강국이 탄생하는 것이 내심 못마땅했다. 이에 고민하고 있는데 아침부터 정보부장 이파가 집무실로 찾아들었다. 그런데 이파의 안색이 심상치 않았다. 이에 병호가 물었다.

"인상이 왜 그러오? 아침부터 잔뜩 굳었지 않소?"

"각하, 러시아가 폴란드를 침략하고 미북부 연합이 미남부 연합을 침입했습니다. 게다가 청나라 군대가 영국과 프랑스의 무기 지원에 힘입어 염군이 장악하고 있는 남경성까지 압박하고 있는 실태입니다, 각하."

이파의 보고에 의문이 든 병호가 물었다.

"아무리 영국과 프랑스의 무기 지원이 있었다지만 우리의 지원으로 인해 드라이제 소총으로 무장하고 있는 염군이 그렇게 약하지는 않을 텐데, 어찌 된 일이오?"

"염군 내부에 반란이 일어났습니다."

"언제?"

병호의 질문에 이파가 빠른 속도로 답했다.

"청군이 대공세로 전환하기 직전에 정보 공작을 통해 임화방(任化邦)을 사주한 바 이자가 대두목 장락행을 암살했습니다. 여기에다 이간책까지 시행해 왕관삼이 전열에서 이탈해 일파를 이끌고 있으니 지금 염군은 세 갈래, 네 갈래로 찢긴 상태입니다. 장락행의 조카로서 그의 유산을 물려받은 소염왕(小閻王) 장종우, 이간책에 당한 왕관삼, 또 장락행을 암살하고 노왕(魯王)이라 자처하는 임화방까지 세 세력이 얽히고 설켜 자중지란을 빚는 바람에 남경성마저 위태로운 지경까지 몰린 것입니다. 그나마 다행인 것은 제4세력인 뇌문광(賴文光)이 정통성이 있는 장종우를 돕고 있는 것입니다."

"흐흠."

침음하며 잠시 고민하던 병호가 단호하게 말했다.

"버려!"

"네?"

"염군은 더 이상 지원하지 말고 그 대신 황하 이남으로 아군을 진주시켜 장강 이북을 차지하는 것으로 해야겠어."

"러시아와 북미연합도 움직이고 있는데요?"

"그곳은 그전에 우리가 세운 계획대로 행하면 큰 문제는 없을 것이야."

"알겠습니다, 각하. 한데 프로이센이 급격히 강력해지는 것은 어떻게 처리할 예정이십니까?"

"그 문제는 외교적으로 풀기로 했으니 너무 걱정하지 않아도 되오."

한마디 한 후 입을 굳게 다무는 총리 김병호를 보고 이파는 그가 더 이상 말하지 않으려 함을 간파하고 인사를 한 후 그 자리를 물러났다. 이파가 물러가도 한동안 실내를 서성이며 고민하던 병호가 무슨 대책이 섰는지 즉각 외무대신 오경석을 호출했다. 그리고 비밀 지침을 내려 오경석을 오스트리아로 급파했다.

오랜 항해 끝에 오스트리아 궁정으로 찾아든 오경석은 곧 황실의 한 방에서 오스트리아 황제 프란츠 요제프 1세(Franz Joseph I)와 대면하게 되었다. 서로의 인사가 끝나자 36세의 젊은 황제 프란츠 요제프 1세는 곧장 본론으로 들어갔다.

"무슨 일로 아국을 찾으셨소?"

"그전에 묻고 싶은 것이 있습니다, 폐하."

"얼마든지."

자신만만한 그의 말에 비해 오경석은 조심스럽게 입을 떼었다.

"프로이센이 강력해지는 것을 바라십니까, 폐하?"

"절대 아니오!"

즉각 부정하는 그를 보고 내심 회심의 미소를 지은 오경석이 말했다.

"프로이센 남부의 바이에른, 뷔르템베르크, 바덴 등 북독일 연방 비참가국이 프로이센에 편입되는 것을 대한제국이 적극적으로 막아 그들이 강력한 국가를 이루는 것을 저지해 주겠습니다. 그 대신 몇 가지 조건이 있습니다, 폐하."

"말씀해 보시오."

"헝가리 토지 귀족과 제휴하여 그 왕국을 인정해 줄 것과 양국 간의 국혼으로 그간 적대적이던 관계를 청산하고 새로운 시대로 나아가자는 것입니다, 폐하."

"흐흠!"

침음하며 잠시 생각에 잠겼던 황제가 곧 답했다.

"대한제국의 뜻에 따르겠소."

의외로 빠르게 그가 결단하는 것은 물론 대한제국의 뜻에 따르는 것을 보고 오경석이 의아한 표정을 짓자 그가 보충 설명을 했다.

"아니래도 헝가리 왕국을 인정하지 않으면 내부 혼란으로 더욱 강해진 프로이센에 대항할 길이 없다 판단했기에 진즉부터 짐도 고민하던 문제였소. 그러나 헝가리의 완전한 분리 독립을 인정하는 것은 아니오."

"그 문제는 우리도 양해하겠습니다."

"좋소."

이렇게 되어 프란츠 요제프 1세의 장녀로 금년 11세인 조피 프리드리케(Sophie Friederike) 대공녀와 대한제국 황제와의 혼사도 추진케 되었다. 또 오스트리아—헝가리 제국을 탄생시키는 계기가 되었다.

즉, 황제는 얼마 후 바로 헝가리 의회에 교서를 내려 헝가리 혁명 영웅이던 율리우스 안드라시 백작을 총리로 임명하는 것과 함께 헝가리 독립을 인정하겠다는 의사를 전달한 것이다.

이러한 황제의 교서는 헝가리의 완전한 분리 독립을 인정한 것은 아니었지만, 제국 내에서 헝가리 신민들의 자치 정부를 인정해 줌에 따라 헝가리는 대한제국의 도움으로 장차 한 국가로 독립하는 길이 열린 것이다.

그러나 문제는 이제부터였다. 어떻게든 독일을 설득시켜 프로이센 남부 지방에서 더욱 강력해진 이들이 손을 떼게 하는 것이었다. 이에 오경석은 무거운 마음을 안고 빌헬름 1세가 거주하는 궁정으로 찾아들었다.

*   *   *

프로이센 왕은 심한 정신병에 걸렸고 왕제 빌헬름은 섭정이 되었다. 얼마 지나지 않아 왕이 죽은 후 빌헬름이 즉위했으니 이이가 빌헬름 1세이다.

군대에 오래 근무한 빌헬름 1세는 매우 보수적인 데다 얼굴은 무표정했고 태도는 거만했으며 멋진 팔자수염을 기르고 있었다. 그다지 호감을 주지는 않았지만 한 번 내린 결론은 중간에 바꾸는 법이 없었고 주변에 우수한 부하가 많았다.

그 필두가 재상 비스마르크였다. 융커(원래 뜻은 '젊은 주인, 곧 도련님'. 아직 주인의 지위에 오르지 않은 귀족의 아들을 가리킨다. 16세기 이래 엘베강 동쪽 프로이센 동부의 보수적인 지방 귀족의 속칭으로 사용되었다) 출신의 190㎝ 정도 되는 큰 키를 가진 그는 대학에서는 28번 결투하여 모두 이겼는데, 그때의 상처가 평생 얼굴에 남아 있었다.

프로이센 의회(프랑스의 삼부회 같은 것으로 귀족·중산계급· 평민 3부로 나눠져 있었다)에 뽑혀 민주주의에 대한 공격과 프로이센 중심주의로 두각을 나타내 왕에 중용(重用)되었다. 1862년 프로이센의 재상이 되었고, 취임한 지 얼마 안 되어 철혈(鐵血) 연설을 했다.

"독일은 프로이센에 자유주의가 아니라 힘을 기대하고 있다. 시대의 요청은 언론과 다수결이 아닌 철과 피로 해결된다."

다음으로 참모총장 몰트케. 독일의 몰락한 구 귀족 출신이며, 원래는 덴마크군(軍)에 있었다. 프로이센의 발전을 기대하고 옮겨왔다. 매우 마른 체격에 새 같은 눈, 매부리코, 얇은 입술의 그는 당시의 사회사상에 지극히 냉담했다.

말이 없고 금욕적인 편이었는데 책과 담배를 아주 좋아했으며 고급 여송연을 즐겨 피웠다. 철도와 전신(電信)을 중시해 '요새보다도 철도가 중요하다'고 주장했다. 프리드리히 2세와 마찬가지로 기동성이 승리의 열쇠라고 믿는 사람이었다.

그리고 왕 크루프가 있었다. 그는 작은 공장주의 아들로서 열네 살에 아버지를 잃고 공장주가 되었다. 청년 시절에는 영국의 진보된 기술을 알기 위해 프로이센 귀족으로 변장, 영국으로 건너가 철광 공장을 시찰하고 다녔다.

'큰 키에 품위 있는 태도. 작은 백조를 본뜬 은제 박차(拍車)가 붙은 장화—영국인 공장주들은 이 귀족의 정체를 끝내 알아차리지 못했다'고 한다. 그러나 삼십 대에 접어들어서는 고생 탓인지 머리가 벗겨지고 이마에는 깊은 주름이 잡혀 예전의 귀공자 모습은 찾아볼 수가 없었다.

1851년의 런던 박람회에서 청동이 아닌 강철로 만든 6파운드 야포(野砲)를 출품해 군사 관계자들을 놀라게 하기도 했다. 그 후 비스마르크가 공장을 방문하자 '다른 나라 정부는 제 앞에 눈이 휘둥그레질 큰돈을 싣고 와서 부디 자기 나라에 대포 공장을 만들어 달라고 하고 있습니다'라고 호언하며 최대한 자신을 알렸다. 곧 크루프사(社)의 대포는 프로이센 포병대의 주 무기가 되었다.

오스트리아와의 전쟁.

비스마르크는 재상이 된 후에 의회를 무시하고 병력을 증강했다. 그리고 나중에는 의회 자체를 폐쇄했으며 출판을 엄격히 단속했다. 국민들의 불만은 날로 커져갔고, 그는 전쟁으로 불만을 잠재우기로 마음먹었다. 독일 통일을 위해 전쟁은 꼭 필요하기도 했다.

'비스마르크, 몰트케, 크루프' 이들은 독일 정복에 나선 것이다. 우선 오스트리아를 격파해 '대독일주의'의 숨통을 끊어놓아야만 했다. 프로이센은 오스트리아와 손잡고 덴마크로부터 슐레스비히·홀슈타인 지방을 나눠 갖고 있었는데 이 지방의 권익 때문에 오스트리아와 다투었던 것을 구실로 전쟁을 시작했다.

비스마르크는 프랑스의 호의적 중립을 얻어내고 이탈리아와 동맹하여 오스트리아 포위망을 격파했다. 몰트케는 전신과 철도를 이용해 대군(大軍)을 효율적으로 전쟁터로 이끌었다. 크루프는 오스트리아군의 전장총(前裝銃)과 전장식 대포에 맞서 후장총(後裝銃)과 후장식 대포를 프로이센군에게 공급했다.

쾨니히그레츠에서 오스트리아와 격돌했다. 국왕, 비스마르크, 몰트케, 이 세 사람은 언덕 위에서 전투를 지켜보았는데 전투는 고전을 면치 못했고, 구원 요청이 빈번히 왔지만 몰트케는 작전을 변경하려 들지 않았다.

이때 비스마르크는 문득 생각나서 여송연 케이스를 내밀고 몰트케에게 권했다. 여송연은 두 개밖에 남지 않았고 한 개는 못 쓰게 되어 있었다. 그는 좋은 여송연을 집었다.

비스마르크는 국왕에게 '전투는 승리합니다. 그는 이런 중대한 때에 냉정하게 좋은 여송연을 선택했습니다'라고 말했다고 한다. 믿기 어려운 일화이지만 어쨌든 원군(援軍)은 몰트케의 예상대로 도착했다. 오스트리아는 패했고, 프로이센의 위상은 확고해졌다.

프로이센·프랑스 전쟁.

그러나 남독일 국가들은 여전히 프로이센의 지배를 받아들이지 않았다. 그래서 비스마르크는 어제까지의 아군인 프랑스와 싸워 독일인의 국민 의식을 고무하고 남독일을 같은 편으로 끌어들이려 했다.

게다가 프랑스 국왕은 그 한 맺힌 나폴레옹의 조카 나폴레옹 3세였다. 애국심을 고양하는 데 있어 더 이상 좋은 방법은 없었다. 비스마르크는 열심히 구실을 찾았다.

프로이센·프랑스 양국의 긴장은 전 세계가 아는 바였다. 막부 말기의 일본 토막파(討幕派)에 사이고 다카모리(西鄕隆盛)라는 희대의 권모가가 있었다. 그는 유신 직전 이미 '도리에 어긋나는 생각이기는 하지만 지금 프로이센과 프랑스가 전쟁을 시작해 주면 프랑스가 막부에 무기 원조를 제대로 할 수 없을 테니 좋은 기회'라고 친구에게 써 보냈다.

절호의 기회가 찾아왔다. 스페인에서 왕조가 단절되자 임시 정부는 왕가의 옛 인척인 프로이센의 레오폴트 공자를 맞이하겠다고 한 것이다. 프로이센의 세력이 커질 것을 염려한 프랑스는 즉각 간섭하고 나섰다. 비스마르크는 기뻐 춤을 추었지만 국왕 빌헬름 1세의 생각은 달랐다.

그는 프랑스와의 전쟁을 원하지 않았고, 레오폴트가 즉위를 거절하게 했다. 그러나 프랑스는 너무 앞서 갔다. 프랑스가

'프로이센 왕가의 사람은 앞으로 영원히 스페인 왕이 되지 않겠다고 약속해 주시오'라고 말한 것이다.

빌헬름 1세는 평소의 무표정한 얼굴로 이를 거절했고, 비스마르크에게 '일단 보고하라'는 전보를 쳤다. 비스마르크는 마침 몰트케와 식사 중이었는데 포크를 쥔 손을 놓으며 몰트케에게 물었다.

"군대를 준비시키는 데 얼마나 걸리겠소?"

"즉시 할 수 있습니다."

이 말을 듣고 비스마르크는 전보의 내용을 고쳤다.

"프랑스 대사는 국왕에게 너무나 무례한 요구를 했기 때문에 국왕은 면회를 거절해 이제 할 얘기는 없다고 말했다……."

고쳐 쓴 전보는 신문에 발표되었고, 그 효과는 즉시 나타났다. 독일 국민은 분노했고, 프랑스 국민도 화가 났다. 나폴레옹 3세는 여론에 밀려 스스로 선전포고를 함으로써 주변 국가들의 동정까지 잃어버렸다.

전쟁은 시작되었다. 몰트케로서는 '10년이 넘게 작전을 짰으므로 막상 시작되면 할 게 아무것도 없는' 전쟁이었다. 남독일 연방들은 프로이센의 편에 섰다. 프랑스군의 주력은 파리에서 차단되어 포위당했다. 인기를 얻으려던 나폴레옹 3세는 몸소 군을 이끌고 포위당한 것을 풀어주러 갔는데 오히려 포로가 되고 말았다.

그래도 프랑스 국민은 전쟁을 중지하지 않았고, 파리에 공화 정부를 만들어 저항하다 결국은 지쳐 항복했다.

　프랑스의 항복에 앞서 프로이센군은 파리를 완전히 포위하고 교외의 베르사유궁전을 점거, 궁전에서 빌헬름 1세를 둘러싸고 독일제국의 탄생을 축하했다. 새 황제 빌헬름은 '바이에른의 루트비히 2세가 요청했기 때문에 할 수 없이' 제관을 받았다고 술회했다.

제3장
러청미와의 전쟁

보름 전 프로이센의 국왕 빌헬름 1세는 프랑스 절대왕정의 상징인 베르사유궁전의 '거울의 방'에서 독일 제국의 황제로 즉위하였다. 독일 역사상 두 번째 제국이 탄생한 것이다.

　첫 번째 제국이 실질적인 정치권력을 행사하지 못한 불완전한 것이었던 반면 제2제국은 명실상부하게 황제의 권한이 보장된 제국이었다. 독일이라는 국가가 근대적인 민족 국가로 등장함과 동시에 세계적인 강대국으로 발돋움하는 역사적 순간이기도 했다.

　독일이라는 강대국의 등장. 이것이야말로 원역사에서 세계

1, 2차 대전을 일으키는 근본 원인이라고 진단한 병호는 앞으로 전개될 세계사의 불행을 막고 대한제국만이 세계 유일 초강대국으로 군림하기 위해 오경석을 파견한 것이다.

어찌 되었든 빌헬름 1세를 예방한 오경석은 내정과 외교에 실질적 권한을 갖고 있는 총리 비스마르크를 만나기 위해 그의 집무실로 향했다. 그의 집무실로 향하며 오경석은 그에 대한 생각이 많아졌다.

오늘의 독일이 있게 한 실질적 주인공 오토 폰 비스마르크(Otto Eduard Leopold von Bismarck)가 의회에서 행한 연설을 똑똑히 기억하고 있었다.

"연설과 과반수의 찬성으로 당면한 문제가 해결되지 않습니다. 문제의 해결은 무엇보다도 '철과 피'를 통해서만 가능한 것입니다."

이 유명한 연설이 의미하는 것은 분명했다. 독일, 당시는 프로이센이 당면한 문제는 자유주의적 이상이 아니라 국가의 힘을 통해 해결된다는 것이다. 아무튼 이 연설로 인해 그는 '철혈재상(鐵血宰相)'으로 회자되었다.

또 그의 말 중에는 '야망이 없는 자, 짐승과 무엇과 다르랴'는 말은 젊은이들을 들뜨게 하는 유명한 말이기도 했다. 이런 생각 속에 오경석이 그의 집무실에 도착하니 그가 정중하게 맞았다.

"어서 오시오. 외무대신 각하!"

"반갑습니다, 총리 각하!"

손을 맞잡고 흔들며 비스마르크를 바라보니 벌써 51세가 된 그는 머리가 상당히 벗겨져 있었다.

"자, 이쪽으로 앉으실까요?"

"고맙습니다."

가볍게 답한 오경석은 그가 권하는 테이블에 앉았다. 그러자 그를 수행해 온 사람들이 그를 중심으로 양옆에 앉고 비스마르크 측도 그를 중심으로 맞은편에 자리를 잡았다.

자리가 정돈되자 비스마르크가 곧 입을 열어 감사를 표했다.

"대한제국의 도움으로 손쉽게 승리할 수 있었습니다. 감사드립니다, 각하."

"독일의 저력이 상당했기에 가능한 일이었지요."

"그런데 무슨 일로 찾아오셨습니까?"

"다름 아니라 바이에른, 뷔르템베르크, 바덴 등의 남부 지방 문제를 협의드리고자 합니다."

"그들이 무슨 문제가 됩니까? 독일연방에 편입시키면 되지요."

"그들이 자신들을 지키기 위해 금번의 전쟁에서는 일시적으로 프로이센 편에 선 것은 사실이나 독립을 원하는 것도 사실

아닙니까?"

"관세 등 모든 것이 이제 새로 출범한 우리 독일제국에 편입되었는데 이제 와서 새삼 그들의 문제를 꺼내는 것 자체가 이상합니다만?"

"그들은 이 시각에도 분명 독립을 원하고 있습니다. 독립을 쟁취하기 위해 아국을 찾아와 하소연하기도 했고요."

불쾌한 듯 비스마르크의 얼굴이 상기되며 언성이 높아졌다.

"그래서 어쩌자는 말입니까?"

"일단 공국으로 독립시켜 놓고 추이를 좀 더 지켜보는 것이 어떻겠습니까?"

"제가 볼 때는 대한제국이 쓸데없는 내정간섭을 하는 것 같습니다."

"그들과 엄연히 통일된 것이 아닌데 어찌 내정간섭이라 하십니까?"

"귀하가 지금까지 적대국이던 오스트리아를 들러 올 때부터 수상하다 생각했습니다. 이는 분명 강대국으로 발돋움한 우리 독일제국을 견제하기 위한 수작 아닙니까?"

"수작이라니요? 말조심하시오. 굳이 밝힐 일은 아니지만 내가 오스트리아를 경유해 온 이유는 헝가리의 자치를 허용하여 불필요한 피를 흘리지 말라 충고하기 위함이었고, 실제로 그들은 그렇게 하기로 했습니다. 정 못 믿겠으면 독일제국이 현재 오스트리아가 지배하고 있는 옛 폴란드 남부지방을 함락시켜 독일제국에 편입시킨다 해도 우리 대한제국은 전혀 관여할 생각이 없습니다."

오경석의 말에 비스마르크가 반색하며 달려들었다.

"정말이십니까, 각하?"

"험험, 그 대신 조건이 있소."

"무엇입니까, 각하?"

"옛 폴란드 영토였지만 대한제국의 강요로 폴란드에서 철수한 러시아가 옛 폴란드령으로 다시 진주한 것은 귀하도 잘 아실 것이오?"

"그렇습니다."

"러시아를 물리쳐 폴란드가 명맥이나마 유지케 해주신다면 독일제국이 오스트리아령 폴란드를 차지한다 해도 우리는 눈감아줄 용의가 있소."

"흐흠! 그렇게 되면 러시아와 적이 되는 것인데……."

"독일 단독으로 러시아와 싸우라 하지는 않겠소. 우리 대한제국도 동쪽에서 그들을 징치할 것이니 그들로서는 아마 폴란드까지 신경 쓸 겨를이 없을 것이오."

"그렇다면 승낙 못 할 것도 없지요."

이렇게 답하는 비스마르크라고 대한제국이 러시아나 오스

트리아와 적대국이 되어 싸우라 획책하는 것을 모르지 않았다.

그렇지만 독일제국의 영토를 한 치라도 더 넓혀 세계 초강대국이 되길 바라는 염원에 이 모든 것을 감수하고라도 대한제국의 뜻에 기꺼이 따르려는 것이다.

애초에 자신들이 계획한 대로 남부 지방을 독일제국에 편입시켰다면 조금이라도 생각해 볼 여지는 있었을 것이다. 그러나 대한제국이 그들을 분리시키려는 확실한 의지를 보인 이상 그들의 편입은 이제 포기해야 했다.

지금 와서 세계 유일 초강대국인 대한제국을 상대한다는 것은 전 유럽이 동맹을 맺고 달려들어도 현실적으로 불가능하다는 것을 잘 알고 있는 비스마르크였기 때문에 알면서도 미끼를 덥석 문 것이다.

또 현실적으로 대한제국과 우방으로 남아 있는 것 자체로도 국제 무대에서의 발언권은 비교 불가였기 때문에 더더욱 그러했다. 아무튼 이렇게 되어 폴란드는 그나마 명맥을 유지할 수 있는 길이 트였다.

16세기 말 유럽의 곡창지대로 최대 전성기를 맞았으나, 이후 폴란드는 세 차례에 걸친 러시아, 오스트리아, 프로이센 삼국의 영토 분할로 나라가 소멸되다시피 한 것을 대한제국의 중재로 그나마 러시아령만 영토로 유지하고 있다가 금번에 재차 러시아의 침략을 받아 다시 소멸 직전의 나라가 되어 병호의 의지에 따라 숨만 쉬고 있게 되는 것이다.

병호가 이렇게 폴란드에 관심을 갖는 것은 우리 민족만큼이나 그들의 역사 또한 굴곡이 많았기 때문에 동병상련의 심정으로 그들을 도와주고 있는 것이다. 아무튼 오경석이 '바이에른 공국'을 출현시키는 등 성공적인 임무를 수행하고 있는 동안에도 대한제국 내에서는 활발한 움직임이 있었다.

제일 먼저 병호가 행한 일은 오경석이 비스마르크에게 말한 대로 러시아 영토로의 진공(進攻)이었다. 대한제국과 영토를 접하고 있지만 대한제국이 두려워 폴란드를 재침한 그들을 절대 용납할 수 없었던 것이다.

물론 오경석이 협상한 대로 신생 독일제국만 끌어들여도 러시아의 야욕은 좌절시킬 수 있을 것이다. 그러나 애초부터 러시아가 강대국으로 발돋움하는 것을 원치 않았고, 그들의 드넓은 영토에 야심을 품고 있던 병호였기에 차제에 다시 대한제국의 영토를 넓히려는 계획인 것이다.

병호의 명에 의해 양국의 국경선에 포진해 있던 50만 대군이 일제히 예니세이강을 도강해 러시아 영토로 진격하기 시작했다. 이에 맞대응해 러시아 또한 국경선에 포진해 있던 50만 병력으로 응전해 왔다.

러시아 병력이 이렇게 증강된 이유는 러시아 황제 알렉산드르 2세의 일련의 개혁 정책에 힘입은 바가 컸다. 농노를 해방시킨 것은 물론 병역제도 개혁, 지방행정 개혁, 사법제도 개혁을 원역사보다 빠르게 추진한 것이다.

이는 부친이 크림전쟁에서 러시아군이 병력만 많을 뿐 무기에서나 훈련 수준에서나 서유럽 군대의 상대가 되지 않음을 확인하고 절망 속에서 세상을 뜬 것과 마찬가지로 자신 또한 예니세이강 일대의 영토를 잃었다.

이에 그는 절치부심해 병역제도 개혁부터 착수해 국민개병제 실시를 본격화했다. 이전까지 러시아 군대는 억지로 끌려간 농노들의 군대였고, 높은 자와 가진 자가 모두 외면하는 군대였다. 사기에서나 훈련에서나 유럽의 국민 군대에 필적할 리 없었다.

장교조차 사관학교를 거치지 않은 귀족 도련님들이라 전술에 대한 이해도, 직업의식도 낮았다. 그러나 이제 일정 연령대의 러시아 남성은 누구나 병역 의무를 지게 되었고, 복무 기간도 25년에서 6년(해군은 7년)으로 단축될 수 있었다.

그 결과 7천만 인구를 바탕으로 100만 군대를 양성할 수 있었다. 뿐만 아니라 장교 양성을 위한 사관학교도 설치되고, 모든 사병을 대상으로 기초 교육이 실시되어 군인의, 나아가 국민의 지적 수준을 높이게 되었다.

여기에 낡은 무기를 최신식 무기로 바꾸는 작업도 계속해

서 진행했다. 그러나 아직은 미흡한 면이 많았고, 대한제국군
과 비교하는 것 자체가 문자 그대로 어불성설이었다.

이렇게 양국 군이 서시베리아 평원을 사이에 두고 사투를
벌이기 시작할 때 대한제국의 또 다른 군대는 황하를 넘고 있
었다. 청과의 국경에 포진해 있던 30만 군대였다.

뿐만 아니라 '알타 캘리포니아'라는 이름 대신 '캘리포니아
자치령'으로 이름이 바뀐 대한제국의 미 서부 영토의 군도 일
제히 움직이기 시작했다.

즉, 남북전쟁 중 파견되었던 애초의 17만 명, 여기에 후에 일
본에 주둔하고 있다 파병된 대한제국군 15만, 총 32만 중 12만
을 캘리포니아 자치령의 치안을 유지하기 위해 남겨두고 재침
한 북군에 대항하기 위해 20만이 북부 연합 동부의 땅으로 진
격하기 시작한 것이다.

이렇게 동시다발적으로 3국과의 전쟁을 치르기 위해 병호
는 사전에 치밀한 준비를 해왔다. 그 일환이 일본에 대한 개병
제 실시로 양성된 30만 일본군이었다.

병호는 사전에 아국 해군과 상선을 동원해 20만은 러시아
의 국경으로 이동시켰고, 10만은 청국과의 전쟁에 동원했다.
그래서 러시아 국경에 포진해 있던 군대 30만에 일본군 20만
이 더해져 50만이 동원될 수 있었던 것이다.

또한 황하 이남으로 남진한 30만 군은 일본군 10만이 포함

된 숫자였다. 아무튼 이렇게 동시다발적으로 3국 전쟁이 진행되는 동안 훌륭하게 임무를 마친 유럽 파견 아국 해군과 해병들은 귀환길에 오르고 있었다.

이런 상황 속에 주한 청나라 대사 숙순이 급히 총리 김병호에게 면담을 요청해 왔다. 이에 병호가 응하니 두 사람은 병호의 집무실에서 마주하게 되었다. 서로의 인사가 끝나자마자 병호가 대뜸 물었다.

"무슨 일이오?"

"각하, 어찌 또 우리나라를 침략하십니까?"

"몰라서 묻소? 왜 남부의 염군에게 무력을 사용하는 것이오?"

"이야말로 내정간섭입니다, 각하. 엄연히 장강 이남 또한 우리 청국의 영토로 반란 무리를 토벌하는 것은 당연한 일 아닙니까?"

청나라 또한 대한제국이 두려워 북진은 못하고 영국 외상의 제의에 응해 차제에 남부 반란군을 토벌하고자 공작을 실행함과 동시에 대군을 동원했다. 하지만 대한제국이 염군을 토벌한다고 자국을 공격할 줄은 몰랐던 까닭에 당황했다. 이에 숙순이 찾아와 항의하고 있는 것이다.

"물론 그렇기는 하지만 염군이 우리의 비호를 받고 있다는 것은 공공연한 비밀이고, 그들을 토벌한다는 것은 곧 대한제국에 항거하겠다는 뜻 아니오?"

"그럴 의사는 전혀 없습니다, 각하."

"어찌 되었든 우리 또한 군대를 철수할 의향이 전혀 없으니 알아서 하시오."

"아국이 어찌하면 되겠습니까, 각하?"

사정조가 지나쳐 금방이라도 발아래 무릎이라도 꿇을 기세인 숙순을 바라보면서도 병호의 대답은 냉담하기만 했다.

"뭘 어찌하오? 청국도 대항해 싸우면 되지."

"그럴 처지가 되었다면 제가 굳이 찾아와 사정을 하겠습니까? 그러니 제발 우리의 옛정을 생각해서라도……"

"허허, 이것 옛정까지 운운하니 참으로 난감하외다."

병호가 틈을 보이자 숙순이 득달같이 달려들었다.

"아국이 보존할 길을 제발 알려주세요, 각하!"

"정 그렇다면 영토를 교환하는 것으로 합시다."

"네?"

"장강 이북을 우리에게 넘겨주고 장강 이남을 차지하시오."

"그곳은 아직 아국의 영토가 아니지 않습니까?"

"염비들을 토벌하면 되지 뭘 걱정이오? 그 정도 역량도 안 됩니까?"

"가능은 합니다만, 대한제국군이 물러나야……"

"약속만 한다면 우리 군이 청군을 적대시하지 않는 것은 물론 염군에 대한 지원도 일절 하지 않겠소. 단, 6개월의 시한을 줄 테니 청국 조정은 물론 군대 또한 장강 이북에서 완전 물러나야 하오."

"글쎄, 그것이 가능할까요?"

혼잣말처럼 중얼거리며 생각에 잠기는 숙순을 향해 병호가 단호한 목소리를 토해냈다.

"이것이 우리의 최후의 안이니 알아서 하시오."

"허, 이것 참……."

난감한 표정이던 숙순이 아무리 생각해도 다른 수가 없다고 생각했는지 말했다.

"하면 제가 일시 귀국해 조정에 의사를 타진해 보겠습니다, 각하."

"귀국할 것도 없소. 아국 대사관을 이용한다면 무선전신으로 얼마든지 그들의 의사를 들을 수 있을 테니까."

"알겠습니다. 하면 신세를 좀 지겠습니다."

숙순의 말에 병호는 유대치를 불러 숙순이 무선전신을 이용할 수 있도록 도와주라 지시했다.

*   *   *

한편 숙순의 말을 주청 대한제국 대사로부터 들은 청나라 조정은 오뉴월 밤 개구리 우는 논바닥처럼 시끄러워졌다. 아직 10세인 황제 동치제는 의젓하게 용상에 앉아 있으나 허수아비였고, 섭정 지위의 서태후가 주렴 뒤에 앉은 가운데 청 조정 주요 인물인 네 명이 대한제국의 제의 때문에 다투고 있었다.

그 면면은 총리아문의 수보로 내정과 외교를 총괄하게 된 공친왕 혁흔, 군기대신 좌종당, 대양대신(大洋大臣) 이홍장, 문화전대학사 장지동(張之洞)이 그들이다.

원래 증국번이 이 자리에 있어야 하나 그는 노구에도 불구하고 염군을 토벌하기 위해 이 자리에 없었다. 그 대신 참석한 인물이 근래 서태후의 총애로 권력의 전면에 등장한 금년 29세의 장지동이었다.

서태후가 끝까지 보수주의자로 청나라 체제를 고수하려는 반면에 그는 훗날 그의 저서 '권학편(勸學篇)'에 등장하는 유명한 '중체서용(中體西用)'으로 그의 사상을 잘 표현하고 있다.

중체서용은 중국의 학문을 본질적 원리로 삼고 서양 학문을 실제적 용도로 삼는다는 것으로 체(體)와 용(用)은 각각 중국의 목적과 서양의 방법, 또는 중국의 가치와 서양의 기술을 말하며, 중국의 도덕적 원리와 윤리적 교훈을 근본으로 부강을 위하여 서양의 방법을 도입하자는 것이다.

그러니까 서태후의 보수적 사상에 혁흔과 같은 이들의 개

혁 사상을 절묘하게 절충한 사상이라 할 것이다. 이는 현 중
국 공산당이 택하고 있는 정체성과도 맞닿아 있는 사상일 것
이다. 머리는 공산주의이면서 몸체는 자본주의인 괴상한 체제
말이다.

아무튼 실세 사 인 가운데 제일 먼저 발언에 나선 이는
군기대신 좌종당이었다. 이 사람은 원역사에서 러시아가 이
리(伊犁) 지방을 점령하고 청나라의 철병 요구를 거절하자,
그는 무력으로 해결할 것을 강력히 주장하였으나 정부에 의
해 거부당하고 북경으로 소환된 일이 있는 강경론자였다.

"대한제국의 제안은 말도 안 되는 소리입니다. 그러니까 황
하 이북을 쉽게 내주어서는 안 되는 일이었습니다. 대청을 내
주면 결국 안방을 내준다는 이치와 같다는 말입니다. 따라서
지금이라도 늦지 않았으니 대한제국과 끝까지 싸워 우리의 영
토를 지켜야 합니다."

이 발언에 문화전대학사 장지동이 나섰다. 옛날 같았으면
만한(滿漢) 2인의 대신을 임명하는 규정에 따라 만주족과 한
족 2명의 대학사 중 항상 만인이 앞에 서고 한족이 뒤에 섰으
나 지금은 한족이 앞에 설 만큼 한족의 위세가 드높아졌다.

그나마 나머지 관리들은 이런 중요 논의에 참석하지도 못
할 만큼 당금의 실세는 이들 사 인이었다.

"우리가 통치하고 있는 곳은 어차피 3역(황하 이북, 장강 이

북, 장강 이남) 중 하나. 큰 손실이 없는 제안이라 생각하옵니다."

현 체제를 고수하고 끝까지 안락과 사치를 누리려는 서태후의 입맛에 맞는 말이었으나 대양대신 이홍장이 발끈하였다. 대양대신은 근래 생긴 직제로 북양(北洋), 남양(南洋) 함대사령관으로 해군사령관의 이름이다.

"말도 안 되는 소리! 곧 남경성을 함락시킬 수 있는 이 마당에 저 조선 놈들이 그런 주장을 한다는 것은 우리가 강성해지는 것을 눈 뜨고 볼 수 없기 때문입니다! 따라서 더 물러나서는 안 됩니다! 죽이 되었든 밥이 되었든 조선 놈들과 끝까지 싸워 끝장을 보아야 합니다!"

그러자 공친왕 혁흔이 고개를 흔들며 말했다.

"말로는 무슨 말인들 못하겠소? 기분 같아서는 나도 대양대신과 같은 말을 하고 싶으나 현실은 냉엄하오. 우리로서는 도저히 대한제국과 싸워 이길 재간이 없으니 수용하는 도리밖에 없을 것 같소. 따라서 그들의 제안을 수용하되 현실적으로 우리가 얻을 수 있는 이익을 최대한 이끌어내는 전략으로 협상에 임해야 할 것이오."

혁흔다운 발언이었다. 개혁가이면서도 현실론자인 혁흔은 당시 역사적 조건에 근거하여 중국은 전통적인 전쟁관을 바꾸어야 한다고 생각했다. 즉, 모험적인 행동을 반대한 것이다.

예컨대 춘추시대 노나라의 조예가 날카로운 칼을 쥐고 제환공을 위협하여 빼앗긴 땅을 되찾았다는 따위의 역사책에 나오는 미담 같은 것을 혁흔은 극도로 경계했다.

만약 당시에 제나라 재상 관중이 적극적으로 말리지 않았다면 제 환공은 틀림없이 노나라에 보복을 가했을 것이고, 그 결과는 엄청난 비극이 되었을 것이다. 따라서 조예의 행동은 위험천만한 모험이었다. 혁흔은 이 사건을 이렇게 해석했다.

'보잘것없고 무모한 용기로는 자신을 보호할 수 없다. 심하면 나라에 화를 미칠 것인데 그 죄는 누가 진단 말인가. 군자는 크고 먼 것을 보고 아는 데 힘을 써야 한다. 예로부터 훌륭한 신하는 나라를 위해 깊게 생각하는 것을 근본으로 삼았다. 공을 세우는 데만 급급한 행동을 취해서는 안 된다', 이것이 혁흔의 생각이었다.

그는 또 제2차 아편전쟁에 대해 실제 역사상의 대외 전쟁 사례를 거울로 삼아 중요한 것과 덜 중요한 것, 급한 것과 덜 급한 것을 따져서 무력 충돌을 피했어야 한다고 했다.

치밀한 계산 없이 무력으로 충돌했다가 패하면 그때 가서는 평화 협상에서도 엄청난 손해를 볼 수밖에 없으므로 외교 수단을 통해 가능한 전쟁을 피하는 쪽이 현명하다는 결론이었다.

혁흔과 같은 시대를 살았던 인물들, 예를 들어 그의 동생인 혁현은 혁흔의 정치적 재능을 '명쾌(明快)'라는 압축된 단어로 표현했다. 오늘날의 표현을 빌리자면 임기응변에 능숙하면서 큰일을 과감하게 처리한다는 뜻이 될 것이다. 모략가로서 혁흔의 행적을 전체적으로 살펴보면 이러한 평가는 상당히 일리 있는 말이다.

혁흔의 발언에 좌종당이 다시 발끈했다.

"지금 대한제국은 러시아와 미국은 물론 유럽 여러 나라와도 다투고 있질 않소? 따라서 지금이 기회. 끝까지 저들과 대항하여 우리의 영토를 지켜야 합니다."

이에 대해 공친왕 혁흔이 발언에 나섰다.

"정보가 늦는 모양이오만 불란서는 독일에 먹혔고 영국 또한 대한제국에 대패하여 여왕과 수상이 한때 저들의 수중에 들어가는 수치를 당한 것은 물론, 그들의 해외 식민지 전체도 잃었다 하오. 게다가 북방 러시아 전투에도 왜놈 20만이, 또 우리와의 국경에도 왜놈 10만이 더 투입되어 병력 면에서도 결코 우리와 러시아에 뒤지지 않소. 하니 뻔한 싸움에 패하여 그나마 남국(南國: 장강 이남)마저 손에 넣을 기회를 잃는다면 천추의 한이 될 것이오."

국정을 총괄하는 자답게 모든 정보를 꿰고 답변하는 혁흔의 발언에 더는 반박할 논거가 없는 좌종당과 이홍장이 입을 다물자 지금까지 침묵을 고수하고 있던 서태후가 정리하듯 말했다.

"공친왕의 말이 합당하오. 우리가 그들과 싸워 이길 수 없는 한 다른 이익이라도 챙기는 것이 매우 현명한 안이 아닌가 하오."

이에 대해 장지동이 고개를 숙이며 그녀의 입맛에 맞는 발언을 했다.

"지당하십니다, 황태후마마!"

"자, 지금부터는 우리가 저들에게 요구해 챙길 수 있는 현안에 대해 논의를 집중합시다."

혁흔의 발언에 많은 대안이 쏟아져 나왔다. 그러나 이는 떡 줄 사람은 생각도 않는데 김칫국부터 먼저 마시는 행위와 진배없었다.

그래도 바로 이어진 협상에서 병호가 딱 하나 들어준 것이 있으니 '불가침협정(不可侵協定)'이었다. 저들의 열두 가지 요구 사항 중 불가침협정만 들어준 것은 이것이 문서만 교환하면 되는 행위로, 전혀 돈이 들지 않기 때문에 병호가 수락한 것이다.

그의 생각은 예나 지금이나 다름없었다. 고금 역사의 전례로 보건대 불가침협정이라는 것도 자국에 일정한 힘이 있어야 지켜지는 것이지, 그렇지 않으면 한낱 휴지 조각에 불과한 것이 이 협정이라 생각했기에 들어준 것이다.

아무튼 청국과 불가침협정까지 맺어지자 병호는 지체 없이 황하 이남으로 진격하던 아군 30만을 황하 이북으로 철수시켰다. 그리고 그중 10만은 그냥 황하 이북의 국경에 주둔시키고 20만은 러시아와의 전투를 위해 서시베리아평원으로 이동시켰다.

이는 러시아가 여러 곳에 흩어져 있던 병력과 본토 병력 중 20만을 빼내 이 전투에 동원하려 한다는 정보에 따른 조치였다.

19세기 러시아 제국은 카프카스 지방에서는 그루지야 왕국이 1801년 자진해서 러시아와 합병했으며, 그루지야의 다른 작은 공국들은 그 후 몇 년 안에 정복했다.

페르시아는 1813년에 아제르바이잔의 북부를, 1828년에는 아르메니아의 예레반주를 할양했다. 유럽에서는 1809년에 스웨덴으로부터 핀란드를 획득한 바 있다.

그러니까 이곳에 주둔 중인 병력 일부와 본토에 주둔 중인 일부를 합해 20만을 다시 시베리아 전쟁에 투입하려 한다는 것이다. 병호의 전술 또한 예나 지금이나 변한 것이 없었다.

압도적인 전력으로 아군의 피해를 최소화하면서도 전쟁에서 승리하는 것. 이를 다른 말로 바꾸면 승리를 기정사실화해 놓고 전쟁에 임한다는 것이다. 아무튼 청국 국경에 있던 20만 군이 더 투입되자 70만 대군이 된 대한제국군은 용약 서

시베리아 평원을 누비며 일로 알타이산맥 쪽으로 진군하고 있었다.

그러나 개전 초부터 이렇게 유리한 환경의 전투는 아니었다. 그것은 훗날 이 전쟁에 참여한 당시 15사단장 이진섭(李震燮) 소장의 회고록에 잘 나타나 있다.

갑자기 비상이 걸린 이날은 오전 10시가 되어도 자욱한 안개로 시계가 불량했다. 전만 같아도 이런 일이 없었는데 우리가 주둔하고 있는 크라스노야르스크(Krasnoyarsk) 부근의 협곡이 수력발전소 건설의 최적지로 판정되어 댐을 건설한다고 하면서부터 나타나는 현상이었다.

나는 즉시 사단 전체에 전투 대기 명령을 하달하고 즉각 참모들과 예하 연대장들을 소집해 긴급회의에 들어갔다. 실제 전투에 들어갔을 때의 작전 계획을 점검한 것이다.

회의를 파하고도 실제 전투명령은 하달되지 않고 있었다. 그러나 나는 이번에는 기필코 전쟁이 일어난다고 보고 실제로 사단 전체를 전쟁 돌입 상태로 명해놓았다.

그 근거로는 극동이나 북방에 주둔 중인 사단들까지 이쪽으로 몰려오고 있다는 것을 현지 주둔 사단장들의 안부 편지에서 확인할 수 있었으니까. 이는 총리 각하의 성품이 사전에 철저히 준비하여 일거에 적을 멸하는 것을 일선에서 누차 겪었기 때문에 확신할 수 있었다.

내 생각에 틀림없다는 것이 증명된 날은 이날 정오였다. 예니세이강을 넘어 러시아령으로 진격하라는 전투명령이 떨어진 것이다. 그런데 하필 그 시간이 12시인가? 한창 병사들이 점심식사를 하러 식당으로 몰려들 시간이기에 나는 전투 개시 명령을 늦추기로 했다.

어느 전투든 주린 채 싸울 수 없는 것은 당연지사. 나는 부관을 통해 참모들과 예하 연대장을 사단장실로 소집하라 지시하고는 당번병을 통해 그들의 식사도 이곳으로 날라 오도록 했다.

그렇게 해서 다시 한번 전투태세를 철저히 점검한 우리 사단은 12시 30분이 되자 일제히 주둔지를 떠나 예니세이강 변으로 향했다. 그곳에는 벌써 해군 소속 함정들이 강 좌안에 주둔 중이던 러시아 진지를 향해 융단폭격을 끝내고 우리를 기다리고 있었다.

러시아와 대한제국의 국경선은 예니세이강을 기점으로 그 강의 중앙 우측이 대한제국, 좌측이 러시아령이었으나 그 개념이 무너진 지는 오래되었다.

대한제국은 이곳 크라스노야르스크는 물론 더 남쪽의 아바칸에도 대형 조선소를 세워 수많은 함정과 상선을 건조한 뒤 모두 이 예니세이강에 배치해 물류 이동은 물론 군선으로 사용하며 이 강을 지배한 지는 오래되었다.

아무튼 우리는 해군 함정에 승선해 차례로 도강을 했고, 제 장비도 도강되었다. 내가 마지막으로 도강해 살펴본 러시아 진지는 정말 초토화라는 말을 실감케 하고 있었다.

아군 함정들의 함포 공격에 의해 러시아군 2개 사단이 주 둔하고 있던 병영 내는 물론 부근까지 폐허로 변해 있어 옛 모습을 전혀 찾아볼 수 없었기 때문이다.

"사단장님, 도강 완료했습니다."

부관의 보고에 나는 감상에서 깨어나 퍼뜩 정신을 차렸다. 그리고 파이프 담배에 불을 붙이며 말했다.

"예하 부대에 진격 명령 하달해!"

"네, 사단장님!"

곧 부관이 물러가자 나는 긴장감을 해소하기 위해 파이프 담배를 연속해서 빨았다.

그러자 햇빛에 의해 자색으로 보이던 연기가 어느 것은 하 늘로 솟아오르고 어느 것은 바람에 사방으로 흩어졌다. 나는 곧 파이프 담배를 군화 바닥에 툭툭 떨어 끄고 목에 걸려 있 던 쌍안경을 집어 들었다.

서쪽으로 시계가 미치는 곳은 드넓은 평원. 양력 6월의 웃 자란 풀만 무성할 뿐이었다. 그런데 그 끝에 아스라이 잡히 는 것은 분명 울창한 타이가 침엽수림 지역. 이곳부터 우랄산

맥까지는 해발고도 45m 이하의 그야말로 광활한 평원 지대였
다.

따라서 큰 산이라고는 눈을 씻고 찾아보아도 찾을 수 없고,
큰 강을 중심으로 작은 하천이 발달해 있었다. 그리고 나머지
는 구릉과 평평한 땅으로 초원 아니면 침엽수림 지역이었다.

그러므로 전투 중 우리가 가장 경계할 곳은 곳곳에 산재한
습지와 빼곡한 침엽수림이었다. 이런 생각을 하며 먼 곳의 침
엽수림을 바라보자 더럭 의심이 들었다. 그래서 나는 작전참
모와 정보참모를 불렀다.

미리 짠 각본대로 기병 정찰대를 운용하고 최선두에는 기
관총을 탑재한 장갑차 12문으로 길을 열고 있지만 다시 확인
해 볼 필요성이 있었기 때문이다. 내 부름에 곧 두 명의 대령
이 내게 다가왔다.

내가 다가온 정보참모에게 물었다.

"수상한 징후는 없나?"

"아직은 없습니다."

"그런데 저 평원 끝 전나무 숲이 의심스럽지 않나?"

"기병정찰대를 운용하고 있으니 적이 있으면 반드시 발견할
수 있을 겁니다, 장군님."

"좋아, 한데 14, 16사단은 어떻게 하고 있지?"

"우리보다 30분 일찍 기동하여 우리 사단 양옆에서 진격하

고 있습니다."

"그들에게도 이상 징후는 없나?"

"네, 장군님."

정보참모의 말대로 크라스노야르스크 일대는 그 전략적 중요성 때문에 우리 말고도 2개 사단이 더 포진되어 있었다. 이에 적들도 평소 8만 명이라는 대규모 숫자로 이에 대항하고 있었다.

참, 지금은 옛날의 편제가 모두 바뀌어 있었다. 구 청국 체제하의 청국 백성들이 아국 군대로 편입되기 시작하면서 내가 지휘하는 사단급 규모는 2만 명 전후로 편제가 바뀌었다.

고개를 끄덕이며 생각하던 나는 8만 명이라는 숫자가 상기되자 깜짝 놀랐다. 적의 주둔지를 지나쳐 왔다. 그런데 문제는 저들의 시설물은 초토화라는 말이 실감날 정도로 완전히 파괴되어 있었지만 적의 시체를 본 일이 없다는 것이다.

아군의 포격에 급히 후퇴하는 자들이 동료들의 시체까지 수습하고 간다는 것은 말이 되지 않는다. 생각이 여기까지 미치자 나는 곧 전 사단에 정지 명령을 내렸다.

"정지! 정지시켜!"

"네?"

"적의 주둔지에서 시체를 본 일이 있나?"

"거의 보지 못한 것 같습니다."

정보참모의 말에 이어 작전참모도 대답했다.

"본 일이 없습니다."

"바로 그거야. 하면 그곳에 주둔하던 2개 사단 병력은 어디로 갔을 것 같은가?"

"그러고 보니 그렇습니다."

"그들의 행방을 확인하기 전에는 움직일 수가 없어."

"알겠습니다, 장군님."

곧 내 명령에 의해 사단 병력의 진격이 중지되고 광범위한 수색 정찰이 실시되었다. 기병 정찰대와 장갑차가 동원되는 것은 물론 대대까지 편성된 수색 정찰 중대까지 참여하는 대대적인 수색이었다.

그렇게 해도 초원과 구릉에는 이상이 없자 우리는 침엽수림 지역 1km 전방까지 진군했다. 이곳에서 전군이 휴식을 취하는 동안 아무리 생각해도 나는 눈앞의 침엽수림 지역이 의심스러웠다.

'만약 저곳에서 교전이 벌어진다면?'

'아군의 우수한 화력이 전혀 힘을 발휘하지 못한다.'

'그렇다면 당연히 승리해도 많은 희생자가 따른다. 잘못하면 패할 수도 있다.'

나는 진급에 눈이 어두워 공(功)을 탐내는 장군이 절대 아니었다. 어떻게 하면 최소한의 피해로 승리하는 것만 염두에

둔다. 그런 나에게 울울창창한 숲은 매우 두려운 존재였다. 나는 곧 단안을 내렸다.

"우회 기동한다!"

"네?"

밑도 끝도 없는 말에 나를 둘러싼 참모들이 의아한 표정을 지었지만 몇몇은 알아들은 표정이었다.

"저 울창한 전나무 숲을 통과한다는 것은 아무래도 득보다 실이 많아."

"이 숲이 어디서 끝날 줄 알고요?"

"그래도 피해 가는 것이 좋아."

"하면 진격 속도가 너무 늦다고 군사령관님으로부터 질책을 받지 않겠습니까?"

"내가 질책을 받더라도 나는 한 명의 병사라도 더 살리고 싶어. 만약 저 숲에서 교전이 벌어진다고 생각해 봐. 우리의 우수한 무기도 큰 효력을 발휘하지 못하고 백병전으로 큰 피해가 발생할 거야."

"적이 없을 수도 있잖습니까?"

"러시아군이라고 바보만 모인 줄 아나? 이제 장교들은 우리처럼 모두 사관학교 출신이고 병들도 옛날의 농노병들이 아니야. 따라서 저들도 우리의 부산스러운 움직임을 통해 사전에 침략 징후를 발견하고 모두 피신했을 거야. 저들도 우리 해군의 함정 전력을 잘 알고 있을 테니까."

"일리 있는 말씀입니다, 장군님."

"하니 내가 겁쟁이 장군이라는 오명을 쓰더라도 저 숲을 우회해 진격하자고."

"알겠습니다, 장군님."

이렇게 해서 우리는 숲에서 보다 멀리 떨어져 북쪽으로 움직이기 시작했다. 낙엽송, 자작나무, 가문비나무, 흑전나무, 서양 삼나무가 무성하게 자란 지역을 피해 북쪽으로 행군하길 이틀.

갑자기 측면의 타이가에서 총성 한 발이 울리는 것 같더니 곧 곳곳에서 요란한 총성이 들리고 수류탄 폭발음까지 들렸다. 뿐만이 아니었다. 갈수록 총성은 더욱 요란해지고 폭음도 동시다발적으로 들리기 시작했다.

자연스럽게 전 사단 병력의 귀가 쫑긋해지며 행군이 멈추었다. 이에 측근에 있던 정보참모가 말했다.

"아무래도 16사단과 교전이 벌어진 것 같습니다."

"구원해야 됩니다, 장군님!"

"아닙니다. 그렇게 되면 우회 기동한 목적을 상실합니다, 장군님!"

"어찌 아군이 교전을 하는 것을 알면서도 모른 척하고 갈 수 있습니까?"

"우리의 피해도 막심할 것입니다, 장군님!"

"그냥 지나쳤다가는 훗날 문책을 받을 수도 있습니다, 장군님!"

군수참모, 인사참모까지 가세해 한마디씩 떠드는 것을 보며 나는 혼란스러움을 느꼈다. 참모들의 말 그대로였기 때문이다. 그러나 나라고 숲에서는 뾰족한 수단이 없기 때문에 더욱 망설여졌다. 그렇지만 빠른 시간 내에 결단해야 했다.

"애초의 계획대로 간다!"

"네?"

의외였는지 대부분의 참모들이 실망한 표정을 지었다.

"문책을 당할 수도 있습니다."

"군법회의에 회부될 수도 있습니다, 장군님!"

"문책을 당해도 내가 당하고 군법에 회부되어도 내가 회부된다. 그러니 더 이상 이 문제는 거론하지 말도록."

"그렇지만……."

"앞으로 이 문제에 대해 한마디라도 더 거론한다면 군법에 의거, 바로 총살시켜 버리겠으니 그런 줄 알라!"

엄한 내 말에 더 이상 거론하는 자는 없었으나 일부 참모들은 볼이 부었다.

그러거나 말거나 나는 내가 말한 대로 그곳을 떠나 다시 북진했다. 그리고 숲을 빙 돌아 다시 아군 16사단이 교전을 벌였을 곳의 배후로 돌아왔다. 그러고 보니 벌써 5일이 훌쩍 지나 있었다. 그래도 나는 망망한 구릉과 초원 지대를 한번 훑어보고는 구릉 뒤로 아군 전체를 포진시켰다.

그리고 나는 곧 사단 예하 참모들과 연대장 및 직할대장들을 불러 회의를 주재했다.

"정찰대장!"

"네, 장군님!"

300명을 휘하에 거느리고 있는 기병 정찰대장 차수현(車秀賢) 대령이 내 부름에 급히 답했다.

"자네는 즉시 정찰대를 풀어 광범위하게 정찰을 실시하되 적을 발견해도 절대 사격하지 말고 와서 보고만 하도록 해!"

"알겠습니다, 장군님!"

"만약 나의 예상대로 적이 숲을 빠져나오면 적이 다 집결할 때까지 관망만 해. 하고 적의 집결이 끝나면 포병, 박격포 순으로 일대 화력전을 전개하고, 그다음은 장갑차를 앞세워 일제히 제 병력이 공격한다. 알겠나?"

"네, 장군님!"

"피곤할 테니 일단 전 병사들에게 휴식을 주고 정찰대만 2인 1조로 움직여!"

"네, 사령관님!"

그리고 하루.

내 예상은 정확히 맞아떨어졌다. 적들이 이제 하나둘 숲을 돌파해 나오는 것 같더니 채 네 시간도 지나지 않아 대군이 집결했다.

적이 하나둘 발견되기 시작할 때부터 기병 정찰대마저 운용을 자제하고 단지 쌍안경으로 적이 집결하는 것을 관찰하고 있던 내 눈에 아군들이 하나둘 보이기 시작했다. 그러나 곧 그들은 적의 집단 사격을 받고 사살되거나 숲으로 도망쳤다.

그러자 아군도 대거 적이 집결해 있음을 알고 더 이상 숲에서 나오는 자들이 없었다. 아무튼 이런 와중에 적정을 다시 한번 더 세밀히 관찰하는 내 눈에 적 2만 명가량이 포진되어 있는 것이 또렷이 잡혔다.

이를 보면 적은 2개 사단이 아군 1개 사단을 상대해 1개 사단만 생존한 모양새였다. 그러나 숲에 은신해 있을 아군의 피해는 가늠할 수조차 없었다. 나는 어금니를 꽉 깨물며 나를 에워싼 참모들을 보고 공격 명령을 하달하기 시작했다.

"포병대장!"

"네, 장군님!"

"바로 공격하도록!"

"네, 장군님!"

씩씩하게 답한 사단 예하 포병대장 오봉달(吳峰達) 대령이 거수경례와 함께 사라지자 나는 예하 각 연대장을 보고 명했다.

"바로 박격포 공격에 이어 장갑차를 선두로 일제히 공격하도록!"

"네, 장군님!"

각 소대 화기분대마다 1문씩 있는 박격포란 박격포는 미리 모두 동원하고 내 공격 명령에 네 마리 말이 끄는 육중한 대포 50문이 제일 먼저 구릉을 넘기 시작했다. 뒤이어 3인 1조의 박격포 분대원 수백 명 역시 구릉을 넘었다.

뒤를 이어 12문의 장갑차가 엔진음을 토해내기 시작하고, 연대별로 넓게 포진한 예하 연대 병력 또한 구릉을 오르기 시작했다. 숲속에 은신한 아군의 기습이 두려워 숲에서 멀리 떨어진 관계로 적과 아군과의 거리는 불과 1마장 남짓.

갑작스런 아군 대포와 병사들의 모습에 적들이 놀라 우왕좌왕하는 모습이 잡혔다. 그런 적들 사이로 방렬을 마친 포 50문이 준비되는 대로 일제히 포격을 가하고, 뒤이어 박격포 수백 문 또한 천지를 집어삼킬 듯 울음을 토해내기 시작했다.

우르릉! 쾅쾅쾅! 콰르르! 쾅쾅쾅!

쾅쾅쾅! 쾅쾅쾅!

곧 적진은 쏟아지는 포탄 속에 시체가 거대한 흙더미와 함께 하늘을 날고, 곳곳에는 깊숙한 웅덩이가 파였다. 처처에

쏟아지는 비명과 고함, 또다시 쏟아지는 포탄 세례에 적진은 순식간에 아비규환의 생지옥으로 변하고 매캐한 화약 연기가 전선을 뒤덮기 시작했다.

그러자 12문의 장갑차를 앞세운 각 연대장들이 명령을 하달하기 시작했다.

"공격 앞으로!"

"공격 앞으로!"

오금이 저려오는 긴장을 복창으로 날려 버리려는지 힘차게 복창한 연대 병력이 곧 온 초원을 뒤덮고, 살아남은 적 또한 아군을 향해 맹렬히 달려오기 시작했다. 물론 일부는 포복으로 기어오는 놈들도 있으나 대부분은 동료들의 죽음으로 반미치광이 상태.

분출하는 아드레날린을 주체치 못하고 붉은 눈동자를 희번덕이며 저 죽을지 모르고 아군에게 일제히 달려들고 있는 것이다. 그런 그들에게 계속해서 포탄 세례가 쏟아지고, 더하여 이제는 각 분대마다 한 정씩 지급된 기관단총마저 불을 뿜기 시작했다.

쾅쾅쾅! 쾅쾅쾅!

타다다다! 탕탕탕!

탕탕탕! 탕탕탕!

이제 분대장 이상에게 지급된 자동소총마저 불을 뿜고, 구 청국 병사들에게 지급된 신형 샤스포 소총으로 일제 사격을 가하기 시작했다. 그러자 1만 5천 이상의 전투원들의 사격은 그 소음이 귀가 먹먹한 정도를 넘어 아파왔다.

그런 속에 러시아 병사들도 드라이제 소총으로 딱콩거리며 응사하기 시작했다. 여기서 아군 병사들이 프랑스 샤스포 소총형으로 바뀐 데는 다 그만한 곡절이 있었다. 주지하다시피 조선인은 징집이 되어도 하사 이상의 계급에 자동소총이 지급된다.

그러나 여타 민족은 모두 드라이제 소총이 지급되었다. 이에 일체가 된 청국 병사들부터 불만의 소리가 높아졌다. 여기에 3년 후인 1868년이면 프랑스가 당시 대한제국을 제외하고는 최신형인 샤스포 소총으로 대체하기 시작한다.

이 모든 것을 감안해 병호는 작년부터 샤스포 소총을 제작해 일선에 보급토록 했다. 그 혜택을 제일 먼저 본 곳이 대한제국으로서는 경계 대상 1호인 적국 러시아와 대치하고 있는 예니세이강 변의 부대들이었다. 그것이 지금도 계속 아군 전체에 순차적으로 보급되고 있는 중이었다.

아무튼 여기서 신형 샤스포 소총과 드라이제 소총의 성능을 비교하면 다음과 같다. 샤스포는 보다 가볍고 기계적으로 정밀해 1분에 8~15발을 쏠 수 있다. 유효사거리도 915m에 이르렀다.

그러나 드라이제 소총은 유효사거리가 불과 365~550m였다. 그러니 드라이제 소총에 비교하면 유효사거리가 거의 배에 이른다. 게다가 탄환이 가벼워서 병사 한 명이 100발 이상 들고 다닐 수 있었다. 드라이제 소총탄은 70발 정도 지참하는 게 고작이다.

그런 데다 이때는 벌써 적군과 아군은 숫자 면에서 비교가 되지 않았다. 아군의 대포와 박격포에 더하여 기관총 공격으로 적은 벌써 그 숫자가 반 이상 꺾여 있었다. 여기에 근접전이 벌어지자 아군 병사들이 수류탄 공격까지 해대기 시작했다.

이렇게 되니 전장은 순식간에 그 우열이 드러났다. 살아남은 적은 이제 5천 명 남짓이었다. 반면에 아군은 대체적으로 천 5백 명 정도가 사상을 당했다. 이때 또 한 번 적의 사기를 꺾는 이변이 발생했다.

후미 숲에 은신하고 있던 16사단 병사들이 이제야 숲에서 튀어나와 전쟁에 가세하기 시작한 것이다. 소리로 한몫하려는지 함성을 지르며 달려나오는 16사단 병사들 때문에 적의 사기는 급전직하했고, 지금까지 용케 살아남은 적 사단장 한 명이 백기를 높이 들어 올리는 것으로 항복을 표시해 왔다.

이에 나도 급히 아군 병사들에게 전투를 멈추게 하니 전장에 갑자기 정적이 찾아왔다. 아니, 곳곳에서 지르는 부상병들의 비명과 신음 소리에 정적은 아니더라도 평화는 찾아왔다.

곧 내 명령으로 적에 대한 무장해제가 실시되고 동시에 피아를 가리지 않은 부상자들에 대한 치료가 행해졌다. 또 무기를 노획하는 등 전장 정리가 행해지고 피아의 숫자도 파악되었다.

예상대로 아군은 1천 5백 명 정도의 사상자가 발생했고, 적은 무려 1만 5천 명의 사상자가 발생해 5,015명만이 항복해 살아남을 수 있었다. 대승이었다. 그러나 16사단장 조명천(趙明天) 장군의 물음에 나는 괴로워해야 했다.

"어찌 이렇게 빨리 숲을 통과해 이곳에 있을 수 있었소?"

"사실은 이 숲에 적이 매복해 있지 않을까 해서 숲을 우회해 왔소. 그 과정에 16사단이 적과 사투를 벌이는 것을 알았지만 인명 손실이 심할 것 같아 그대로 지나쳤소."

"말도 안 되는 소리! 어찌 같은 사령부의 예하 사단장이 그런 행동을 할 수 있소! 그런 행위야말로 동료를 먹잇감으로 던져주고 승리를 취하는 몰염치한 행위 아니오?"

"미안하오. 하지만 평소 장군도 내 성정을 잘 알듯이 나는 절대 공에 연연하는 사람이 아니오."

"흥! 그래도 나는 절대 장군의 처사를 이해할 수 없소! 상부에 보고해……."

이때였다. 둘의 대화 내용을 듣고 있던 참모 중의 하나인 포병대장 오봉달 대령이 중간에 조명천의 말을 끊고 반박에 나섰다.

"무기 등 모든 면에서 열세인 적이 숲에 은신해 있을 가능성이 큰 것은 기본 상식. 이런 상식을 무시하고 경솔하게 숲에 뛰어들어 적과 교전을 벌인 장군이야말로 아군 장병의 목숨을 담보로 전공에 급급한 것이 아니오?"

"뭐라고? 일개 대령이 감히 사단장들의 이야기에 끼어들어……."

"그만합시다."

내 말에 조 장군이 화를 벌컥 냈다.

"휘하 참모라고 감싸고도는 것이오?"

"내 행동이 못마땅하면 상부에 보고하면 되지, 휘하들과 다툴 것은 뭐 있소?"

"흥! 잘들 논다. 내 절대 이 장군의 행위를 묵과하지 않을 것이오. 상부에 보고해 합당한 징계를 받게 할 것이오."

"그게 무슨 징계 사유가 됩니까? 오히려 잘했다고 승진과 표창을 받을 겁니다."

"네놈이……!"

또 오봉달이 나서 나를 역성들자 조명천 장군은 화가 날 대로 나서 자신의 진영으로 돌아갔다.

그 또한 비록 숲에서 교전을 벌였지만 2만 명을 살상하는 전과를 거두었다. 하지만 1만 명에 육박하는 아군을 잃었으니 비록 승리는 했다 해도 빛바랜 승리로 더 화가 났는지도 모르겠다.

이렇게 우리는 좋지 않은 사이가 되어 서쪽으로 계속 진군했다. 그렇게 한 달 하고도 보름이 흐르자 우리는 크라스노야르스크에서 600km 떨어진 톰스크(Tomsk)까지 진격할 수 있었다.

오는 동안 겁도 없이 평원에서 막아선 러시아 2개 사단을 박멸하고 이곳까지 진격한 것이다. 톰스크는 시베리아 남부, 오비강(江)의 지류인 톰강(江) 연안에 있는 도시로 가장 오래된 도시 중 하나였다. 1604년 요새가 축조되었으니까 말이다.

아무튼 이 도시 또한 대포와 박격포 등의 막강한 화력으로 깨부순 우리는 상부의 지시에 따라 이곳에서 남쪽으로 길게 뻗어 있는 오비강 본류를 따라 남하하기 시작했다.

이때가 양력 8월 말로 기온이 섭씨 20도에서 25도에 이르러 전투하기에는 아주 좋은 날씨였다. 아무튼 우리가 그렇게 보름의 행군을 거쳐 9월 중순에는 러시아의 수도 모스크바에서 동쪽으로 2,814km 떨어져 있는 오비강 우안(右岸)에 있는 도시 노보시비르스크(Novosibirsk)에 도착했다.

서시베리아 평원에 둘러싸인 이 도시 역시 요새가 축조되어 있었고, 러시아의 1개 사단이 방어하고 있었으나 우리의 막강한 화력 앞에 우리의 전공을 높여주는 제물이 되고 말았다.

이렇게 노보시비르스크까지 점령한 우리는 상부의 지시에 따라 서쪽 일직선상에 있는 옴스크(Omsk)로 진격을 개시해 벌써 한겨울 날씨를 방불케 하는 10월 중순에는 옴스크마저 점령할 수 있었다.

오비강(江)의 큰 지류인 이르티시강과 그 우안(右岸)으로 흘러드는 옴강과의 합류점에 있는 도시. 1716년에 옴강의 좌안(左岸)에 건설된 요새가 있고, 1760년에는 우안에도 새 요새가 건설되어 있었으나 파죽지세의 우리 군에게는 단지 사냥물에 지나지 않았다.

오비강과 이르티시강 사이에 있는 삼각형의 바슈간 습지는 봄철 해빙기에는 상당한 부분이 물에 잠겨 통행이 불가능해진다. 그러나 우리는 이를 모르고 있었고, 10월이라 이를 피할 수 있어 좋았다.

아무튼 이 부근의 이르티시강, 오비강 본류, 토미강 등이 형성하는 삼각형 지역은 토양이 좋아 밀 생산 지대로 유명하며, 하항(河港)이 있어 농산물의 집산지가 된 옴스크다.

따라서 옴스크는 서시베리아 개척의 중심 도시로 발전했고, 1849~1853년에 도스토옙스키가 이곳의 감옥에서 복역하였으며, 이때의 체험으로 그가 '죽음의 집의 기록'을 집필하기도 한 유명한 도시이다.

아무튼 우리는 이 도시에서 한겨울을 나라는 상부의 명을 받고 휴식기에 들어갔다. 이때 총리 김병호는 러시아에 특사 파견을 진지하게 검토하고 있었다. 아무리 아군이 예상대로 서시베리아 중부까지 진출했지만 장기전이 되면 국력 소모가 만만치 않기 때문이다.

그런데 예상외로 러시아가 먼저 특사를 파견할 줄은 몰랐다. 이에 병호는 러시아의 신임 외상 니콜라이 무라비예프(N.N. Muraviev)를 그의 집무실에서 만났다. 서로의 간단한 인사가 끝나자 무라비예프가 먼저 유감을 표시했다.

"대한제국이 선전포고도 없이 아국을 침략한 것은 매우 유감입니다."

"러시아가 우리의 뜻을 어기고 폴란드를 침략한 것에 대한 보복 차원이오."

"그것이 어찌 직접 침략과 비교가 되겠습니까?"

"그런 시비를 논하고자 온 것이오?"

"그것은 아닙니다만, 우리가 폴란드를 돌려주고 독일제국과 휴전한 것과 같이 대한제국과의 휴전도 강력히 원합니다."

"조건이 문제지, 우리도 휴전을 할 수 있다면 환영하는 바이오."

"대한제국이 옛 국경인 예니세이강 변으로 철군하고 아직

미해결인 9만 러시아군 및 새로 포로가 된 자들을 석방한다면 우리는 본래의 계획대로 아국 대공녀와 조선 황실 간의 국혼 또한 추진할 것입니다."

"그런 조건이 먹힐 것이라 생각하고 협상에 임하는 것은 아니겠지요?"

"하면 대한제국의 조건을 말씀해 보시죠."

"우랄산맥을 경계로 양국 국경선을 정하면 우리 대한제국은 전의 러시아군 포로 9만은 물론 새로 포로가 된 21만 명 또한 석방할 용의가 있소. 뿐만 아니라 양국이 불가침조약을 맺는 것은 물론 지금의 적대적 관계를 청산하고 대한제국의 친구로 받아들여 상호 수호조약까지 체결할 의향이 있소. 이렇게 되면 러시아의 안전은 담보된 것이나 마찬가지이고, 그 바탕 위에서 나는 국혼 또한 추진하여 양국의 우의를 보다 공고히 하고 싶소."

"각하의 말씀에는 진정성이 묻어납니다. 하지만 우랄산맥을 경계로 한다는 것은 너무 가혹한 조건 같습니다."

무라비에프의 말에 진지한 표정의 병호가 그 표정 그대로 말을 받았다.

"러시아도 잘 알고 있겠지만 우리 대한제국이 우랄산맥까지 점령하는 것은 시간문제요. 청과 교섭된 사항도 잘 이행되어 이제 그들이 우리에게 장강 이북까지 할양했으니 그곳에서도 징집을 행한다면 100만 군대를 더 동원하는 것도 문제가 아니오. 그것이 아니더라도 지금의 추세라면 내년 겨울이 오기 전에 우리는 우랄산맥 이동을 점령할 수 있으리라 확신하고 있소. 이렇게까지 되면 러시아는 병력의 절반 이상을 아군 포로로 바치고 협상에 더 어려움을 겪을 것이오. 아니지, 우리는 모스크바 점령까지 심각하게 고려할 것이오. 하니 잘 생각해서 진지하게 협상에 임해주기 바라오."

병호의 모스크바 점령까지 심각하게 고려하겠다는 말에 무라비예프의 인상이 구겨질 대로 구겨지고 그의 이마에는 내천 자가 깊게 새겨졌다. 그렇게 잠시 고심하던 그가 말했다.

"현 점령지에서 양국의 국경선을 확정한다면 우리 또한 대한제국이 제시하는 조건에 따를 의향이 있습니다, 각하."

"그것이 러시아의 최종 협상안이라면 회담을 더 이상 길게 끌 필요성을 느끼지 못하오. 그러니 다른 안이 있다면 협상에 임하고 아니면 그만 파합시다."

"끙!"

외교관이 상대편 앞에서 신음을 토하는 자체가 한 수 지고 들어가는 것이나, 무라비예프로서는 절로 신음성이 나올 정도로 대한제국의 요구는 실로 가혹했다.

우랄산맥 이동을 잃는다고 치면 우랄산맥의 동쪽 기슭 토볼강(江)의 지류인 이티디강(江) 연안에 있는, 러시아에서 4번째로 큰 도시인 예카테린부르크(Yekaterinburg)까지는 불과 1,400㎞ 남짓.

그러니 대한제국이 마음만 먹으면 모스크바를 점령하는 것도 결코 어려운 일이 아니었다. 그러니 무라비예프로서는 신음 소리가 나올 만큼 괴로운 일이었다.

참고로 예카테린부르크에서 한양까지는 5,250㎞로 그곳까지 점령한다면 대한제국의 국토가 얼마나 넓어지는지 상상이 갈 것이다. 아무튼 신음까지 토하며 괴로워하던 무라비예프는 결국 독단하지 못하고 러시아로 돌아갔다.

모스크바에 있는 아국 대사관과 무선전신을 이용한다면 한양에서도 모스크바 정부와 협상안을 조율할 수 있을 것이다. 그러나 그렇게 되면 비밀이 모두 새어 나간다는 이유로 무라비예프는 이를 거절하고 모스크바로 돌아가는 길을 택한 것이다.

아무튼 이렇게 모스크바로 돌아간 무라비예프가 다시 한양을 찾은 것은 이해 섣달 중순이었다. 한양에도 큰 눈이 내려 온 천지가 백설로 화한 날 그는 선편을 이용하여 인천에 도착해 다시 열차로 한양역에 도착했고, 다음 날 그는 다시 총리 김병호와 마주 앉게 되었다.

서로의 인사가 끝나자 병호가 곧 본론으로 들어갔다.

"진전된 안이라도 가져오셨소?"

"그전에 몇 가지 확인하고 싶은 것이 있습니다."

"말씀하시오."

"만약 우리가 아프가니스탄을 침략한다면 대한제국은 어떤 태도를 취할 것입니까?"

"우리의 맹방을 침략하지 않는 한 대한제국은 지금까지 불간섭의 원칙을 고수해 왔소."

"지금까지라면 앞으로는 변할 가능성도 있단 말씀입니까?"

"내 최초로 러시아 측에만 알려주오만, 나는 국제연합(國際聯合)이라는 것을 만들어 세계의 평화 유지에 기여하고 싶소."

"국제연합은 또 뭡니까?"

"전쟁 방지와 평화 유지를 위해 설립될 국제기구로, 정치, 경제, 사회·문화 등 모든 분야의 국제 협력 증진 활동을 할 것이며, 크게 평화 유지 활동, 군비 축소 활동, 국제 협력 활동으로 나누어 주요 기구와 보조 기구, 전문 기구로 구성될 것이오. 따라서 전 세계 모든 나라를 가입시켜 평화로우면서도 보다 잘사는 지구촌을 만들고 싶소."

"그런 원대한 이상을 품으신 각하라면 당장 전쟁을 멈추고 현 전선을 국경선으로 확정하는 종전 협정을 체결하는 것이 맞지 않겠습니까?"

무라비예프의 날카로운 반박에 답변이 궁색한 병호였지만 고개를 흔들며 말했다.

"그것은 일단 구상이니 아국이 소기의 목적을 달성할 때까지는 양국의 전쟁을 멈출 수 없소."

"소기의 목적이라는 것이 우랄산맥 이동을 점령하시겠다는 것입니까?"

"모스크바까지 점령하여 러시아라는 나라를 지구상에서 지울 수도 있소이다만, 우리의 안을 받아들인다면 그곳에서 진격을 멈출 수도 있겠지요."

"흐흠……!"

침음하며 잠시 난감한 표정을 짓던 무라비예프가 종전과 변함없는 생각으로 자신이 생각한 바를 물었다.

"만약 양국 종전 후 우리가 아프가니스탄을 침략하면 어떻게 되는 것입니까?"

"국제연합이 설립된 후라면 설립 취지에 위배되어 불가한 행동으로, 모든 나라의 지탄을 받아 전 세계를 상대로 싸워야 할지도 모르죠."

"만약 대한제국이 다른 나라를 침략한다면?"

"그 또한 취지에 반하나 대한제국만은 특수 지위요. 의장국으로서 유일하게 모든 현안에 대해 비토권을 행사할 수 있소."

"그러니까 대한제국 주도하에 국제 평화를 이룩하고 질서 유지를 하시겠단 말씀이군요."

"역시 명석하군요. 그러고 보면 일국의 외상은 아무나 되는 것이 아닌 것 같소."

병호의 칭찬에 머쓱한 표정을 짓는 무라비예프를 향해 병
호가 말했다.

"만약 러시아가 우리의 뜻에 부응한다면 러시아도 상당한
지위를 보장하려 하오."

병호의 말에 무라비예프가 숨길 수 없는 기쁜 표정을 짓고
달려들었다.

"그게 뭡니까, 각하?"

"상시 의장국인 대한제국 밑으로 나는 5개국으로 구성되는
안전보장이사회 상임이사국을 구성하려 하오."

"그러니까 그 상임이사국의 하나로 러시아를 생각하고 계신
다는 말씀입니까?"

"그렇소. 상임이사국의 지위는 아국에 버금가는 지위로 모
든 현안 논의에 참가할 수 있으며, 그 사안에 대해 과반수로
결정되는 의사 결정에 투표권을 행사할 수 있으니 대한제국을
제외하면 세계 5강의 하나라 할 수 있겠죠."

"흐흠……!"

병호의 달콤한 유혹에도 침음하던 무라비예프가 물었다.

"그 역시 우리가 우랄산맥 이동을 내주어야 가능한 것 아닙
니까?"

"물론이오."

한 가지 소득이 없지 않았으나 결국은 우랄산맥 이동을 내주어야만 대한제국과 종전 협상이 이루어지는 것에 대해서는 변함없는 사실이므로 무라비예프가 슬픈 표정을 지으며 말했다.

"대한제국이 꼭 우랄산맥 이동을 손에 넣어야 되겠습니까?"

"왜 자꾸 대답을 되풀이하게 하오?"

병호가 역정을 내자 무라비예프가 체념한 표정으로 말했다.

"좋습니다. 우랄산맥 최정상을 기점으로 양국 국경선을 확정하되 동시에 전에 포로가 되었던 9만 명을 포함하여 금번에 포로가 된 21만도 되돌려 주셔야 합니다."

"물론이오."

"국혼은요?"

"곧바로 추진하는 것으로 합시다."

"알겠습니다. 그렇게 하기로 하죠."

이렇게 되어 양국의 실무자 선에서 보다 세세한 규정을 담은 최종안이 마련되었고, 문구 수정을 거쳐 양국 황실이 최종 날인하는 것으로 양국의 국경선이 확정됨은 물론 포로 송환도 이루어지게 되었다.

*　　　*　　　*

한편, 이때는 병호가 제시한 6개월 시한이 지나 청국 조정과 대한제국은 새로운 국경선을 확정하였다. 대한제국이 제시한 대로 양국 국경을 장강 수로의 중앙을 기준으로 하되 서쪽으로 장강 수로가 없는 곳은 기존 사천(四川)과 운남성(雲南省)의 성계(省界)를 기준으로 경계를 확정하였다.

이 과정에서 청국 조정은 염군을 무찔러 그들의 영토를 차지하지 않으면 자신이 다스릴 땅마저 없었으므로 기존 자신의 땅에서 최대한 징집해 염군과 싸웠다.

그 결과 어차피 내줄 영토이므로 후방 근심 없이 100만 대군을 동원한 청군은 수일 만에 남경성을 떨어뜨리는 것을 시작으로 6개월이라는 짧은 시간 동안 강서, 호남, 절강, 복건, 광동성을 수중에 넣는 뛰어난 활약을 펼쳤다.

그러나 지형이 험악한 광서, 귀주, 운남은 여전히 염군의 활동 무대가 되어 미수복지로 남았다. 이런 상태에서 6개월의 시한이 지나 양국 국경 회담이 열렸고, 이 과정에서 양국 간에 상당한 다툼이 있었다.

그것은 국경선 문제가 아니라 청국 조정이 징발한 군사 때문이었다. 청국 조정으로서는 어차피 기존 영토이던 장강 이북과 황하 이남 사이의 백성은 대한제국의 백성이 될 것이므로 최대한 징집하여 자국 백성으로 삼으려 했다.

그 결과 100만 명을 군으로 확보할 수 있었으나 양국 회담에서 이것이 문제가 된 것이다. 대한제국의 요구는 이들 군의 가족이 모두 새로운 대한제국 영토 내에 있으므로 인도적 차원에서도 이산가족을 만들지 않아야 한다는 점을 강조하여 100만 명의 징집된 자원을 다시 그들의 가족 품으로 돌려주어야 한다고 주장한 것이다.

이에 대해 청국 조정도 강력하게 반발하니 자신들은 그럼 어떻게 염군과 싸우느냐는 것이었다. 이에 대한제국은 새로 점령한 영토에서 징집하면 되지 않느냐고 반론을 폈다.

그러자 청국 조정은 그들 상당수가 염군으로 징집된 데다 설령 새로운 군을 모집한다 해도 훈련을 시키는 등의 시간이 필요하므로 불가하다 했다. 이에 대한제국이 새로운 안을 제시하니 청국과 염군 사이에 기존 점령지를 중심으로 한 휴전 협정이었다.

하면 전투가 불필요하므로 대한제국의 요구에 따를 수 있지 않느냐는 주장인 것이다. 여기에 더하여 최소 양국은 3년 동안 종전 협정을 준수해야 된다는 조항을 못 박도록 했다.

만약 이를 어길 시에는 어느 진영이든 대한제국이 무력 개입하겠다는 엄포를 놓으니 이 안이 성사되어 90만 대군을 돌려받게 되었다. 10만은 북경에 있을 때부터 따르던 군사이므로 그들의 귀속권을 인정해 주었다.

이렇게 대한제국에 일방적으로 유리한 협정이 체결되어 대한제국의 영토가 장강까지 확대되는 쾌거를 이룩했으나 미국에서만은 그렇지 못했다.

대한제국군 20만이 참전했으나 공업력이 뛰어나고 인구가 더 많은 북부군의 선전으로 아군 연합이 저들의 영토를 조금 더 잠식한 상태에서 아직도 양군은 치열하게 교전을 벌이고 있었다.

이에 병호는 단안을 내려 아군 해군과 해병의 파병을 결정하였다. 이에 따라 300척의 전함에 5만 해군과 10만 해병을 급거 미국으로 파병한 것이다. 그 수뇌부는 영국 원정군과 같았다. 해군사령관 신헌과 해병사령관 어재연이 여전히 중책을 맡은 것이다.

아무튼 해가 바뀐 1866년 1월 15일이 되자, 대한제국의 막강한 해군 전력이 미 동부 대서양 연안의 체서피크 만구(灣口)에 나타났다. 이곳이야말로 남부 연합의 수도 리치먼드로 통하는 제임스강의 수로를 봉쇄하고 수도 워싱턴으로 향하는 해로를 보호할 목적으로 몰려든 북군 해상 전력이 총 집중된 곳이었다.

그동안 해상에서도 북군과 남군 사이에 치열한 교전이 벌어졌으나 열세인 남부 연합이 궁극에는 패하여 제해권을 내주게 되니 오늘날과 같은 현상이 벌어지고 있는 참에 대한제국 해군이 때맞추어 참전하게 된 것이다.

곧 양군 사이에 교전이 벌어졌으나 함정 수에서도 200척 대 300척으로 비교가 되지 않는 데다 전함의 크기며 함포의 수 및 그 성능은 말할 것도 없고, 어뢰와 잠수함까지 동원하여 교전을 벌이니 북부 연합의 해군이 둥지 털린 새알이 되는 데는 채 하루가 걸리지 않았다.

이렇게 제해권을 확보한 아군은 곧 내륙 깊숙이 뚫린 체서 피크만 해로를 따라 항진하다가 포토맥강(Potomac江) 중류에 있는 워싱턴을 공격하기 위해 포토맥강 하류로 진입하였다.

이에 워싱턴 조야가 벌집을 쑤셔놓은 듯 시끄러워졌다. 이 당시 대통령은 미국 역사상 17대 대통령이 되는 앤드루 존슨(Andrew Johnson)이었다.

원역사대로 에이브러햄 링컨(Abraham Lincoln)이 1865년 4월 14일 워싱턴의 포드 극장에서 연극 관람 중 남부인 배우 J.부스에게 피격당하여 이튿날 아침 사망하였기 때문이다. 이에 따라 당시 부통령이었던 앤드루 존슨이 대통령이 된 것이다.

남북전쟁 때 테네시주(州)가 연방을 탈퇴하여 남부 연합에 가입했음에도 불구하고 유일한 남부 출신의 상원 의원으로 그는 워싱턴에 남아 있었다. 그리하여 남부 연합으로부터는 배신자라고 성토를 받았으나 1864년 연방 지지파의 민주당 대표로 추대되어 부통령에 당선되었으며, 1865년 대통령 A.링

컨이 암살당하자 그 뒤를 이어 제17대 대통령이 된 사람이다.

아무튼 금년 58세의 앤드루 존슨은 참모들과 의회 지도자들을 불러 급히 회의를 개최했다. 그러나 그들에게 남은 길은 하나밖에 없었다. 군은 전부 일선 전투 현장으로 달려가고 워싱턴에는 기껏 3만 군대밖에 남아 있지 않았으니 막강한 대한제국의 해군 전력과 해병 전력을 상대할 수 없음을 잘 알고 있었기 때문이다.

이에 공화당 급진파의 지도자 새디어스 스티븐스(Thaddeus Stevens)를 협상 대표로 파견하니, 신헌과 스티븐스는 대한호 함상 테이블에서 마주 앉게 되었다.

곧 양인은 밀고 당기는 지루한 협상을 진행하여 최종 협상이 타결되었다. 이에 따라 미 남부합중국은 3개주가 더 늘어났다. 기존의 11주(앨라배마·플로리다·조지아·루이지애나·미시시피·사우스캐롤라이나·텍사스·아칸소·노스캐롤라이나·테네시·버지니아)에 켄터키·메릴랜드·미주리를 추가로 할양받아 총 14개주가 이제 미 남부합중국의 영토가 된 것이다.

신헌이 이 3개주를 더 원한 곳은 이 3개주 또한 노예를 많이 부리고 있는, 주로 남부 연합의 정체성과도 맞아떨어졌기 때문이다. 뿐만 아니라 대한제국도 더 넓은 영토를 획득하였다.

기존의 캘리포니아(California)주였던 곳에서 북으로부터 워싱턴(Washington)주, 오리건(Oregon)주, 네바다(Nevada)주를 더 할양받아 기존 캐나다 영토는 물론 알래스카까지 육상으로도 교통할 통로를 열었다.

여기에 애리조나(Arizona) 주까지 남으로 영토를 더 확장하여 미국 서태평양 지역 대부분을 대한제국이 지배하게 되었다. 아무튼 이에 병호는 기존 전투에 참여한 캘리포니아 20만군을 새로 얻은 4개주에 5만씩 배정하여 자체 안정화를 꾀하도록 했다.

이렇게 하여 러청미 3국과도 전쟁을 끝냈지만 병호로서는 할 일이 태산이었다. 대한제국이 3국과 전쟁을 벌이는 여파로 영국은 자신의 식민지에 파견한 군을 아직도 현지에 주둔시키고 있어 이 문제부터 해결해야 했다.

병호는 생각이 일자 즉각 주한 영국대사 프레더릭 브루스(F. Bruce)를 자신의 집무실로 초치하였다.

제4장
국제연합(UN) 창설

이에 따라 프레더릭 브루스 주한 영국 대사가 허겁지겁 달려와 병호와 마주 앉게 되었다.

"부르셨습니까, 각하?"

고개를 조아리며 공손하게 말함에도 불구하고 병호는 금년 52세의 그를 노려보며 일갈했다.

"지금 영국이 대한제국의 간을 보자는 것이오?"

밑도 끝도 없는 말에 화들짝 놀란 브루스가 말끝을 흐렸다.

"각하, 그게 무슨 말씀이신지……?"

"기존 영국 식민지를 대한제국에 넘기기로 했으면 넘겨야지, 왜 아직도 꾸물거리고 있는 것이오?"

"그야 아직 국혼도 추진되지 않았고 현지 사정도 있는 관계로……."

"쓸데없는 소리 그만하고 언제 모두 철수할 것인지 그 철수 일정을 제시하시오! 아니면, 흥! 알지요?"

"네, 네, 그렇게 하도록 하겠습니다, 각하!"

브루스가 다시 허겁지겁 답하자 병호가 안색을 풀며 부드러운 표정으로 말했다.

"그렇게 하면 내 영국에 선물을 하나 주리다."

"네?"

"곧 아국 주도하에 국제연합을 결성할 것이오. 그렇게 되면 안전보장이사회 상임이사국 지위가 상당히 중요해지는데, 나는 이 상임이사국 5개국 중 한 자리를 영국에 넘겨주려 하오."

이후 병호는 그에게 자신이 구상하는 국제연합에 대한 구상을 상세히 설명했다. 즉, 국제연합의 상시 의장국으로 각 현안에 대해 유일한 비토권을 가진 대한제국을 정점으로 산하에 5개의 상임이사국을 두어 각 현안에 대해 과반수로 찬반 의결만 하게끔 했다.

그리고 그 밑에는 대륙별로 3개국씩 총 12개국의 비상임이사국을 두되 이는 2년 임기를 기준으로 순번제로 돌아가며 맡도록 했으며, 이들이 접수된 안건을 최초로 토의하여 상임이사국 회의에 상정 여부를 결정하도록 하는 제도였다.

이 밖의 제도는 총회라든가 모든 것이 오늘날 UN의 제도와 같게 하고 기구 또한 국제사법재판소라든지 식량농업기구, 국제보건기구, 그 밖의 많은 기구 외에 국제연합의 상설 사무 기관인 사무국(Secretariat)도 두어 사무총장 주도하에 국제평화유지군의 편성과 지휘 외에 국제 분쟁의 사실 조사와 조정 활동 등을 하도록 하는 구상이었다.

이렇게 병호가 국제연합 구성을 자세히 설명하니 곧 브루스가 한 건 했다는 표정으로 감사를 표하고 물러갔다. 이어 병호는 비서실장 유홍기에게 지시하여 13시 정각에 각료 회의를 할 것이니 전 각료를 소집하도록 했다.

13시 정각.

내각 청사 대회의실에 참석한 전 각료가 기립해 총리 김병호를 기다리고 있었다. 곧 그가 등장해 착석하자 전 각료 또한 일제히 앉는 것으로 각료 회의가 시작되었다.

잠시 참석한 각료들의 면면을 살펴보던 병호가 곧 입을 떼었다.

"금번 전쟁의 승리로 아국의 영토는 더욱 넓어졌소. 북방 우랄산맥 이동의 시베리아 영토는 물론 장강 이북까지 수억의 인민을 거느리는 명실공히 세계 최강국이 되었소. 그렇지만 아직 해결되지 않은 사안도 많고, 세계 최강국에 어울리지 않는 제도나 관행 또한 많소. 따라서 이것을 앞으로 하나하나 처리하는 것이 우리의 책무라 할 것이오."

여기서 잠시 말을 끊고 다시 한번 장내를 휘둘러보던 병호가 이원희 국방부대신에게 시선을 맞추고 말했다.

"산적한 많은 현안이 있지만 그 무엇보다 우선해 해결해야 할 사안은 기존 영국이 지배하고 있던 영토에 대한제국군을 파견하는 일이오. 따라서 이원희 국방부대신께서는 각국에 파견할 군대를 편성해 주시오. 아시겠소?"

"네, 각하!"

"또 이제 해군은 아국 연안에만 머물 것이 아니라 우리 연방의 일원이 된 구 영연방의 영토, 또는 아국 영토를 모기지로 삼아 각 대륙별로 전단을 편성하여 세계 전 해상의 안전을 도모함은 물론 유사시 즉각 출동하여 세계 어느 나라라도 응징할 수 있는 태세를 갖추도록 하시오. 이는 해군 단독으로 맡기면 버거울 것이니 해병대도 여기에 동참하도록 하고, 여기에 맞는 해군 및 해병 전력을 갖추는 것을 최우선으로 하시오."

"네, 각하!"

"총무처대신!"

총리 김병호의 호명에 호남의 거유 이진상이 곧바로 답했다.

"네, 각하!"

"총무처에서는 기존 영연방 53개국 현지에 파견할 총독 및 관리를 긴급히 선발하도록 하시오."

"네, 각하!"

"재무대신!"

병호의 부름에 부총리 겸 재무대신인 윤종의가 즉각 답했다.

"네, 각하!"

"1년의 유예기간을 두어 기존 유통되고 있는 상평통보는 모두 폐기시키고 저화로만 사용할 수 있게 하시오. 연내에 한양을 본부로 둔 국제연합을 창설할 것인즉 무력으로 세계를 지키는 경찰국가에서 한 발 더 나아가 대한제국의 원화가 세계의 기축통화가 될 것임에 이에 대비하는 차원이기도 하오. 또 한글과 우리말 역시 세계 공용어가 될 것임에 대한연방의 일원이 되는 국가부터 교육을 강화해 차질이 없도록 해당 부서는 공히 노력해야 할 것이오. 아시겠소?"

"네, 각하!"

병호의 말에 재무, 문교대신이 급히 답했다.

"다음 문체대신!"

"네, 각하!"

병호의 부름에 금년 68세로 이제 완연히 노티가 나는 뛰어난 화원이기도 한 조희룡이 급히 답하자 잠시 그를 숙연한 표정으로 바라보던 병호가 말했다.

"지금까지 계획만 해놓고 한 번도 개최치 못한 전국체육대회를 개최하려 하니 이에 대한 만반의 준비를 갖추도록 하시오. 아니, 제1회 전국대회 개최 2년 후에는 대한연방 전체가 모여 개최하는 대한연방 경기 대회를 개최할 것이고, 그 1년 후에는 전 세계인이 참여하는 제1회 세계 올림픽도 개최할 것이니 이에 대한 준비를 철저히 해주시오."

"알겠습니다, 각하!"

"건교대신!"

"네, 각하!"

병호가 구장복을 향해 물었다.

"들었지요?"

"네, 각하! 한데 올림픽이라 하심은?"

"전국체전을 전 세계인으로 확대한 것이 올림픽이라 생각하면 될 것이오. 따라서 세계 각국을 대표할 선수단 및 임원은 물론 여타 이를 구경하러 올 세계 각국의 관광객까지 맞을 수 있는 체육 시설은 물론 숙박 시설까지 충분히 확보할 수 있도록 지금부터 철저히 준비하시오."

"네, 각하!"

"외무대신!"

"네, 각하!"

가장 젊은 오경석을 지그시 바라보던 병호가 말했다.

"영국, 오스트리아, 러시아 공주들과 대한제국 황제 간의 국혼을 올 가을에 성대하게 거행할 수 있도록 외교적 교섭을 하고 해당 부서는 이에 대한 준비를 철저히 해주시오."

"네, 각하!"

"또 국제연합(UN)도 올해 안에 창립할 수 있도록 각국에 통보하고 설득해 주시오. 하고 건교대신은 각국 대사들이 상주할 수 있는 공간과 연중 회의를 할 수 있는 UN의 건물을 시급히 신축하도록 하시오. 장소는 한강 이남으로 하시오."

이렇게 말한 병호는 둘의 대답도 듣지 않고 서둘러 자신이 구상하고 있는 국제연합에 대해 자세한 설명을 덧붙였다. 상시 의장국 대한제국을 정점으로 5개 상임이사국으로는 영국, 러시아, 독일, 미남합중국, 프랑스를 생각하고 있다는 말도 했다.

아무튼 병호가 자세한 설명을 했지만 그래도 질문이 많아 질문한 각 대신들에게 답까지 친절하게 한 병호가 맺는말을 했다.

"이제 더 이상 영토를 넓히는 정복 사업은 그만두려 하오. 지금까지 모든 재원을 이곳에 우선해 지출한 결과 예상보다 백성들의 삶의 질이 나아지질 않았소. 따라서 앞으로는 백성들의 삶의 질 향상에 중점을 두고 정책을 집행하겠지만, 그렇다고 신무기 개발과 군의 현대화 계획을 늦출 생각은 전혀 없소. 하고 또 하나 중점을 둘 사업이 있다면 교육이오. 이제 대한제국 내의 전 백성이 의무적으로 4년의 교육을 받을 수 있게 함은 물론 5년 과정으로 고등 과정을 확대 개편하고, 4년제 종합대학을 보다 광범위하게 건축하여 대한제국이 필요로 하는 인재를 양성하는 데 중점을 두려 하오. 또 대한연방을 이루는 국가까지 4년제 의무교육을 점차적으로 확대 실시하여 연방의 일원으로서 갖추어야 소양은 물론 한글과 우리말을 누구나 쓰고 말할 수 있게 하려 하오. 물론 그들 나라말과 글을 함께 가르쳐 저항을 불러일으키는 일이 없도록 해야 할 것이오. 자, 오늘은 이쯤 합시다."

말이 끝나자마자 병호가 자리를 뜨는 것으로 여타 각료들도 하나둘 자리를 빠져나갔다.

*   *   *

이날 저녁.

병호는 퇴근길에 외무대신 오경석을 불러 함께 자신의 집으로 향했다. 곧 주안상을 준비시킨 병호는 그와 마주 앉았다. 물론 자신이 거주하는 사랑채에서였다.

"내가 오늘 3국과의 국혼을 서두르라 한 말 있지요?"

"네. 그 전에……."

병호가 말없이 고개를 끄덕이자 오경석이 곧바로 말을 이었다.

"그보다 앞서 영애와 황제의 혼례부터 거행하심이 어떻겠습니까?"

"황실의 의사는 물어보았소?"

"물론이죠."

"그래서?"

"그들이 어찌 반대를 할 수 있겠습니까? 당연히 찬성이고, 오히려 저들이 더 바라던 것 같습니다."

"다행한 일이군. 하지만 먼저 할 것까지는 없을 것 같소. 동시에 가례를 올리는 것으로 합시다."

"쓸데없는 지출을 막고자 하심이십니까?"

"그렇소."

"그렇게 되면 아무래도 격이 떨어지는 것 같아……."

"그게 허례라는 것이오. 황후를 차지하면 됐지, 거기에 뭔 격까지 운운하오."

"알겠습니다, 각하. 내일 정식으로 청혼을 하도록 하겠습니다, 각하."

"수고 좀 해주오."

"수고가 아니라 의당 제가 할 일입죠."

이때 문이 열리며 주안상이 들어오는 것과 동시에 하나밖에 없는 아들 또한 이제 퇴근했는지 함께 들어왔다.

"다녀왔습니다, 아버님."

"그래, 거기 앉아봐라!"

"네, 아버님."

어려워하며 양반다리도 아니고 무릎을 꿇고 윗목에 앉는 아들이다. 2년 전 늦가을 군에서 제대하여 금년 스무 살이 된 아들을 오늘따라 유심히 바라보던 병호가 자상한 음성으로 물었다.

"힘들지는 않느냐?"

"힘들지 않다면 거짓말이옵고, 열심히 하고 있습니다, 아버님."

"그래, 그래. 오늘은 너도 한잔해라."

"네?"

깜짝 놀라는 아들을 바라보며 병호가 말했다.

"술은 아비 앞에서 배워야 하는 거야."

"군대에서 이미 배우지 않았겠습니까?"

오경석의 말에 그의 잔에 술을 따르며 병호가 말했다.

"그럴지도 모르겠지만 아비로서 너무 등한한 것 같아 얘기를 나누고 싶어 그러오."

"네에."

고개를 주억거리는 오경석에게 술 따르기를 마친 병호가
이번에는 술잔을 들어 아들에게 넘겨주며 말했다.

"받아!"

"아버님, 저……."

"아비 말 못 들었어?"

"아, 아닙니다. 들었습니다."

"그럼 어서 잔 받아!"

"네."

　어쩔 수 없이 잔을 받아 든 아들에게 넘치도록 술을 따른
병호는 이제 스스로 자신의 잔에 술을 쳤다. 그러자 두 사람
이 달려들어 술을 따르려 했으나 이를 마다하고 기어이 자신
의 잔을 손수 채운 병호가 잔을 들어 올리며 말했다.

"자, 한 잔씩 하지."

"네."

　둘이 고개를 돌려 급히 술을 마시는 모습을 보며 병호 또
한 천천히 잔을 비웠다. 그리고 안주를 들며 아들에게 물었
다.

"혹시 마음에 둔 아가씨라도 있느냐?"

"없습니다, 아버님."

"스무 살이나 되어서 뭐 하고 있는 거야?"

"네?"

"하하하!"

깜짝 놀라는 아들을 보고 가가대소한 병호가 말했다.

"너는 너무 숫기가 없는 것 같다."

"네~"

동의한다는 듯 말을 길게 끌며 고개를 주억거리는 아들이다.

아들은 전역 후 지금 조양물산의 과장으로 근무하고 있다. 전역하자마자 아무 직급도 없이 말단 노동자부터 시작하여 얼마 전 과장으로 진급시킨 것이다. 이 또한 다른 사람에 비하면 엄청나게 빠른 승진이었지만, 주변의 평이 아무리 어렵고 힘든 일을 시켜도 아무런 불평불만도 없이 열심히 한다고 하기에 진급시킨 것이다.

아들은 너무도 잘난 아비를 둔 덕분인지 성격이 상당히 내성적이었다. 성실하기는 하나 매사 모든 일을 조심스럽게 처리하는 면이 있어 아비로서는 그게 못마땅했다.

어찌 됐든 아들이 그런 성격이기에 병호는 아들이 정치를 할 재목은 아니라 보고 자신의 기업체인 조양물산에 말단으로 입사시켜 차근차근 업무를 배우도록 하고 있는 것이다.

이렇게 해서 아들이 조양물산을 이끌고 갈 재목이 되면 좋지만, 영 재목이 아니라 생각되면 조양물산은 전문 경영인에게 맡기고 아들은 보다 작은 회사 하나를 맡길 생각으로 경영

수업을 시키고 있는 중이다.

"금년 안에 장가를 보낼 생각이니 그런 줄 알고 있어."

"좀 더 있다 해도……."

"네 막내 누이도 시집을 갈 것인데, 장손으로서 너무 늦은 것 같다."

"이제 열 살밖에 안 됐는데요?"

"황후마마가 되실 겁니다."

"그렇군요."

오경석의 말에 알겠다는 듯 고개를 끄덕이는 아들이다. 그런데 아들의 표정에 무언가 서운한 표정이 언뜻 떠올랐다가 사라졌다. 그래서 병호가 물었다.

"서운한 점이라도 있느냐?"

"동생과 너무 일찍 헤어지는 것 같아 아쉬워서요."

"누구는 황후가 되는데 너는 그런 지체의 여인과 혼인하지 못할까 봐 서운한 것은 아니고?"

"절대 그런 건 아닙니다, 아버님!"

강한 부정은 긍정이라는 생각을 하며 병호가 오경석을 보고 넌지시 물었다.

"마땅한 혼처가 없을까?"

"글쎄요……?"

잠시 생각하던 오경석이 답했다. 아니, 물었다.

"외국 황실은 안 되겠지요?"

"피를 흐릴 순 없지."

"하면 총무처 장관의 따님은 어떨까요?"

"이진상에게 혼기 찬 딸이 있는가?"

"아마 금년 16세라는 것 같죠? 그래서 그쪽에서도 신랑감을 물색한다는 말을 얼핏 들은 것 같습니다."

"흐흠……!"

침음하며 잠시 생각하던 병호가 말했다.

"지금은 자연스럽게 젊은 측에서는 반상의 법도가 흐려졌으나 호남의 명문 거유 가문이라면 상민보다는 백배 낫지. 우리 가문과도 크게 빠지지 않고."

"그 역시 제가 한번 알아볼까요?"

"그렇게 하도록 하오."

둘의 이야기가 자신의 이야기인 까닭에 집중해 듣고 있는 아들에게 병호가 물었다.

"너는 어떻게 생각하느냐?"

"아버님의 의사에 따를 뿐입니다."

그런 대답이 나올 것이라 예상은 했지만 막상 실제로 들으니 왠지 김빠진 느낌이 들었다.

너무 패기가 없고 순종적인 아들이 못마땅한 것이다. 그렇다고 만약 거역하는 말을 했다면 아마 괘씸한 생각에 불같이 화가 났을 것이라 생각하니 도대체 자신의 마음을 자신조차 알 수 없었다. 아마도 아들에 대한 과한 기대가 불러온 것이 아닌가 생각하며 거푸 술잔을 기울이는데 밖에서 장쇠의 고하는 소리가 들려왔다.

"둘째 마님께서 드릴 말씀이 있다고 여쭈어달라 하십니다."

"무슨 일인데 그래? 손님이 있잖아?"

둘의 대화를 들은 오경석이 엉덩이를 들썩이며 말했다.

"더 하실 말씀이 없으시면 이만 돌아가도록 하겠습니다."

"잠시만 자리에 앉아봐."

"네, 각하!"

"각료회의에서는 미처 지시하지 못한 게 있는데, 구 영연방을 접수하는 과정에서 그들의 최고 수뇌를 대한제국에 초청해 동시에 정상 회의를 하는 방법을 한번 강구해 봐."

"알겠습니다, 각하. 그럼……."

그가 인사를 하고 방문을 나가자 병호 또한 그를 배웅할 겸 해서 방을 나와 툇마루에 섰다.

"멀리 안 나가네. 조심해 돌아가시게."

"네, 각하."

오경석이 휘적휘적 사라지자 비로소 병호가 지홍에게 시선을 주며 물었다.

"무슨 일로 보자 한 것이오?"

"소연이 친정에 와서요."

소연은 지흥의 딸로 2년 전 가을에 시집을 갔다. 지금은 유수의 재벌이 된 개성의 공씨 가문이다.

"알았소."

병호는 그길로 지흥과 함께 그녀의 거소로 가 딸을 만나봄은 물론 외손자를 어르며 즐거운 한때를 보냈다.

＊　　　　＊　　　　＊

그로부터 두 달 후인 3월 15일.

이날을 기점으로 대한제국은 구 영연방이던 53개국을 접수 완료했다. 각 나라에는 나라의 크기에 따라 차이는 있지만 수천 명에서 수만 명에 이르기까지 병력이 파견되어 그 나라의 국정을 완전히 장악한 것이다.

그렇게 파견된 병력이 자그마치 50만 명에 달했다. 병호는 이 병력을 러시아와 전투를 벌인 구 청국인 병력 및 일본에서 징집된 병력으로 충당했다. 이렇게 되니 구 청국 및 일본에서 징집된 군인들도 아주 좋아했다.

현지 파견군은 곧 남의 나라를 지배하는 관리자의 위치인 즉 비로소 대한제국의 1등 국민이 된 것을 실감하고 자긍심을 가지게 됨은 물론 영광스러워하게 된 것이다.

아무튼 그렇게 되어 이들 53개국은 모두 대한제국의 황실을 국가원수로 두는 정치 체제가 완성되었다. 물론 일부 국가는 왕실도 있지만 그 역시 대한제국 황실의 하위에 위치케 했고, 황실은 전혀 인정하지 않았다. 그 나라의 면면을 보면 대략 아래와 같다.

　오스트레일리아, 뉴질랜드, 캐나다, 몰타, 말레이시아, 싱가포르, 방글라데시, 인도, 스리랑카, 키프로스, 나이지리아, 가나, 시에라리온, 감비아, 케냐, 우간다, 탄자니아, 말라위, 잠비아, 보츠와나, 스와질란드, 레소토, 세이셸, 모리셔스, 바하마, 자메이카, 도미니카, 세인트루시아, 세인트빈센트 그레나딘, 바베이도스, 트리니다드토바고, 가이아나, 사모아, 통가, 키리바시, 투발루, 피지, 나우루, 솔로몬, 짐바브웨, 파키스탄, 남아프리카공화국 등이다.

　아무튼 이와 동시에 4개 대륙의 전략적 거점에도 해군 및 해병이 파병되어 상시 주둔케 했다. 유럽 쪽은 지브롤터에 100척의 전함과 함께 2만의 해군, 4만의 해병을 상시 주둔케 해 유럽의 분란에 대비케 했다.

　또 아프리카 쪽은 대한연방의 하나인 남아프리카공화국 케이프타운에 유럽 쪽과 같은 규모의 전함과 병력을 배치했다. 또 미국 쪽 역시 같은 규모의 전함과 병력을 샌프란시스코에 주둔시켰다.

아시아는 인도의 고아에 주둔시켰다. 그리고 대한제국 내에도 같은 전함이지만 크기며 무장이 월등한 최신 전함 100척이 주둔해 4만 해군과 8만 해병으로 하여금 운용케 했다.

대한제국만은 3년 내에 기존 발주한 최신 전함 위주로 100척을 더 증강 배치하도록 정책적 우선순위가 결정되어 있었다. 아무튼 이렇게 세계 각 대륙에 해군 및 해병을 전진 배치한 병호는 곧 두 나라 대사를 차례로 자신의 집무실에 초치했다.

곧 스페인과 네덜란드 대사였다. 먼저 부른 스페인 대사 호세 아크아도가 병호의 부름을 받고 오전 9시에 총리 집무실로 들어섰다.

"안녕하십니까, 각하?"

"거 앉아요."

자리를 권한 병호는 살가운 이야기를 할 것이 아니었기에 자신의 집무실 책상에 앉아 말했다. 지금 병호는 필리핀의 마닐라에 인도 전단을, 그리고 스페인에는 그 나라의 주요 항구 중 하나인 발렌시아에 지브롤터에 주둔 중인 유럽 전단을 이동시켜 놓고 스페인 대사를 초치한 것이다.

"들은 바 있소?"

"네. 아니래도 그 문제 때문에 항의차 방문하려던 중이었습니다. 대한제국과 척을 진 일이 없는데 아국과 필리핀에 전함을 파견하다니요. 부당한 일 아닙니까?"

"대한제국과 척을 지지 않았다니 벌써 잊은 것이오? 프랑스를 지원한 일을?"

"그 일이 어떻게 대한제국과 척을 진 일입니까?"

"우리가 독일을 지원하고 있는데 그 반대편에 서서 프랑스를 지원했으니, 그것이 우리와 척을 진 일이 아니면 무엇이 척을 진 일이겠소?"

"아, 이것 참……."

생략된 그의 말을 유추해 보면 '별일을 다 갖고 꼬투리 잡네'라는 말이 될 것이다. 그러나 세계 유일 최강대국에 맞설 수 없으니 말을 삼킨 것이리라.

"우리의 요구는 단 하나요. 필리핀에서 즉시 철수하시오."

"그곳은 1381년 이래 지금까지 아국이 지배하고 있는 땅인데……."

"그러니까 물러가라는 것이오. 아시아에 더 이상 유럽의 군대가 주둔하는 것을 용납할 수 없소."

"이거야말로 대한제국의 본모습이 적나라하게 드러나는군요. 그러고도 UN을 창설하여 평화 유지 어쩌고저쩌고 하는 것은 말도 안 되는 이야기 아닙니까?"

아크아도 대사의 항변에 병호는 대답이 궁색해졌다. 그러나 무력이 곧 깡패라 병호는 표정 하나 변하지 않고 윽박질렀다.

"쿠바까지 내놓고 싶소, 아니면 영국 꼴이 되고 싶소?"

병호의 말에 이제는 아크아도 대사의 입이 봉해졌다. 실로 가슴에는 할 말이 천만 마디도 넘으나 아무 말도 할 수 없는 그의 가슴은 그야말로 울분으로 가득 찼다. 그렇지만 외교관으로서 표정 관리를 하는 그는 생각하고 있을 것이다. 남의 속은 새까맣게 타들어가고 있는데 독촉은 왜 이렇게 심한지……

"3일 내에 답을 주시오."

"어떻게 3일 내에 답을……."

"아국의 무선전신을 이용하시오."

"끙!"

아무리 표정 관리를 하려 하나 부지불식간에 튀어나오는 신음성마저 막을 수는 없어 신음을 토한 아크아도 대사가 할 수 있는 것은 기껏해야 항의 표시로 목례를 대충 꾸벅 하고 나가는 것뿐이었다.

그로부터 3일을 꽉 채운 스페인이었지만 어쩔 수 없이 호세 아크아도 대사의 입을 빌려 필리핀에서 총독 이하 자국군을 철수할 것임을 통보해 왔다. 그전에 스페인 대사가 나가자 이번에는 대기하고 있던 네덜란드 대사 베르카데가 입장했다.

"부르셨습니까, 각하?"

"어서 와요."

자신의 소년 시절부터 교분이 있는 네덜란드이고 최우방국

중 하나였으므로 병호는 그가 들어오자 예우 차원에서라도 자리에서 일어나 그를 기꺼이 소파로 안내했다. 병호 또한 베르카데의 맞은편에 앉았다.

"무슨 일로 부르셨는지요?"

"긴히 협의할 것이 있어서요."

이렇게 운을 뗀 병호가 말하기 곤란하다는 듯 잠시 뜸을 들이다가 입을 떼었다.

"자카르타에서 네덜란드군이 철수를 했으면 해서 말이오."

"네?"

너무나 뜻밖의 말이었는지 베르카데가 어안이 벙벙한 얼굴로 자신을 바라보자 병호가 보충 설명을 했다.

"대한제국은 이제 아시아에서는 유럽의 어느 열강의 군대도 주둔하는 것을 용인하지 않으려 하오. 그래서 좀 전 스페인 대사에게도 필리핀에서 철수할 것을 종용했소."

"이는 오랜 양국의 우의에도 반하는 일로 너무 부당한 조치입니다, 각하."

"나도 그 점은 충분히 인지하고 있소. 그래서 나는 스페인과 달리 네덜란드에게는 그만한 대가를 지불하려 하오."

"……."

병호의 말에도 신중한 베르카데는 조용히 앉아 병호의 입만 주시하고 있었다.

"프랑스와의 전쟁 과정에서 점령한 벨기에를 항구적으로 통치하려니 프랑스의 압력이 녹록지 않지요?"

"그렇습니다, 각하."

"내 프랑스 정부에 압력을 넣어 그 문제를 해결해 주겠소."

"하면 대한제국에서 프랑스 정부를 압박하여 벨기에 지배를 용인해 주시겠다는 말씀입니까?"

"그렇소."

"흐흠!"

잠시 생각하던 베르카데가 말했다.

"아무래도 이는 저 혼자 판단할 사안이 아닌 것 같습니다. 본국 정부의 훈령을 받아 답변을 드리도록 하겠습니다."

"아국의 무선전신을 이용하여 빠른 시일 내에 답변을 부탁드리오."

"그렇게 하도록 하겠습니다. 단 통신의 비밀은 보장해 주실 것을 부탁드립니다."

"알겠소."

이렇게 되어 네덜란드가 자카르타에서 철수할 것인가가 초미의 관심사가 된 가운데 사흘이 흘렀다.

아침부터 네덜란드 대사 베르카데가 병호의 집무실로 찾아들었다.

"어서 오시오."

"편안하셨습니까, 각하?"

"덕분에. 거 앉아요."

소파에 마주 앉자마자 병호가 물었다.

"어찌 되었소?"

"대한제국의 뜻은 존중하지만 본국의 말을 빌리면 프랑스도 우리의 벨기에 지배를 용인한다는 말을 전해왔답니다."

"언제 그런 일이 있었소?"

"대한제국의 제의가 있기 며칠 전이었답니다."

"협상 과정에서 아국의 위세를 빌렸겠군."

"자세한 정황은 모르나 아마 그렇지 않을까 생각되어집니다."

"흐흠……!"

잠시 고심하던 병호가 말했다.

"하면 안보리 상임이사국을 프랑스가 아닌 네덜란드에 배정하겠소. UN의 구성 과정을 들었다면 안보리 상임이사국 자리가 얼마나 막강한 권한이 있는지 네덜란드도 잘 알지 않소?"

"그야 그렇습니다만, 이 또한 본국의 협의를 거쳐 답변을 드리도록 하겠습니다."

"내 성의를 참작해 주었으면 좋겠소. 다른 나라 같았으면 이런 배려 따위는 전혀 없었을 것이오."

"알고 있습니다, 각하."

이렇게 되어 이날의 면담이 끝났고, 3일 후에는 네덜란드도 어쩔 수 없이 안보리 상임이사국의 한자리를 차지하는 것으로 자카르타에서 완전히 군과 총독 등 관리들을 철수시키기로 했다.

이렇게 되니 자연적으로 아시아에서는 전혀 외국 군대가 주둔하지 않게 되었고, 오로지 대한제국만이 아시아 전체를 선린 우호라는 명분하에 좌지우지하게 되었다. 그렇지만 상임이사국에서 배제된 프랑스가 노골적으로 불만을 표시해 오는 일이 있었다.

그에 대한 병호의 답은 국경을 접하고 있는 네덜란드와 독일군의 병력이 프랑스 국경으로 증강되고, 지브롤터에 주둔 중인 대한제국 해군 전단이 프랑스 해안으로 접근케 한 일이었다. 이에 프랑스 정부도 결국 굴복하니 UN의 결성이 빠른 속도로 추진되었다.

이런 속에 4월 달로 접어들자 대한제국은 완연한 경축 분위기에 휩싸였다. 대한제국 황제의 국혼이 4월 5일로 예정되어 있었기 때문이다. 아무튼 이런 분위기 속에서 3국의 신부가 속속 대한제국으로 입국하였다.

영국의 베아트리스 공주, 오스트리아의 조피 프리드리케 공주, 러시아의 마리아 알렉산드로브나 공주 등이 그녀들이었다. 여기서 하나 특이한 점은 영국 빅토리아 여왕의 딸 베아트리스 공주와 아국 황제 이영 사이에는 이미 약혼이 행해져 있다는 점이다.

주지하다시피 이는 영국 왕실법에 의해 17세가 되기 전에는 혼인을 할 수 없다는 전범에 따라 원래는 약혼만 하고 17세가 되면 혼례를 치르기로 했으나, 대한제국의 제의로 금번에 혼례까지 치르게 되었다.

금번에 혼례를 치르지만 합방만은 공주가 17세가 된 이후에 하는 조건으로 동시에 국혼을 치르게 된 것이다. 아무튼 이런 속에서 각 왕실은 물론 세계 여러 나라의 축하 사절들도 속속 입경하고 있었고, 병호의 집 또한 잔치 준비로 분주하게 움직이고 있었다.

병호의 막내딸과 황제 이영 간의 혼인을 오경석이 청하자 황실에서 즉각 수락하는 바람에 금번에 한꺼번에 식을 올리게 된 것이다. 아무튼 이런 속에 경복궁에서의 예식을 하루 앞둔 날의 저녁, 병호는 만사를 제쳐놓고 다른 날보다 일찍 퇴근했다. 그렇지만 벌써 해가 떨어져 주위가 어둠으로 덮여 있었다. 병호는 퇴근하자마자 순영의 거소로 향했다.

"험험!"

병호의 큰 기침 소리에 안방과 윗방 문이 동시에 열리며 정부인 순영과 막내딸 청연이 마중을 나왔다.

"퇴근하셨어요, 아버님?"

청연이 조신하게 인사를 하는데 반해 순영은 빈정거리는 투로 말했다.

"이렇게 일찍 퇴근하시다니, 내일은 해가 서쪽에서 뜨겠네요."

"하하하! 그런 날도 있어야지."

"쳇!"

"안으로 드시와요, 아버님."

"그래, 그래!"

이제 열 살 된 딸의 부축을 받으며 병호는 안방으로 향했다. 그리고 아랫목에 앉자마자 병호가 한마디 했다.

"술 한잔 없소?"

"오나가나 그놈의 술은……."

투덜거리면서도 순영은 방문을 열고 나가 아랫것들에게 주안상을 준비시키고 들어왔다. 윗목에 앉는 순영을 보고 병호가 물었다.

"준비는 다 되었소?"

"내일이 국혼인데 아직도 준비가 안 되어 있으면 어떻게 해요?"

"오늘따라 뭘 잘못 먹었는지 네 어미는 왜 이렇게 나오는 말마다 곱지 않지?"

"몰라서 그런 말 하세요? 얼굴 까먹겠어요."

"그렇게 되었나?"

"그렇게 되다니요?"

"청연아."

"네, 아버님."

"이렇게 투기를 해서는 안 된다."

"내가 뭘 투기를 했다고……."

병호는 계속해서 순영의 말은 무시하고 말했다.

"제일 피해야 할 것이 첫째도 투기, 둘째도 투기다. 알겠느냐?"

"네, 아버님."

"너도 알다시피 금번에 함께 식을 올리는 비(妃)만 해도 세 명이다. 여기에 황제가 장성하면 몇 명의 후궁을 더 둘지 알 수 없다. 그런데 황제가 다른 여인을 가까이하는 것을 신경 쓰면 네 자체가 분노로 가슴이 이글거릴 것이고, 이는 너를 망치는 동시에 황실을 망치는 첩경이다. 더 나아가 아비를 욕 보이는 일이기도 하니 투기해서는 절대 안 된다. 알겠느냐?"

"네, 아버님. 아버님의 말씀대로 절대 투기하지 않겠습니다."

"그래, 그래. 이제 열 살밖에 안 된 너를 시집보내는 아비나 어미 또한 가슴이 아프나 어차피 한 번은 시집을 가야 할 일. 그런 줄 알고 황제에게 순종하며 조신하게 살도록 해라."

"네, 아버님."

"또 하나 명심할 것은 네가 혼례를 올리는 그 순간부터 너는 나의 딸이 아니라 남이다."

"그런 말이 어디 있어요?"

순영의 말에 처음으로 병호가 화난 얼굴로 말했다.

"출가외인이라는 말도 못 들어봤소? 만약 그렇게라도 부녀지간의 정을 떼지 않으면 안 되오. 아비의 실력을 믿고 저 아이가 툭하면 친정에 이르거나 오만방자하게 굴면 황제도 불행이요, 내 체면은 뭐가 되겠소?"

"저 아이는 절대 그런 아이가 아니니 그런 말 마세요."

"그야 나도 청연의 성품을 잘 알지만 노파심에서라도 아비의 입장을 분명히 전하는 것이니 그런 줄 아오."

이렇게 되니 자연 실내의 분위기가 무거워질 수밖에 없었다. 이때 때맞추어 주안상이 들어와 분위기를 희석시켰다.

"당신이 한 잔 따라보오."

"부인보고 술 치라는 사람은 당신밖에 없을 거예요."

"아무려면 어떻소? 부인도 한잔하겠소?"

"흥! 주시면 마시지요."

"허허, 이것 봐라?"

"이것 봐라는 또 뭐예요? 권하질 말던지."

"좋소, 당신도 한잔하오."

"못할 줄 알고."

종알거리며 병호의 잔에 술을 친 그녀가 자신의 잔에도 스스로 술을 따르니 병호가 가가대소하며 말했다.

"하하하! 이렇게 되면 맞먹자는 것인데?"

"세상이 변했어요. 이제는 아낙들도 부엌에서 혼자 쪼그리고 앉아 밥 먹는 시대는 지났다고요."

"세상 많이 좋아졌다."

"당신이 그렇게 만든 것 아닌가요?"

"남녀가 평등하다고 교육을 시키고 있지만 막상 내가 당하니 별로 재미가 없는데?"

"호호호!"

병호의 말에 웃음을 터뜨리던 딸 청연이 웃음소리에 스스로 놀라 얼른 입을 틀어막고, 순영은 조신하지 못한 딸이 못마땅한지 상을 찡그리면서도 화제 전환을 시도했다.

"얼른 들기나 하세요."

"그럴까?"

말과 함께 술잔을 든 병호가 안주를 들며 부인에게 시선을 주니 순영은 아직 마시지 않고 있었다.

"왜 그러고 있소?"

"그냥 해본 소리지 마시기는 뭘 마셔요?"

"참 내……."

어이없어하던 병호가 이제야 생각나는지 물었다.

"어머니는?"

"참, 빨리도 물어보시네요. 해 있어서 벌써 진지 드시고 아마 지금쯤은 잠자리에 드셨을 걸요?"

"몇 시인데 벌써……."

"초저녁잠이 많으신 것 모르세요? 하고 장인에 대한 안부는 아예 생략하는 거예요?"

"참, 장인어른은 어떻게 됐지?"

"아마 지금쯤 눈 짓물러 기다리실 걸요?"

"왜 눈이 짓물러?"

"사위 오면 한잔하겠다고 기다리신 지가 언제인데 이제 와서……."

"알았소, 알았어. 내 자리를 옮겨 장인어른과 한잔해야겠구만."

"그러시든지요."

생각이 일자 바로 자리에서 일어난 병호가 딸 청연을 보고 말했다.

"내일부터는 이 나라의 국모(國母). 따라서 이 아비도 함부로 말을 놓을 수 없는 지엄한 자리. 높고 숭고한 지위만큼이나 처처히 윗사람이요, 거느릴 사람이 많으니 행동거지 하나하나를 조심해서 행하도록."

"알겠사옵니다, 아버님."

"마지막으로 이 아비에게 뽀뽀 한번 해주지 않겠니?"

"이이가 정말……!"

등을 떠미는 순영 때문에 병호는 걸음을 떼면서도 시선을 딸아이에게서 돌리지 못했다. 그러자 갑자기 청연의 눈가에 눈물이 고이는 것 같더니 금방 울음을 터뜨리며 윗방으로 달려 올라갔다.

*   *   *

1866년 4월 5일 오전 9시 30분.

오색 꽃과 색종이로 화려하게 장식된 신부 차를 중심으로 경호 차가 앞뒤로 선 가운데 병호 또한 총 12대 차 중 하나에 탑승해 경복궁으로 향하고 있었다.

병호가 탄 차 뒷좌석에는 특별히 모신 어머니와 장인어른 내외가 함께 타고 있었다. 앞자리에 앉은 병호가 뒤를 돌아보며 어머니에게 물었다.

"손녀딸이 시집을 가는데 서운하지 않으세요?"

"국모가 되어 가시는 것인데 서운하기보다는 영광이지."

"장인어른도 그렇게 생각하세요?"

"암, 가문의 영광이지. 암, 그렇고말고."

"나 혼자만 서운한가?"

"나도 서운하네. 사위만큼은 아니겠지만 나도 많이 섭섭해."

"그렇죠, 장모님?"

"아무렴. 그나저나 집안의 나이 찬 장손 먼저 안 보내고……."

"바로 아들 녀석도 예를 갖추려 합니다."

"암, 그래야지. 너무 늦었어."

이렇게 한 마디씩 주고받는데 차가 빠르게 달려 어느덧 행렬은 경복궁을 멀지 않은 곳에 두고 있었다.

*   *   *

정확히 한 달 후인 5월 5일에는 아들 녀석도 장가를 갔다. 신부는 애초의 의도대로 총무처 대신 이진상의 16세 된 딸이었다. 그런데 이 부부에게는 황제도 누릴 수 없는 특전이 주어졌다.

병호의 계획에 의해 오스트레일리아, 즉 호주로 신혼여행을 떠나게 된 것이다. 이는 아들의 시야를 넓혀주어 우물 안 개구리 식의 삶을 살지 않도록 하기 위한 병호의 배려였다.

아무튼 영연방에서 이제 대한연방의 주요 구성원이 된 호주는 1813년 시드니 서쪽 블루산맥 너머에서 광활하고 기름진 들판이 발견되었다. 그해부터 양모의 생산을 중심으로 하는 목축업이 시작되었고, 오스트레일리아 발전의 제1기가 시작되었다.

1830년대에는 호바트·브리즈번·멜버른·애들레이드 등에 새 식민지가 건설되었다. 에스파냐 원산인 메리노 종(種)의 양이 사육되고 개량되어 1807년에는 양모가 처음으로 런던에 수출되었다. 1810년에는 뉴사우스웨일스 주(州)의 양 사육수가 늘었다.

이민과 자원 증가로 인구도 늘어났다. 자유이민이 증가함에 따라 유형을 중지하라는 요구가 높아져서 1840년에는 태즈메이니아 섬과 웨스턴오스트레일리아를 제외하고는 유형이 중지되었다.

1851년에는 뉴사우스웨일스주의 서부에서, 또 빅토리아 주에서, 다시 1862년에는 웨스턴오스트레일리아주에서도 금광이 발견되어 세계 각지에서 이민이 쇄도하였다.

제2기의 대륙 개발은 이 금광에 의하여 촉진되었고, 금광 채굴자에게 식량을 공급하기 위한 밀의 재배 및 기타 농업이 발달하였다. 이후 이 나라의 농업은 대한제국에 대한 중요한 식량 공급원이 되었으며, 낙농과 더불어 육류 가공·냉동업도 발달하였다.

이런 호주로 신혼여행을 가는 도중에도 여러 나라를 돌아보게 함으로써 아들은 좀 더 폭 넓은 시야를 가지고 일생을 살 것이다. 아들이 진심으로 잘되기를 바라는 아비의 배려에 의해.

　그로부터 약 1년 후인 1867년 4월 1일.

　대한제국의 수도 한양은 보이는 곳마다 경축 분위기였다.
신록의 계절을 맞아 산하가 온통 푸름으로 빛날 때 한양에서
는 몇 가지 중요한 국제 행사가 개최되어 거리에 태극기는 물
론 세계 각국의 깃발이 펄럭이고 있었던 것이다.

　국가적 주요 행사의 면면을 살펴보면 우선 4월 3일에는 대
한연방 수뇌 회의가 성대하게 개최될 예정이다. 그리고 이틀
후인 4월 5일에는 한강 이남에 지어진 국제연합 본부 건물에
서는 최초로 각국 수뇌가 참석한 가운데 UN총회가 성대하게
열릴 예정이다.

　그리고 다시 이틀 후인 4월 7일에는 최초의 대한연방 경기
대회가 한강 이남에 지어진 종합운동장 및 부속 시설에서 성
대하게 개최될 예정이다. 그러니까 연이어 국제 규모의 행사가
펼쳐지게 됨에 따라 한양의 거리가 온통 축제 분위기로 가득
찬 것이다.

　이런 속에서 병호는 그 무엇보다 우선해 영구 귀국한 김좌
근의 집으로 향하고 있었다. 주지하다시피 그는 하와이 총독
으로 지금까지 재임해 왔다. 그러나 이제 그는 나이 71세의 고
령으로 더 이상의 업무 수행이 불가능하다고 스스로 사직원

을 넘으로써 영구 귀국하게 된 것이다.

오늘날 병호가 있게 된 데는 초창기 그의 비호가 절대적이었기 때문에 병호는 그 무엇보다 우선해 그를 만나러 가고 있는 것이다. 때는 어스름하니 해가 질 무렵.

병호가 차에서 내리자 미리 통보가 되어 있었으므로 고령의 김좌근이 직접 마중을 나와 있었다.

"여전히 건강해 보이십니다, 아저씨."

병호가 먼저 인사를 건네자 김좌근이 웃으며 답했다.

"다 총리 각하의 덕분이 아닌가 하오."

"별말씀을."

병호가 겸양하는 가운데 두 손을 집 쪽으로 향한 김좌근이 말했다.

"자, 안으로 드실까요?"

"네."

이렇게 해서 두 사람은 새로 단장을 마친 그의 사랑채에 도착했고, 곧 두 사람은 차례로 안에 들었다. 벌써 방 안에는 푸짐한 주안상이 준비되어 있어 양인은 서로 마주 보고 앉았다.

"이렇게 겸상하는 것이 신식이라면서요?"

"그렇습니다. 요즈음은 번거롭다는 이유로 독상 문화가 거의 사라지고 있는 추세입니다."

"그나저나 이 녀석은 왜 안 와?"

"누구 말입니까?"

"누군 누구겠습니까? 아들 병기죠."

"아! 농림대신이다 보니 사무가 바쁜 모양이지요."

이때였다. 밖에서 헛기침 소리가 들리더니 김병기의 목소리가 들려왔다.

"아버님, 소자 왔습니다."

"들어오너라."

"호랑이도 제 말 하면 온다더니……."

병호의 말에 좌근이 대소로 받았다.

"하하하! 그러게나 말입니다."

곧 문이 열리고 병기가 방 안으로 들어오며 말했다.

"총리 각하께서도 와 계셨군요."

"어서 이리로 앉아요."

"네, 각하!"

병호가 자리를 권하자 둥근 상의 한쪽을 차지한 병기가 앉으며 말했다.

"총리 각하께서 오시는 것을 알았으면 진즉 오는 것인데……."

"나를 원망하는 것이냐?"

좌근의 말에 당황한 병기가 손까지 내저으며 부인했다.

"아, 아닙니다, 아버님!"

"자, 한 잔씩 합시다."

"네, 각하."

"그러지요."

곧 병호가 술 한 잔씩을 쳐주고 자신의 잔에도 손수 술을 치려 하자 병기가 술병을 빼앗듯 받아 들어 그의 잔에도 넘치도록 술을 쳤다.

"자, 듭시다."

"네, 각하."

좌근은 말없이 고개를 끄덕이며 술잔을 들어 올렸다. 이렇게 술 한 잔씩을 비우고 병기가 다시 술을 치는 가운데 아들을 뚫어지게 바라보던 좌근이 말했다.

"너도 이젠 많이 늙었구나."

"아버님, 이제 소자의 나이 겨우 오십입니다. 아직은 한창이지요."

"오십이 젊으냐? 옛날 같으면 뒷방 늙은이로 전락해……."

"요새는 평균수명이 많이 늘어나 50세는 이제 노인 취급도 안 하고, 뭐랄까, 장년이라 표현하면 되겠네요. 그러니 한창 일할 나이지요."

병호의 말에도 고개를 젓던 좌근이 말했다.

"그래서 말인데… 네가 대를 이어 하와이 총독으로 부임하는 것은 어떠냐? 번잡한 대신 자리보다 낫지 않겠니? 물론 사전에 각하의 동의가 있어야겠지만 말이다."

좌근의 말에 병호마저 병기를 바라보는 가운데 그가 입을 떼었다.

"그럴 수만 있다면 소자도 그러고 싶습니다. 대신으로 십 년 이상을 근무하다 보니 벌써 제 머리가 백발이 되지 않았습니까? 일개 부처 하나 관장하는 데도 이런데 각하께서는 어떻게 견디시는지 모르겠습니다."

"하하하! 다 요령이 있지요. 그건 그렇고, 아저씨의 제의를 어떻게 생각하오?"

"하면 누가 아버님을 모십니까?"

"내 걱정 말고 네 생각이나 말해봐라."

"저야……."

말하기 곤란한지 더 이상 말하지 않고 머리만 긁적이는 병기였다. 아마 둘이 사전에 입을 맞췄으리라 생각하며 병호가 말했다.

"무슨 말인지 알겠소. 하지만 그 자리는 안 됩니다."

"네?"

"하와이보다 중요한 캐나다 총독을 맡아주시오. 아직은 혈기왕성하게 일할 나이이니 큰 부담은 없을 것이오."

"각하의 뜻이라면 따르겠습니다만, 그렇게 되면 기존 캐나다 총독은……."

"너무 물러요. 북미합중국을 압박하라 했지만 조성하 총독은 너무 미온적으로 대처하고 있어요."

"알겠습니다, 각하. 각하의 뜻이라면 따르겠습니다. 하지만 그렇게 되면 조 태황태후에게 반감을 심어주는 것 아닙니까?"

김병기의 말인즉슨 지난번 억지 과거로 뽑은 조성하가 조태황태후의 조카가 되기 때문에 혹시 그녀가 반발하지 않을까 우려하는 것이다. 이에 대해 병호가 즉답했다.

"그에 대해서도 너무 걱정할 것 없습니다. 필리핀 총독으로 발령 내면 되니까요. 그 나라는 폭넓은 자치를 허용했는데 반대로 현임 총독은 너무 강경하게 대처하는 바람에 시위가 끊이질 않으니 문제지요."

참고로 필리핀 총독은 병호가 비서로 데리고 있던 박제경을 발령 냈는데, 그의 대처가 강경 일변도라 금번에 하와이 총독으로 이전시키려는 계획을 갖고 있었던 것이다.

"각하의 뜻이라면 저는 어디든 가겠습니다. 하면 제 자리는 누가……?"

"김병국을 임명하면 되지요."

"비서로 데리고 있던……?"

"같은 일가이니 나도 크게 환영하는 바입니다, 각하."

금년 43세의 김병국(金炳國) 또한 안동 김 문의 일가이기 전에 비서로서 그의 출중한 능력은 이미 검증된 바, 병호는 주저

하는 것 없이 그를 거론할 수 있었고, 좌근 역시 농림대신에 다른 사람이 아닌 일가붙이가 임명된다니 아주 좋아했다.

이렇게 김좌근의 영구 귀국으로 인해 발생한 인사가 연쇄 이동을 부르는 가운데, 셋은 이후에도 정치 및 여타 이야기로 꽃을 피우며 한 시진 이상 술자리를 가졌다.

*   *   *

다음 날 오전 8시.

병호는 내한한 대한연방의 각국 수뇌들과의 연쇄 회동을 위해 분 단위로 시간을 쪼개 쓰고 있었다. 오늘 제일 먼저 총리 김병호를 면담할 수뇌는 아프리카 서부의 기니만(灣) 연안 국가 가나의 수장들이었다.

아직도 이 나라의 국토 일부가 완전히 대한연방에 편입되지 않았음은 물론, 해안 지대가 황금해안(Gold Coast)으로 알려지며 유럽 각국의 각축장이 된 중요성 때문에 이 나라의 아샨티 국왕과 수상을 먼저 접견하고 있는 것이다.

병호는 의전상 실권은 없지만 서열이 위인 아샨티 국왕을 먼저 형식적으로 접견한 후 수상 드라마니 마하마(Dramani Mahama)와 마주 앉았다. 막 병호가 말을 꺼내려고 하는데 드라마니 마하마 수상이 자리에서 벌떡 일어서더니 90도로 허

220 조선의 봄

리를 꺾으며 말했다.

"각하를 뵙게 되어 영광입니다."

"나 또한 반갑기 그지없소. 한데 듣기에 문제가 좀 있다고?"

"단 두 가지 문제입니다."

이렇게 운을 뗀 그의 말이 이어졌다.

"이제 해안에 많이 묻혀 있던 금도 여러 나라가 다투어 캐 가는 바람에 많이 소진되었고, 연안의 노예무역도 쇠퇴하여 나라 형편이 매우 어렵습니다. 그리고 또 하나는 네덜란드 성 채 하나가 아직도 꿋꿋이 버티고 선 채 내정간섭을 일삼고 있 다는 점입니다."

"그래요?"

놀랍다는 얼굴이 곧 어이없다는 표정으로 전이되며 병호가 말했다.

"내 네덜란드에 통보하여 즉각 철수하라 하겠소. 그 문제 말고 다른 문제는 없소?"

"동쪽에 이웃한 독일 식민지 토골란드 역시 문제가 좀 있습 니다. 자주 우리나라의 변경을 침입합니다."

"그곳에는 대한제국군이 얼마나 주둔하고 있죠?"

"1만 명입니다."

"흐흠! 내 그곳 주둔사령관에게 자체 군을 대대적으로 양성 하여 그들을 물리치라 명할 테니 너무 걱정 마오."

"감사합니다, 각하."

"경제가 어렵다고?"

"네, 각하."

"지금부터라도 커피나무를 전 국토에 대대적으로 식재하여 나라 전체를 커피 주산지로 만드시오. 하고 우리나라에서는 사양산업이 되어가는, 인력이 많이 들어가는 산업 또한 그곳으로 공장을 이전하라 할 것이오. 하면 경제에 많은 도움이 될 것이오."

"진심으로 각하의 영단에 감사를 표하는 바입니다. 감사합니다, 각하."

거듭 고개를 조아리는 그를 내보낸 병호는 기다리고 있는 다른 나라 수장을 들라 명했다. 곧 바하두르 인도 수상이 병호의 집무실로 들어섰다.

"안녕하십니까, 각하?"

"어서 오시오."

반갑게 바하두르를 맞은 병호는 곧 그를 소파에 앉히고 자신 또한 그 맞은편에 앉으며 물었다.

"어려운 점은 없소?"

"아직도 일부 토호 세력의 반발이 있지만 주둔 중인 대한제국군의 토벌로 많이 완화되었습니다."

"다행이군요. 한데 경제는?"

"매우 어렵지요."

"면화 산업을 더욱 번창시키고 우리나라의 사양산업도 일부 이전시킬 테니 너무 걱정 마오."

"감사합니다, 각하."

"다른 문제는 없지요?"

"각하의 배려 덕분에 이제 큰 문제는 없습니다."

바하두르 수상의 말대로 병호는 인도를 특별히 배려한 바 있다. 1526년 성립된 무굴제국은 인도 최초의 민족 항쟁이었던 세포이의 항쟁(1857~1859)을 계기로 1857년 완전 멸망하고 인도 전역이 영국의 직할 식민지로 편입된 바 있었다.

즉, 종전까지는 영국 여왕이 인도의 여왕을 겸하고 있던 것이다. 그런 것을 금번에 영국 식민지를 대한제국이 모두 인수하면서 이 나라에도 폭넓게 자치를 허용하여 인도인으로 구성된 자치 정부를 꾸리게 했고, 바하두르가 초대 수상이 되어 내각을 잘 이끌고 있었다.

그렇지만 인도 전역에는 5만의 대한제국군이 주둔하고 있어 여전히 대한제국의 지배를 받고 있는 것도 사실이었다. 아무튼 분 단위의 약속이 있었으므로 인도에 큰 문제가 없는 것 같아 보이자 병호는 바로 그를 내보내고 다음 나라의 대표를 들게 했다.

곧 중앙아메리카 쿠바 북동쪽 카리브해에 위치한 대한연방

소속 섬나라인 바하마(Bahamas)의 수상이 집무실로 들어왔다.

바하마는 미국의 플로리다 반도 남동쪽에서 히스파니올라(Hispaniola)섬에 이르기까지 약 800㎞에 걸쳐 약 700개의 섬과 2,000여 개의 산호초로 된 바하마 제도로 구성되어 있었다. 사람이 거주하는 섬은 약 30개이다.

17세기에는 한때 해적들의 근거지가 되기도 했다. 뛰어난 기후 조건으로 관광산업이 주를 이루며 노동 인구의 반 이상이 여기에 고용되어 있다. 주민의 대부분이 흑인이며 개신교도가 많고 영어를 공용어로 사용하는 것을 대한제국어와 병행토록 한 바 있다.

수도(나소: Nassau)가 있는 뉴 프로비던스(New Providence)섬에 인구의 2/3가 살고 있다. 17세기 중엽부터 영국이 식민지화를 기도하여 1718년 왕실 직할 식민지가 되었으나 에스파냐, 프랑스와의 사이에 충돌이 자주 되풀이되자 1783년의 베르사유 조약에서 정식으로 영국 식민지가 되었다.

1807년 노예제도가 불법화되고 많은 귀족들이 바하마를 떠났으나, 지금 현재는 미국 부유층의 새로운 여행지로 각광받고 있다. 백인이 주도하는 바하마 연합당(United Bahamian Party: UBP) 출신들이 몇 십 년째 집권하고 있으며 수상 휴버트 핀들링(Hubert Pindling) 또한 바하마 연합당 출신이다.

"안녕하십니까, 각하?"

"어서 오시오."

웃음으로 환대한 병호가 그를 소파에 앉히고 자신 또한 그의 맞은편에 앉으며 바로 본론으로 들어갔다.

"바하마는 무엇이 문제요?"

"관광산업 외에는 특별한 산업이 없는 것이 문제입니다."

"투명성을 높이시오."

"네?"

"은행업 분야에서 '검은돈 세탁'을 저지하는 강력한 법을 만들면 부자 나라인 미국을 옆에 두고 있으니 자본을 많이 유치할 수 있을 것 아니오. 해서 투자된 돈으로 산업을 일으키시오. 그리고……"

병호가 여기서 말을 끊고 지그시 휴버트 핀들링을 바라보자 그가 찔리는 것이라도 있는지 황급히 말했다.

"말씀하시죠, 각하."

"내가 볼 때 인구의 다수를 차지하는 흑인들의 목소리에 귀기울일 정당이 필요한 것 같소. 일당 지배는 대부분 독재로 흐를 위험성이 큰 데다 바하마 연합당 자체가 백인 정당이다 보니 흑인들의 불만을 제대로 반영할 것 같지가 않소. 이는 내부 소요 사태로 번질 위험성이 크니 지금부터라도 흑인 위주의 진보당을 출현시키고 그들의 언로를 열어주도록 하시오."

바하마에 대한 병호의 해박한 지식에 휴버트 핀들링이 깜짝 놀란 얼굴로 병호를 다시 한번 바라보았다. 그런 그를 여전히 미소 띤 얼굴로 바라보던 병호가 답변을 재촉했다.

"내 말대로 하겠소?"

"네, 각하."

"좋소. 하면 우리는 바하마를 적극 지지하고 보호할 것이오."

"감사합니다."

그를 내보냈지만 병호는 피곤한 기색이 역력했다. 이들을 접견하는 것도 힘들지만, 좀 전의 바하마와 같이 작은 나라라고 해도 그 나라를 제대로 파악하지 않고서는 외교를 할 수 없기에 이 행사를 준비하면서 병호는 사전에 많은 준비를 해왔다.

그 여파인지 계속되는 접견에 피곤함을 느낀 병호는 관자놀이를 지그시 누르다가 창가로 가 거리의 풍경을 보며 잠시 휴식을 취했다. 그 시간이라고 해봐야 5분 남짓. 이후에도 병호는 계속 각국의 수뇌를 연속해서 접견했다.

그렇게 해서 이틀 동안 50여 개국의 수뇌를 접견하는 살인적인 일정을 소화하고, 다음 날 오전 10시에는 최초로 개최되는 175개국 UN의 전 회원국이 참석하는 총회에서 개막 연설을 하기 위해 강남에 지어진 UN본부 건물로 향했다.

삼엄한 경호 속에 UN본부 건물에 도착한 병호는 곧 총회 장소인 본관 2층으로 향했다. 곧 그가 총회장에 입장하니 그곳에는 이미 각 회원국의 수뇌 및 대표들이 입회해 그를 기다리고 있었다.

곧 단에 올라 단상에 선 병호는 품속에서 미리 작성된 연설문을 꺼내 탁자 위에 올려놓고 장내를 한번 휘둘러보았다. 기침 소리 하나 들리지 않는 정밀함 속에서 곧 병호가 연설문을 읽어 내려가기 시작했다.

"바쁘신 가운데에서도 만사를 제쳐놓고 참석해 주신 175개국 전 회원국의 수뇌 및 각국 대표들에게 UN을 주도한 한 사람으로서 깊은 감사를 드리는 바입니다."

여기서 일단 말을 멈추고 다시 한번 장내를 휘둘러본 병호의 연설이 계속되었다.

"주지하다시피 우리가 UN의 창설을 주도한 데는 몇 가지 이유가 있습니다. 첫째, 더는 지구촌에서 대 전쟁으로 인해 꽃다운 젊은이들이 채 피어보지도 못하고 스러지는 것을 방지하고, 또 이제 각국과의 교류가 빈번해짐에 따라 한 나라에서 발생한 질병이 이웃 나라로 전염된다든지, 인류 공통의 질병을 함께 연구해 치료약을 개발하는 문제, 또 아직도 기아선상에서 허덕이는 수많은 각국 백성들을 구제하기 위한 식량 증산 문제 등, 지구촌의 공통 이해가 걸린 문제들을 해결하기 위해 세계 모든 나라가 머리를 맞대자는 것입니다."

여기서 병호가 말을 끊자 대한제국 대표 오경석이 박수를 치는 것을 시작으로 참석한 전원이 박수로 병호의 말에 호응했다. 잠시 박수 소리가 끊이길 기다리던 병호의 연설이 계속되었다.

"또 금번에 개최되는 대한연방 경기를 모태로 하여 내년에는 전 세계인이 참여하는 올림픽을 대한제국의 수도 한양에서 최초로 개최하려는 것 또한 피부 색깔이 다르고 각자 사는 곳은 달라도 인류라는 교집합하에 친선과 평화, 그리고 번영을 약속하고 기원하자는 의미에서 개최하는 것입니다. 따라서 한 나라도 빠짐없이 참여하길 바라고, 만약 정말 가난하여 교통비가 없어 참여할 형편이 못 되는 나라는 대한제국은 물론 안보리 상임이사국이 중심이 되어 그들의 참여 문제를 적극 논의해 주시기 바랍니다."

이 대목에서 또 한 번 박수 소리가 터져 나왔으나 가난한 나라 대표들은 열심히 박수를 치는 반면에, 돈을 내야 할지도 모르는 상임이사국 대표들은 건성건성 박수를 쳤다.

이렇게 시작된 연설이 10분 동안 진행되는 중간중간 여러 번의 박수가 나왔고, 그때마다 병호는 잠시 연설을 멈추었다. 그리고 사람들이 지루함을 느끼기 시작할 무렵, 어느덧 그의 연설도 끝을 향해가고 있었다.

"앞으로 이 건물에 각국의 대표들이 상주해 인류 공통의 문제를 해결하는 데 더욱 뜻을 모으고 지혜를 발휘해 주기 바라면서 창립을 주도한 대한제국 총리로서의 연설을 마치겠습니다. 공사다망한 가운데에서도 몸소 왕림해 주신 각국 수뇌와 대표들에게 다시 한번 감사를 드리는 바입니다. 고맙습니다."

와아아!

짝짝짝!

쏟아지는 환호와 박수 소리에 손을 흔들어주는 것으로 답하며 병호는 곧 총회장을 떠났다.

내각청사로 향하는 도중 차 앞 조수석에 탄 비서실장 김병주가 병호에게 말했다. 참고로 전 비서실장 유대치는 짧은 기간 동안 재임하고 호주의 총독으로 발령이 나 그곳으로 갔고, 그 후임이 김유근의 양아들인 김병주였다.

"각하, 이젠 총리공관도 별도로 짓는 것이 어떻겠습니까? 외국 정상들이 보기에도 그렇고 대한제국의 체면이 걸린 문제라고 생각합니다."

"글쎄……."

잠시 생각하던 병호가 답했다.

"목수가 제 집을 지으면 망한다는 속설대로 지금까지는 한 푼이라도 아껴 우리의 국토를 넓히는 데 전념해 왔다면 앞으로는 내치에만 전념할 생각이고, 재정에도 여유가 좀 있으니 그 문제도 본격적으로 한번 검토해 보는 것으로 하지."

"검토가 아니라 바로 내각회의에 붙여 설계에 들어가야 합니다, 각하."

"이 사람 왜 이렇게 성정이 화급하게 변했나?"

"그야 각하를 오랜 세월 모시다 보니 그렇게 된 것 아닙니까?"

"하하하! 그런가?"

이렇게 동갑인 두 사람이 이런저런 이야기를 나누다 보니 차는 금방 내각청사에 도착했다. 곧 자신의 집무실에 도착한 병호는 잠시 휴식을 취했다. 연이어 UN총회에 참석한 각국 수뇌나 대표를 접견할 예정이기 때문에 머리를 식힐 겸 차 한 잔 마시며 휴식을 취한 병호는 30분 후에 오늘의 제1면담자 공친왕 혁흔(奕訢)을 맞았다.

주지하다시피 혁흔은 어린 황제를 대신한 청나라의 실세로 유능한 인물이었다. 그 싹은 일찍 발현되어 실제의 능력으로 보면 함풍제 대신 그가 황제가 되었다면 역사가 바뀌었을지도 모른다.

혁흔은 청나라 6대 황제인 도광제(道光帝)의 여섯째 아들로 어려서부터 총명하고 민첩하여 그와 비슷한 넷째 아들 혁저(奕詝)와 함께 황자 중 도광제에게 가장 많은 사랑을 받았다.

혁흔과 혁저는 어려서부터 늘 함께 공부하고 무예를 익혔다. 전하는 이야기에 따르면 도광제가 황위 계승자를 확정하는 문제에 있어서 이 두 아들을 놓고 차마 결정하지 못하고 엄청나게 고민했다 한다.

그러다 병이 심각해지자 비로소 두 황자를 불러들여 직접 대면한 다음 황위 계승을 결정하기로 했다. 두 황자도 부황의 소환이 대단히 중요한 관문이라는 사실에 민감하지 않을 수 없었다.

그래서 각자 사부에게 어떻게 하면 부친의 호감을 살 수 있는지 상의했다. 혁흔의 사부 탁병염(卓秉恬)은 황제가 군사에 관한 일을 물을 경우를 대비해서 만반의 준비를 할 수 있도록 가르쳤다.

한편 혁저의 사부 두수전(杜受田)은 나랏일에 관한 것보다는 황제의 마음을 사로잡을 수 있는 요령을 가르쳤다. 즉, 그는 혁저에게 '치국에 관한 식견이라면 황자께서는 혁흔 황자를 따르지 못합니다. 따라서 황상께서 만약 당신의 병이 깊어 오래 살지 못할 것 같다고 말씀하시면 아무 말 하시지 말고 그냥 바닥에 엎드려 울기만 하십시오'라고 일러주었다.

혁저는 사부가 일러주는 대로 실수 없이 행동했고, 도광제는 매우 기뻐하며 혁저가 듬직하고 효성스럽다고 생각하여 그를 다음 대 황위 계승자로 결정했다. 이 이야기가 사실인지는 알 수 없다.

하지만 혁흔의 정치적 재능이 청나라 통치자들 사이에서 일찍부터 잘 알려져 있던 것만은 사실이다. 이 때문에 적지 않은 사람이 혁흔을 계승자로 선택하지 않은 도광제에게 짙은 아쉬움을 나타냈다.

1850년, 혁저가 황제로 즉위하니 이 이가 바로 함풍제다. 황제가 된 혁저, 즉 함풍제는 동생 혁흔을 곧 공친왕에 봉했다. 아무튼 이런 혁흔을 맞아 병호는 수인사가 끝나자 본론으로 들어갔다.

"특별히 면담을 신청한 이유라도 있소?"

"네, 각하."

35세의 젊은 혁흔이 짧게 답하고 또렷한 어조로 말했다.

"우리를 좀 도와주십시오."

"무엇을 말이오?"

"염군을 토벌하는 데 대한제국이 도움을 주시면 감사하겠습니다, 각하."

"그건 애초의 약속과 다르지 않소? 염군은 청나라가 스스로 토벌해야지 우리에게 도움을 청하면 어찌하오?"

"지형이 험한 데다 우리의 토벌에 몇 갈래로 쪼개졌던 저들이 일제히 단합하니 실로 난감하기 짝이 없습니다."

"흐흠!"

침음하며 잠시 생각에 잠겼던 병호가 넌지시 물었다.

"청나라도 대한연방의 한 나라로 가입하는 것은 어떻소?"

"무슨 말도 안 되는 소릴!"

펄쩍 뛰는 혁흔을 향해 병호는 여전히 미소를 지은 채 느긋한 음성을 토해냈다.

제5장
대통령이 되다

"그렇다고 달라지는 것은 별로 없소. 다른 나라와 같이 폭넓게 자치를 허용할 테니 말이오."

"그래도 어찌 우리 대청국이 조선의 일개 속국이 되어… 험험……."

"그래요? 하면 우리는 다툼이 있는 현 염군과의 경계를 분쟁 지역으로 선포하여 평화유지군을 파견할 것이오. 그렇게 되면 어떻게 되는지 아시오?"

"그야 평화유지군이 전투를 못 하게 할 것이니 자연스럽게 현 경계가 굳어져……."

여기까지 말하던 혁흔의 안색이 돌연 굳어지더니 더 이상 아무 말도 하지 못했다.

"당신의 말 그대로요. 분쟁 지역이 자연스럽게 고착화됨에 따라 염군의 지배 지역이 별도의 나라로 인정되는 것이죠."

"왜 우리나라에게만 이렇게 가혹하게 대하십니까?"

"일본은 벌써 병탄을 당해 흔적도 찾을 수 없소. 그래도 청나라만은 오랜 우의를 생각해 명맥이라도 유지해 주는 것이 불만이오?"

"그럴 리가요? 하면 우리에게 어떤 이익이 있는 것입니까?"

"비록 황제가 베트남과 같이 왕으로 격하될 것이나 국제사회에서 대한제국의 비호를 받음으로써 영원히 안전을 확보하는 것은 물론, 연방의 일원으로서 상호 무관세로 통상이 가능할 것이오. 따라서 경제에도 많은 도움이 될 것이오."

"경제마저 예속되는 것은 아니고요?"

"그야 생각 나름. 이웃한 지리적 이점을 살려 빠르게 우리의 선진 산업을 흡수한다면 서구 열강을 능가하는 산업화를 이루게 될 것이고, 이는 세계열강으로 부상할 수 있는 첩경이기도 하지요."

"허허, 이것 참……."

난감한 표정의 혁흔을 바라보며 병호는 더 이상 아무 말도 하지 않았다. 그의 결정만을 기다리고 있는 것이다.

난감한 표정으로 잠시 숙고하던 혁흔이 입을 뗴었다.

"만약 우리가 거절한다면 어떻게 되는 것입니까?"

"몰라서 묻소?"

"평화유지군을 파견하는 것 외에 다른 조치도 강구하시겠단 말씀입니까?"

"당신의 예상대로요."

이렇게 운을 뗀 병호가 차근차근 자신의 계획을 설명해 나갔다.

"국제평화유지군을 파견하여 현 국경선을 고착화시키는 것은 물론 염군도 하나의 독립된 나라로 인정할 것이오. 더하여 해상 봉쇄를 단행하여 청나라의 경제를 마비시킬 것이오."

"흐흠!"

절로 신음성이 나오는 것을 금치 못하며 혁흔은 또 한 번 생각에 잠기지 않을 수 없었다. 그러던 그가 마침내 결정을 내렸는지 말했다.

"좋습니다. 단 거기에는 조건이 있습니다."

"말해보시오."

"제 처음 부탁대로 염군을 토벌하는 데 대한제국이 도와주시기 바랍니다."

"좋소. 내 그에 대해서는 허락하리다."

"감사합니다, 각하."

정중히 고개를 숙여 감사를 표하는 혁흔의 가슴에는 천불이 타오르고 있었다.

'절치부심(切齒腐心)', '와신상담(臥薪嘗膽)'.

머릿속을 오가는 두 단어를 곱씹으며 혁흔은 입술을 꼭 깨물었다. 분명 협박임을 안다. 그러나 현실적으로 대한제국의 협박을 견딜 만한 힘이 청국에 없는 것이 더 한스러웠다.

세계 유일 초강대국으로서 세계는 물론 전 아시아의 패권을 쥐고 있는 대한제국을 이웃에 둔 청나라로서는 자신의 나라 땅덩이 전체를 떼어 저 멀리 아프리카나 남미로 이사를 가지 않는 한 어쩔 수 없다는 판단이 선 것이다.

그렇게 혁흔이 입술을 깨물며 물러가자 다음으로 들어온 사람은 러시아 외상 무라비예프였다.

"안녕하십니까, 각하?"

"어서 오시오."

인사와 함께 자리를 권하고 그의 맞은편에 앉은 병호는 많은 사람을 접견해야 하기 때문에 바로 본론으로 들어갔다.

"양국에 큰 문제는 없지요?"

"문제는커녕 이보다 더 좋을 수 없는 관계죠. 각하의 배려로 우리 러시아가 5개 안보리 상임이사국의 한자리를 차지했고, 양국이 맺은 평화협정 역시 여전히 잘 지켜지고 있으니 더할 나위 없이 좋은 양국 관계라 봅니다."

"거기에 양국이 보다 긴밀하고 발전된 관계를 유지하기 위해서는 우랄산맥 이동의 대도시 예카테린부르크까지 연결되어 있는 대한제국의 시베리아 철도를 모스크바까지 연결하는 것이 어떻겠소?"

"그렇게 되면……."

말을 꺼내놓고 잠시 머릿속으로 이해득실을 따지고 있는 무라비예프를 향해 병호가 말했다.

"그렇게 되면 대한제국도 육로로 유럽까지 접근할 수 있는 장점이 있지만, 러시아 역시 아국은 물론 청나라, 일본까지 쉽게 접근할 수 있지 않겠소?"

"그렇게 되려면 대한제국의 위협이 근본적으로 제거되어야……."

"당신 말대로 양국은 이미 평화협정을 맺었고 잘 지켜지고 있지 않소? 게다가 이제 국제연합까지 창설되어 지구촌의 평화 수호에 앞장서야 하는 대한제국으로서는 더 이상 남의 나라를 침략한다는 것도 우스운 이야기지요. 게다가 대한제국으로 말하면 이제 지구촌에 약 60개 가까운 나라를 좌지우지하는 맹주국이요, 명실공히 해가 지지 않는 나라로서 더 이상은 영토 욕심도 없소이다."

"대한제국의 뜻이 그렇게 확고부동하다면 우리라고 망설일 이유가 전혀 없지요."

"잘 생각하셨소. 구체적인 사양은 실무 차원에서 논의하기로 하고, 모스크바까지의 철도 연장을 확정짓는 것으로 합시다."

"동의합니다, 각하."

"좋소. 거기에 양국의 무역을 보다 활성화하려면 귀국의 관세를 보다 낮추는 게 좋겠는데……"

"하면 대한제국의 우수한 품질의 공산품이 쏟아져 들어올 텐데, 아국 산업의 피해가 불 보듯 환하므로 그것은 좀 수용하기 어렵습니다."

"만약 우리가 러시아에 한해 대한연방 수준으로 관세를 낮추어준다면?"

"그야 백번 환영할 일이나 우리의 관세를 상대적으로 그만큼 낮추어달라면 그 또한 곤란한 일입니다."

"7~80% 수준으로 낮추어도 아국은 만족하오."

"그렇게 되면 분명 아국이 이익은 이익인데……"

"뭘 그렇게 망설이오?"

"아국 산업에 피해가 없을까 하여……"

"너무 보호만 한다 해서 산업이 성장하는 것은 아니오. 적당한 긴장감이야말로 산업을 발전시키는 지름길이죠."

"여기서 확답드릴 수는 없지만 귀국 후 그렇게 하도록 노력하겠습니다."

"좋소. 앞으로 양국이 보다 긴밀히 협조하면서 지구촌을 보다 평화롭고 풍요로운 세상이 되도록 노력합시다."

"알겠습니다, 각하. 그리고 보면 국가 간에는 영원한 적도 우방도 없는 것 같습니다."

"당신 말 그대로요. 현실은 냉엄해서 이해관계에 따라 하루아침에 적이 되기도 하고 우군이 되기도 하는 것이죠."

"그렇습니다, 각하."

이렇게 하여 병호는 러시아 외상과의 회담을 마쳤고, 대한제국으로서는 유럽으로 향할 수 있는 육로와 7천만 시장을 보다 쉽게 접근할 수 있는 길 또한 열었다.

아무튼 이후에도 병호는 시간을 쪼개 써가며 각국 수뇌와 대표를 접견했고, 이틀이 훌쩍 지났다.

                    *   *   *

4월 7일 오전 10시.

한강 이남에 지어진 종합 운동장 메인 스타디움에는 10만 관중이 발 디딜 틈 없이 꽉 들어차 있었다.

그런 가운데 로열석에는 대한제국의 실세 총리 김병호 내외와 그 어머니를 비롯해 각 부 대신, 그리고 대한연방을 구성하는 약 60개국의 각국 요인들이 자리 잡고 있었다. 제1회 대한연방 경기 대회 개최를 축하하고 일부 경기를 관람하기 위해서였다.

오전 10시 정각에 개회하기로 예정되어 있었으나 아직 황제가 도착하지 않은 관계로 식이 지연되고 있었다. 이에 막간을 이용해 병호는 옆에 앉은 부인 순영이 아니라 바로 뒤 열에 앉은 어머니를 돌아보며 물었다.

"어머니, 이렇게 많은 관중이 모인 것은 처음 보시죠?"

"물론이다. 참으로 격세지감을 금할 수 없구나. 누가 조선이 이렇게 발전할 줄 알았겠누?"

"조선이 아니라 대한제국입니다, 어머니."

"조선이면 어떻고 대한제국이면 어때? 다 그 나라가 그 나라지."

"그렇긴 합니다만……."

이때였다. 순영이 병호의 옷을 지그시 잡아당기며 말했다.

"황제 폐하께서 입장하시려나 봐요."

그녀의 말에 자세를 바로 한 병호가 전면을 바라보니 무개차를 탄 황제 부처가 막 트랙에 들어서 있었다.

또 그 뒤에는 태황태후 조 씨가 탄 차도 보였다. 그 외 두 차량을 경호하는 차량 두 대 역시 함께 입장하고 있었다. 이때 사회를 맡은 공보처장 최한기가 우렁찬 목소리를 토해냈다.

"황제 부처와 태황태후께서 입장하십니다! 단상에 계신 내외 귀빈들은 모두 일어나 맞아주시기 바랍니다!"

이에 따라 병호는 물론 모든 사람이 자리에서 일어났다.

그러자 국악과 양악으로 편성된 삼군 군악대가 경쾌한 행진
곡 풍의 경음악을 연주하기 시작하고, 병호는 중앙 통로를 천
천히 걸어 내려가 막 계단에 발을 디딘 황제 부처를 맞았다.

"어서 오르시죠, 폐하!"

병호의 말에 이제 11세가 된 대한제국 황제 이영이 의젓하
게 고개를 끄덕이고 황후 또한 답례로 고개를 까닥했다.

비록 사적으로 영접하는 사람이 부친이나 이 자리에서는
사사로운 정을 드러낼 수 없었으므로 예법에 맞게 윗사람으
로서의 처신을 하고 있는 것이다.

아무튼 총리의 영접에 기분이 좋은지 황제 이영이 말했다.

"참으로 대단합니다. 대한제국이 실로 이렇게 발전하게 될
줄은 몰랐고, 이 모든 것이 다 총리의 공이 아닌가 합니다."

"별말씀을."

"십만 명은 족히 되겠습니다."

"처음부터 십만 명 수용 규모로 착공했더랬습니다."

"말이 십만 명이지, 한군데 모아놓으니 굉장하군요."

"흩어질 때 보면 더 많게 느껴지실 겁니다, 황상."

"그렇소? 하하하! 대한제국이 이렇게 발전해 연방 경기 대회
를 개최할 수 있다니 실로 감개무량하고 총리에 대한 감사한

마음이 더욱 커지는 것 같소."

"별말씀을."

이렇게 두 사람이 대화를 나누며 계단을 오르다 보니 어느
새 정중앙에 위치한 황제의 자리가 나타나 황제 부처가 나란
히 착석했다. 병호는 태황태후 조 씨 또한 황제 바로 뒤 열에
앉히고 자신 또한 자신의 자리인 황제 곁에 나란히 앉았다.

"다음은 식순에 의거, 태극기에 대한 경례와 애국가 제창이
있겠습니다."

최한기의 진행에 따라 태극기에 대한 경례와 애국가 제창이
시행되었다.

"다음으로는 이 경기 대회를 창설하신 총리 각하의 축사가
있겠습니다."

최한기의 안내에 따라 중앙 단상 앞으로 나온 병호가 품에
서 미리 작성된 연설문을 꺼내 읽기 시작했다.

"친애하는 연방 신민 여러분, 존경하는 태황태후 마마 및
황제 부처 내외분, 그리고 공사다망하심에도 불구하고 기꺼이
참석해 주신 연방 내 각국 귀빈 여러분! 만장하신 입장객 및
대한제국 백성, 그리고 연방 신민을 대표하여 감사를 드리는
바입니다!"

여기서 일단 말을 끊고 정면을 한번 응시한 병호의 연설이
계속되었다.

"제1회 대한연방 경기 대회를 개최하기까지는 많은 우여곡절이 있었으나, 그럼에도 불구하고 오늘 뜻깊은 이 행사를 개최하는 목적은 주지하다시피 연방을 구성하는 각국의 친선도모 및 단합을 위해서입니다. 따라서 이 취지에 맞게, 설령만족스럽지 못한 점이 있더라도 조금씩 양보해 가며 이 대회가 유종의 미를 거둘 수 있도록 모두 노력합시다."

병호가 말을 이었다.

"친애하는 연방 신민 여러분, 우리 대한연방의 구성 목적이 그렇듯 서로 협력하여 보다 나은 삶을 살고 외부의 침입에 대해서는 하나로 뭉쳐 단호하게 대응하는, 그래서 연방 내 각국의 영토와 주권을 지키는 것은 물론 세계 평화의 파수꾼으로서 기여코자 함에 있어서 서로 다른 문화와 풍속을 이해하고 긴밀히 녹여내 서로의 간극을 없애자는 취지에서 이 대회가 개최되는 바, 한 점 그릇됨이 없도록 힘써 노력하도록 합시다."

이 대목에서 박수갈채가 터져 나왔으므로 병호는 잠시 연설을 멈출 수밖에 없었다.

병호의 연설이 계속되었다.

"연방 신민 여러분, 세계는 날로 가까워지고 있습니다. 이런 추세 속에서 우리 연방 각국은 보다 긴밀히 서로 소통하고 신민들의 삶을 보다 풍족하게 하기 위해 노력해야 합니다. 풍족하게 산다는 것에는 물질적 풍요뿐만 아니라 정신적 풍요도

있습니다. 그런 취지에서 금번에 창설된 연방 경기 또한 일조
할 것이고, 본인은 이 자리에서 한 가지 제안을 하고자 합니
다. 즉, 프로 경기 대회 창설이 그것입니다."

처음 들어보는 말에 단상이나 관중 모두 박수 치는 것도
잊은 채 병호의 말을 경청했다.

"운동선수는 돈을 받고 경기에 임하되 그에 준하는 우수한
경기 내용을 보여줘야 합니다. 이런 우수한 경기를 공짜로 즐
기면 좋겠지만 이를 운용하는 기업 또한 이윤을 내야 하므로
돈을 받고 관람을 시킵니다. 경기 종목으로는 우선 축구, 야
구, 농구를 시작으로 다른 종목까지 그 범위를 넓혀가는 것이
좋겠습니다. 하여 여유가 있는 사람들은 경기 관람으로 여가
를 즐기는 것입니다. 본 총리의 제안을 뜻있는 기업들이 검토
해 주실 것을 당부드리고, 이 대한연방 경기 대회는 금번의 제
1회 대회를 시작으로 앞으로 4년마다 한 번씩 개최하겠습니
다. 즉, 올림픽대회가 열리기 2년 전의 중간에 말입니다."

여기서 다시 한번 박수갈채가 터져 나왔으므로 병호는 잠
시 쉬었다가 맺는말에 들어갔다. 모름지기 축사는 짧을수록
좋았으므로 애초부터 길게 할 생각이 없었다.

"모쪼록 이 대회를 기저로 우리 연방 각국과 신민들이 서
로 보다 가까운 이웃이 되고 경기력 또한 향상됨은 물론 많은
볼거리를 제공해 주기 바랍니다. 이상으로 축사를 마치겠습니

다. 감사합니다."

또 한 번 우렁찬 박수가 터져 나오는 가운데 병호는 단상을 물러 나왔다. 곧 사회자 최한기의 우렁찬 음성이 튀어나왔다.

"다음으로는 황제 폐하의 개회 선언이 있겠습니다!"

사회자의 말에 따라 단상 앞에 선 황제 이영이 아직 변성기가 지나지 않은 가녀린 목소리로 개회 선언을 했다.

"지금부터 제1회 대한연방 경기 대회를 시작하겠습니다!"

"황제 폐하 만세!"

"만세!"

"만만세!"

자발적인 만세 삼창이 끝나자 또 한 번 최한기의 음성이 장내에 울려 퍼졌다.

"다음으로는 대한제국의 시원(始原)인 바이칼호 알혼섬에서 시작된 성화를 점화하는 것을 마지막으로 경기 대회를 본격적으로 시작하겠습니다."

최한기의 말이 끝나자마자 주 경기장에 들어선 대한제국의 마라톤 국가대표 선수 한영호가 성화를 들고 북쪽 중앙에 높다랗게 위치한 성화 점화대를 향해 달리기 시작했다.

머지않아 그가 성화대에 불을 붙이자 오색 풍선과 함께 수백 마리의 비둘기 떼가 동시에 하늘 높이 날아올라 장관을 이루었고, 관중들은 우렁찬 박수갈채로 화답했다.

여기서 하나, 우리 민족의 시원을 병호는 바이칼호 알혼섬으로 보고 그곳에 이미 삼성단(三聖壇)을 축조했을 뿐만 아니라 그곳을 성지로 지정해 일반인의 출입을 금하고 있었다.

알혼섬은 바이칼호에 있는 크고 작은 26개의 섬 중 가장 큰 섬으로 길이 72㎞, 폭 15㎞로 전체 면적은 약 730㎢이다. 알혼이란 부랴트어로 '햇볕이 잘 드는 땅'이라는 뜻이다. 이곳은 실제로 지구상에서 맑은 날이 가장 많이 관측되는 지역 중의 하나이다.

아무튼 100m 육상 경기 대회 예선이 제일 먼저 시작되었다. 이를 시작으로 각종 육상경기, 수영경기, 권투, 자전거경기, 펜싱, 사격경기, 레슬링, 역도, 배드민턴, 조정, 카누, 승마 외에 구기 종목으로 축구, 농구, 야구, 배구, 송구(핸드볼) 등의 경기가 7박 8일 일정으로 개최될 것이며, 앞으로는 대한연방 각국이 돌아가며 이 경기를 개최하게 될 것이다.

개최지는 경기 기간 내에 개최될 대한연방 수뇌 회의에서 최종 결정될 것이다. 아무튼 100m 육상 예선을 관람하던 황제 부처와 태황태후가 경기장을 떠나는 것을 시작으로 병호 또한 바로 그 자리를 떠났다. 그리고 그가 향한 곳은 경복궁이었다.

그가 그곳으로 향하는 이유는 오늘 저녁 대한연방 경기 대회를 자축하는 리셉션이 경회루에서 열리기 때문에 이를 사전 점검하기 위함도 있고, 황제로부터 동의받을 사안도 있어 궁을 찾는 것이다.

사실 경회루 리셉션과 불꽃놀이는 어제 계획되어 있었으나 병호가 각국 대표들을 접견하는 시간이 예정보다 길어져 하루 순연했기 때문에 오늘 개최되는 것이다.

아무튼 머지않아 경회루에 도착한 병호는 점검을 해도 이상이 없자 바로 경복궁 2층 황제의 집무실로 찾아갔다. 그러나 황제가 그곳에 없는 관계로 3층으로 가니 황제는 황후 및 세 명의 비에 둘러싸여 담소를 나누고 있었다.

한데 그 자리에는 태황태후 조 씨도 있어 업무 이야기를 하기에는 적이 망설여졌으나 개의치 않기로 하고 병호가 접근하자 3대째 모시고 있는 김상선이 황제에게 조용히 고했다.

"총리 각하 입시하옵니다, 폐하."

그러자 깜짝 놀란 황제 이영이 자리에서 벌떡 일어나 병호를 맞았다.

"어서 오세요, 총리님."

"네."

짧게 답한 병호가 태황태후 조 씨에게 먼저 인사를 올렸다.

"강녕하십니까, 태황태후 마마."

"새삼스럽게 무슨 인사예요? 보는 게 인사죠. 경기장에서 뵙기도 했고."

겸양하는 그녀와 일별한 병호가 황제에게 시선을 돌리자 아직도 놀람이 가시지 않은 표정으로 황제가 말했다.

"짐에게 특별한 볼일이라도 있는 겁니까?"

"네. 경기 대회가 끝난 후 내각을 소폭 개편하고자 합니다."

"그런 일이라면 집무실로 내려가서……."

그러나 병호는 무엄하게(?)도 황제의 말을 중간에 끊고 말했다.

"이곳이라도 상관없습니다."

"그렇다면 이곳에서 이야기합시다."

"내각 개편에 황상께서는 동의하시는지요?"

"언제 짐이 정치에 관여한 일이 있소? 뜻대로 하시오."

"황공하옵니다. 황상의 말씀에 따르도록 하겠습니다."

일단 고개를 숙여 정중히 답한 병호가 돌연 세 비에게 시선을 돌려 그들을 살피다가 조피 프리드리케 오스트리아 출신 공주에게 질문을 던졌다.

"불편한 점은 없으십니까? 언어 차이도 있고 문화 차이도 상당해 많은 어려움이 예상되는데……."

병호의 질문에 황제와 동갑인 11세의 조피 프리드리케 황비가 앳된 음성으로 답했다.

"황상께서 잘 보살펴 주셔서 전혀 어려움이 없습니다."

교육은 철저히 잘 받았는지 도식적인 답변을 하는 앳된 황비를 내심 측은하게 생각하며 병호는 차례로 영국 황실 출신 베아트리스 황녀와 러시아 황실 출신 마리아 알렉산드로브나 황비에게도 같은 질문을 던졌다.

그러자 그녀들의 답변 역시 판에 박은 듯 똑같아 내심 고개를 절레절레 젓는데 태황태후 조 씨가 말했다.

"황실에 부족함이 없으니 황비들도 큰 어려움은 없을 것이오."

문화적 차이나 언어의 차이에서 오는 불편함에 대해 전혀 이해가 없는 듯한 태황태후 조 씨의 말에 '그건 당신 생각이고'라는 말이 목구멍까지 올라왔으나 이를 간신히 삼킨 병호가 고개를 끄덕이는 것으로 답하고 황제에게 말했다.

"청이 하나 있습니다, 황상."

"무엇이든 말해보시오."

"황후에게 대한연방 경기 기간 내만이라도 친정 나들이를 허락하시면 안 되겠습니까?"

이에 황제가 황후에게 시선을 돌리며 물었다.

"황후의 생각은 어떻소?"

"신첩으로서는……."

더 이상 말을 잇지 못하는 황후를 본 황제 이영이 말했다.

"국구(國舅)의 뜻에 따르도록 하겠습니다."

"감사합니다, 황상."

감사를 표한 병호가 이제 11살로 황제와 동갑인 어린 딸을 바라보니 그녀의 눈가에 방울방울 이슬이 맺히고 있었다.

어린 나이에 황실의 법도를 따르려니 그 신고야 필설로 다할 수 없을 지경일 것이다. 그래도 꾹 참고 잘 지내는 딸을 바라보고 있노라니 대견하다는 생각이 들면서도 가슴 한편이 먹먹해져 왔다.

아무튼 그런 딸을 바라보면서 한편으로는 진즉 자신이 나서서 조금의 자유라도 얻어주지 못한 것이 못내 아쉬웠다. 이렇게 되어 딸과 함께 집으로 돌아오니 딸을 본 부인 순영이 그녀를 얼싸안고 우는 것으로 가례 후 모녀의 첫 상봉이 이루어졌다.

다음 날.

병호는 자신의 생각대로 외무대신 오경석과 재무대신 윤종의를 맞바꾸는 개각이랄 것도 없는 부분 개각을 단행해 황제의 재가를 받았다. 그러니까 가장 신뢰하는 오경석에게 경제 운용의 경험까지 쌓게 해주기 위해 그를 경제부총리로 기용한 것이다.

*   *   *

그로부터 11년이 흐른 1878년 양력 5월 1일.

대한연방 경기 대회가 다시 한양에서 개최되는 날이다. 68년
에 한양에서 개최된 제1회 국제올림픽대회에 보조를 맞추기 위
해 70년에 제2회 경기 대회가 캐나다에서 개최되고, 74년 3회부
터 개최 신청국이 없어 연속 한양에서 경기가 열리고 있는 것이
다.

그런데 대한제국에서 이 경기는 현재 신문의 머리기사부터
뒷전으로 밀리고 있는 상태였다. 그 이유는 4월 1일에 전 국
민을 상대로 실시된 신헌법이 투표율 95%에 92% 찬성이라는
국민들의 압도적 지지로 통과된 결과였다.

신헌법은 권력 구조를 이원화하고 상하 양원을 두고 있는
것이 특색이었다. 직선으로 뽑은 대통령이 국방과 외교를 관
장하고, 나머지 내정과 경제 분야는 의회 다수당에게 주어지
는 내각총리에게 일임하고 있는 것이다.

여기서 의회는 상하 양원으로 구성되는데 하원은 100만 명
당 1인을 뽑게 확정된 선거구에서 412명의 하원 의원을 선출
하게 되어 있었고, 상원은 연방을 대표하는 각국을 대한제국
을 포함해 인구수로 비례배분해 412명을 뽑게 되어 있었다.

또 임기는 대통령이나 상하 의원 모두 5년으로 되어 있었
고, 상하 의원은 계속해서 연임이 가능하나 대통령은 중임만
허용되었다. 이런 상태에서 일본인 또한 구 청국인과 같이 이
제 완전히 대한제국에 편입되어 금번 선거에 기존 대한제국

국민과 동등하게 참여하고 있었다.

선거 연령은 남녀 불문하고 선거일 기준으로 만 20세 이상이면 누구에게나 투표권이 주어졌다. 이에 따라 징집 연령도 2년에 한 번씩 상향 조정되어 현재는 20세에 군대를 가게 되어 있었다.

아무튼 이런 선거에서 양 당이 싸우고 있었다. 총리 김병호가 주도하여 결성한 대한당(大韓黨)과 전 총무처장 이진상이 주도한 조선당(朝鮮黨)이 겨루고 있으나, 대한당이 압도적인 지지를 받고 있는 것이 현실이었다.

지홍의 딸이 시집을 간 관계로 사돈 관계인 호남의 거유 이진상은 애초부터 정당이 뭔지도 잘 모르는 사람이었다. 그런 것을 병호가 설득하여 당을 결성케 한 것인 데다 그들의 정책이라는 것이 기존 조선의 왕조 체제로 가자는 것이니 신식 교육을 받은 국민들에게는 먹힐 턱이 없었다.

그들을 지지하는 국민들은 아마 전 사대부 출신으로 과거를 그리워하는 사람들일 것이다. 아무튼 이런 선거가 코앞인 5월 10일로 다가온 데다 대한제국 건국 후 처음 실시되는 선거이니만큼 그 관심은 지대할 수밖에 없었다.

이런 속에서 병호는 지금 인구밀도가 가장 높은 북경의 선거구에서 유세를 하고 있었다. 지금 북경은 한양과 함께 200만 명이 살고 있는 대도시로 변모하여 2명의 하원 의원과 1명의 상원 의원을 뽑게 되어 있으니 가장 효율적인 선거운동을 하고 있는 셈이다.

이진상과 김병호 단 두 사람이 출마한 대통령 선거에서 대통령은 따놓은 당상일 것이고, 그래도 혹시 몰라 병호는 자신의 당 소속 의원을 지원 유세하러 나온 것이다.

5월 10일 선거가 끝나고도 하루 반나절이 지난 5월 12일 오전이 되어서야 대통령이 확정되었다. 10만 명의 개표 종사자가 동원되고서도 워낙 넓은 국토와 많은 인구 때문에 벌어진 현상이었다.

그리고 개표가 완전히 끝난 것은 14일 오전이었다. 그 결과 대통령으로는 전 국민의 95%가 참여한 투표율 속에 92%라는 압도적 지지로 병호가 당선되었다.

그리고 하원 의원은 병호가 주도한 대한당이 역시 압도적 당선자를 배출했다. 412석 중 단 5석을 놓친 407석의 하원 의원을 배출한 것이다. 조선당에게 빼앗긴 선거구는 일본에서 3석, 의외로 몽골에서 2석이 나왔다.

그러니까 몽골인들이 독립을 요구하며 조선당에 많은 표를 주었던 것이다. 아무튼 이에 병호는 오경석을 즉각 내각의 총리로 지명하고 그와 함께 황제 이영에게 당선 인사를 하러 갔다.

경복궁 2층 황제의 집무실에 두 사람이 찾아드니 금년 22세의 당당한 청년으로 성장한 황제 이영이 먼저 축하 인사를 건네 왔다.

"축하드립니다, 두 분."

"감사합니다, 황상."

"자, 자리에 앉으실까요?"

"감사합니다."

"……."

황제가 자리를 권하자 오경석이 정중히 고개를 조아리는 가운데 병호는 말없이 고개를 끄떡이는 것으로 답을 하고 황제가 권하는 탁자의 맞은편 의자에 오경석과 나란히 앉았다.

"몽골과 일본에서 반대표가 많이 나왔다 들었습니다."

"일본은 그렇다 쳐도 몽골은 정말 의외였습니다. 물론 그동안 독립을 요구하는 시위나 산발적인 무장봉기가 없는 것은 아니었지만 정말 의외의 결과였습니다."

"차제에 민의를 수용해 몽골인들에게 자치권을 허용하는 것은 어떻습니까?"

황제의 물음에 오경석이 먼저 펄쩍 뛰었다.

"절대 안 될 일입니다. 그렇게 되면 어렵게 통합된 일본부터 더욱 강력하게 자치 허용을 요구할 것입니다, 황상."

"그럴 수도 있겠군요."

황제가 수긍하는 가운데 병호도 같은 심정을 피력했다.

"제 생각도 총리와 동일합니다. 참, 총리로 옆에 있는 오경석을 지명했는데 황상께서도 동의하십니까?"

"물론이지요. 오랜 외정에 경제 분야까지 섭렵했으니 훌륭한 분이라 생각하고 있었습니다. 한데 취임식이 내일이지요?"

"그렇습니다. 내일 오전 10시입니다."

황제의 물음에 병호가 답하는데 황제 이영이 무언가 할 말이 있는 듯 쭈뼛거렸으나 쉽게 입을 떼지는 못했다. 이에 병호가 말했다.

"할 말 있으면 하시죠, 황상."

"다름 아니라 드넓은 우리 국토를 한번 순례하고 싶습니다. 궁 안에 갇혀 있으니 답답하기도 하고……."

"어디 가고 싶으신 곳이라도 있으십니까?"

"우선 저 북방 영토부터 시작해 장강 변까지, 그리고 일본도 한번 가보고 싶습니다."

"흐흠!"

병호가 침음하며 답이 없자 불안한 눈빛으로 황제가 물었다.

"안 됩니까?"

"물론 혼자서는 아니시겠지요?"

"황후와 단둘이 가고 싶습니다. 물론 최소한의 인원은 수행해야겠지요."

이때 오경석이 대화에 끼어들었다.

"그나저나 손이 없어서 조야의 근심이 큽니다, 황상."

오경석의 말에 황제의 안색이 급격히 흐려졌다. 그런 그가 수심에 잠긴 표정으로 말했다.

"환경을 바꾸면 나아질까 하는 바람도 있습니다."

"취임식이 끝나면 다녀오시는 것으로 하죠."

"감사합니다."

"제게 감사할 일이 아니라 누가 뭐래도 대한제국 최고의 어른은 황상이십니다. 그러니 항상 편하게 마음 잡숫고 그런 것이라면 언제든 말씀만 하세요, 황상."

병호의 말에 갑자기 눈시울이 붉어진 황제가 말했다.

"언제나 짐을 생각하시는 분은 국구밖에 없는 것 같습니다."

"별말씀을."

병호가 겸양하는 것으로 이날의 대화는 끝이 났다.

사실 황제는 황후는 물론 세 명의 비에게서도 전혀 손을 보지 못했다. 그래서 시중에서는 '고자가 아닌가?' 하는 의심의 눈초리를 보내고 있었고, 많은 유언비어가 생산되어 유포되고 있는 것도 사실이었다.

*   *   *

5월 15일.

병호는 대통령궁으로 지정된 옛 낡은 내각청사에서 대한제
국 제1대 대통령에 취임했다. 대부분의 주변 사람들이 대통령
궁을 새로 짓자고 했지만 병호는 반대했다.

그래서 그는 5년 전 총리공관 및 내각청사를 강남으로 이
전해 텅 비어 있던 구 내각청사를 대통령궁으로 지정하고 오
늘 주저 없이 입주한 것이다. 그가 구 내각청사를 대통령궁으
로 지정하면서 한 유명한 말이 있다.

'권위는 건물에서 나오는 것이 아니라 그 사람 됨됨이에서
나오는 것'이라는 말이다. 아무튼 번거로움을 피하기 위해 가
족까지 넓은 청사로 이주시킨 병호는 이날 오후 총리 오경석
을 비롯해 그가 조각한 각료들을 대통령궁으로 불러 첫 상견
례를 가졌다.

그리고 이날 저녁에는 황제 초청 만찬에 참석해 즐거운 한
때를 보냈다. 그리고 다음날에는 한양역으로 나가 전 국토 순
례에 들어간 황제 부처의 환송식(歡送式)에 참석했다.

그렇게 정확히 두 달이 흐른 7월 16일.

병호에게 급보가 타전된 것은 이날 오후 2시 35분이었다.
호북 무한(武漢)의 동호(東湖)에서 3대 가마솥더위로 유명한
무한의 더위를 피해 뱃놀이를 즐길 예정이던 황제 부처가 피

살되었다는 일보(一報)가 전해진 것이다.

대노한 병호는 곧 현지 성장에게 사건 경위를 자세히 보고토록 했고, 급히 현지 군을 동원해 범인을 체포해 오도록 했다. 그리고 채 1시간도 지나지 않아 범인이 체포되었다는 소식이 전해졌다.

곧 병호는 특별 열차와 경호대를 편성해 황제 부처의 유해와 범인을 한양으로 급히 송환하도록 지시했다. 이런 사실은 속속 신문이 호외를 발행함으로써 한양 백성들에게 그때그때 알려졌다.

이에 한양이 온통 슬픔에 잠긴 가운데 시중에서는 벌써 다음 대 황위를 걱정하는 말들이 많았고, 일부는 차제에 황실을 없애자는 과격한 주장도 나왔다. 또 다른 의견으로는 대한제국의 국부로 추앙받고 있는 현 대통령 김병호로 하여금 황통을 잇는 것이 낫지 않겠느냐는 소문도 돌았다.

이런 가운데 범인이 현 청국 유림 출신이라는 정보가 전해졌고, 이 소식을 접한 병호는 정말 길길이 날뛰었다. 즉각 전군에 비상령을 하달하는 것은 물론 안보리 상임이사국 소집도 요구했다.

그렇게 대한제국 전체가 급박하게 돌아가는 속에서 5일 후인 21일에는 마침내 황제 부처의 시신이 황궁에 도착했다. 하필 여름 장마도 시작되어 굵은 빗줄기가 쏟아지는 속에서 황궁은 오열로 뒤덮였고, 태황태후 조 씨와 생모 양순은 몸져누워 유해도 볼 수 없는 형편이 되어 있었다.

이런 속에서 병호는 경복궁 1층에 놓인 유해 앞에 서서 굵은 눈물을 뚝뚝 떨어뜨리고 있었다. 뿐만 아니라 격하게 어깨까지 떨고 있으나 울음소리는 전혀 새어 나오고 있지 않아 보는 이들을 더욱 안타깝게 했다.

잠을 자듯 창백한 표정으로 관속에 누워 있는 딸을 바라보며 병호가 작은 소리로 중얼거렸다.

"아비의 욕심이 널 이렇게 만든 것이냐, 아니면 네 운명이 이렇게 박복한 것이더냐? 내 너의 복수를 천배 만배, 아니, 수천만 배로 갚아줄 것이니 편히 잠들거라."

중얼거리며 잠든 듯 편안한 표정의 딸의 얼굴을 쓰다듬는 병호의 손은 분노로 와들와들 떨리고 있었다.

*　　　　*　　　　*

3일 후.

검경 합동 심문 조사 결과가 일제히 전 신문지상에 보도되었다. 그 내용에 따르면 사건 개요는 이러했다.

유림 진사(進士) 출신이자 장교 출신이기도 한 범인 모사룡(毛士龍)은 어린 시절부터 조선(범인 진술에 따름)이 청나라를 강탈해 지배하는 데 대한 분노와 복수심을 느껴왔다.

그런 그는 사건 당일 3일 전, 신문 보도로 황제가 무한 동호에서 뱃놀이를 할 것을 알았고, 이에 급히 남경에서 무한으로 잠입한 범인은 하루 전날 동호에 도착해 사전 답사 및 예행연습도 충분히 했다.

그리고 사건 당일 14시 정각이 되자 예정대로 동호 선착장에 나타난 황제 부처를 향해 환영객을 가장해 군중 속에 숨어 있다 권총으로 총 다섯 발의 총탄을 발사했다.

그중 각각 두 발씩 황제와 황후의 두부(頭部)와 흉부(胸部)를 정확히 관통했으며, 한 발은 경호원의 제지로 빗나갔다. 이 사태로 인해 황제 부처는 채 오 분도 되지 않아 그 자리에서 절명했다.

이상이 검경 합동 수사본부에서 발표한 사건 내용이고, 이후 기자와 수사본부장과의 일문일답 내용도 신문에 실렸으나 병호는 더 이상 그 기사를 읽지 않았다. 머리가 뜨거워져 도무지 그 기사를 읽을 수 없었던 것이다.

아무튼 모든 사건 내용이 밝혀지자 병호는 안보리 상임이사국의 반대에도 불구하고 대한연방의 이름으로 청나라를 징치한다는 긴급 성명을 발표하고 대한연방 전체에 비상계엄령을 확대하고 청국에 공식적으로 선전포고를 했다.

이는 마치 오스트리아 황태자 부처가 사라예보에서 암살됨으로써 제1차세계대전이 발발한 것과 같이 전쟁으로 비화되고 있는 것이다. 아무튼 병호는 곧 전함 200척과 500척의 상선을 징집령으로 동원하는 동시에 50만 군에 대한 장강 이남으로의 진격 명령을 하달했다.

이 소식을 접한 청국에서 긴급 특사가 파견되고, 주한 청국 대사는 주야로 대통령궁 앞에 석고대죄하며 대통령과의 면담을 요구했다. 그러나 그들이 할 말은 뻔한 것이므로 병호는 아예 접견 자체를 불허했다.

그렇게 보름이 흘러 50만 군에 의해 청나라 수도인 남경성이 수십 겹으로 포위되자 그때까지 별 저항도 못하던 청나라 조정은 어쩔 수 없이 백기 투항을 결정했다.

이에 따라 서태후는 물론 황제 광서제(光緖帝), 총리 공친왕 혁흔 여타 대신들 또한 즉각 한양으로 압송 조처되었다. 이런 속에 50만 군은 장강 이남의 청나라 영토를 속속 접수하기 시작했고, 비로소 황제 부처의 합동 장례식이 발표되었다.

그 장지는 홍릉(洪陵)으로 결정되었고, 8월의 염천(炎天) 속에 3일 후 전 국민의 애도 속에 엄숙하게 장례식이 거행되었다.

병호 또한 슬픔 속에서도 장지까지 따라가 끝까지 장례식에 참석했다. 이 과정에서 부인 순영은 자리보전해 참석하지 못했고, 아들과 손자 둘만이 고모의 영결식에 참석했다.

이렇게 장례까지 마치자 비로소 다음 대 황위에 대한 논의가 활발하게 이루어지기 시작해 신문마다 그 기사로 가득 채워졌다. 신문의 기사나 사설란의 논조 대부분이 정통성 있는 황위 계승자가 없는 현 황실을 폐하고 새로운 황조를 개창하자는 것이었다.

그것이 며칠 더 지나자 이제 황위 계승자의 구체적 이름이 거론되기 시작했는데, 단연 대한제국이라는 새로운 나라를 열었고 그 국부로 칭송되는 현 대통령 김병호를 압도적으로 거론하기 시작했다.

이에 대해 반발하는 황실의 기사도 조그맣게 실린 어느 날, 즉 아침저녁으로 찬바람이 불어오기 시작하는 8월 말이었다.

병호는 매일 신문지상을 뜨겁게 달구는 다음 대 황위에 대해 이를 아는지 모르는지 일절 내색하지 않았다. 이런 가운데 돌연 그가 창경궁 한 전각에 유폐되어 있는 서태후 및 광서제를 대통령궁으로 압송해 오도록 지시했다.

제6장
황제가 되다

병호는 자신의 면전에 꿇려 있는 두 사람을 말없이 바라보았다. 이중 턱이 될 정도로 살이 찐 금년 44세의 서태후와 이제 겨우 8세인 어린 황제, 여기에 공친왕 혁흔까지 집어넣으면 청나라 조정의 모습이 제대로 그려진다.

수렴청정 초기의 서태후는 황족인 공친왕과 연대하여 청나라의 자강 운동에 힘을 기울였다. 제도와 인사 개혁을 통해 한족들에게도 기회를 주는 등 부국 자강 운동은 어느 정도 성과를 이루었다. 후세에서는 이 시기를 동치중흥이라고 하기도 한다.

동치제를 허수아비로 두고 발 뒤에서 실제로 중국을 다스리던 서태후였지만 그녀의 권력에는 치명적인 한계가 있었다. 그녀가 중국을 다스릴 수 있도록 만들어준 고맙고도 고마운 존재, 바로 아들 동치제가 언젠가는 반드시 권력을 빼앗아갈 정적이기 때문이다.

자신의 권력은 황제가 성장하여 친정을 하게 되면 내주어야만 했다. 아들의 성장을 대견스러워해야 할 어머니로서는 절대 가져서는 안 될 생각이 서태후를 사로잡기 시작했다. 권력욕 앞에서는 아들이든 아니든 다 자란 황제는 무조건 눈엣가시였던 것이다.

게다가 동치제는 생모인 자신보다 후덕한 동태후를 더 따랐고 황후도 동태후의 가문에서 골랐다. 지방의 몰락한 관리의 딸인 서태후가 쉽게 다룰 수 없는 명문가 출신 며느리인 황후는 눈엣가시였다.

언젠가 황제가 성인이 되어 친정을 시작할 즈음이면 황후의 가문은 득세하고 자신은 뒷방 늙은이 신세가 될 것은 보지 않아도 훤한 일이었다. 서태후는 며느리인 황후와 황제 사이를 갈라놓고 끊임없이 황후를 구박하였다.

또한 황제의 관심을 정치 바깥으로 돌려 환락에 빠져들게 하였다. 동치제는 서태후의 사주를 받은 환관의 손에 이끌려 궁궐 밖 홍등가를 드나들었다. 열락의 세계에 빠져 허우적대던 황제는 마침내 몹쓸 병에 걸린다.

황제가 병에 걸렸다는 소식은 서태후에게 반가운 소식이었다. 이미 동치제는 아들 이전에 권력을 뺏으려는 라이벌이었다. 서태후는 동치제가 치료받지 못하고 고통 속에서 죽어가도록 내버려 두었다.

그리고 황제가 죽고 나자 아이를 가진 황후를 구박하여 자살하게 만든다. 서태후의 눈에는 황후의 배 속에 든 아이마저도 손자라는 애틋한 마음보다는 미래의 경쟁자이기에 없애 버려야 할 존재였던 것이다.

권력 앞에 모성애마저 버린 비정한 어머니 서태후는 동치제를 이을 다음 황제로 함풍제의 동생과 자신의 여동생 사이에서 난 광서제를 골랐다. 서태후는 광서제의 큰어머니이자 이모였다. 즉위 당시 광서제의 나이는 불과 네 살이었다.

여타 성인 황족들을 물리치고 구태여 네 살의 광서제를 황제로 고른 것은 서태후가 수렴청정을 통해 계속 중국을 다스리겠다는 의지 표명이나 다름없었다.

광서제는 친아들마저 희생시킬 수 있는 비정한 서태후에게 주눅 들어 기 한번 펴지 못하고 자랐다. 이렇게 궁에서는 서태후가 권력을 좌지우지하는 가운데 공친왕 혁흔만이 개혁을 하려고 동분서주했다.

그러나 이를 뒷받침해 줄 관료들은 전혀 그러하지 못했다.

장강 이북까지 모두 대한제국에 내주었음에도 불구하고 부패한 관료들은 끝내 정신을 차리지 못하고 자신의 이권 챙기기에만 골몰하니 대한제국 군대에 저항 한번 제대로 못하고 무기력하게 무너질 수밖에 없었던 것이다.

아무튼 말없이 바라보는 것이 오히려 더 압박감을 느끼게 했는지 꼼지락거리던 어린 광서제가 물었다.

"우릴 죽이려 하시나요?"

"……."

그래도 답을 들을 수 없자 이번에는 서태후가 항변했다.

"우리에게 무슨 죄가 있소?"

"휘하 신민을 제대로 다스리지 못한 죄."

"말도 안 되는 소리. 어찌 백성 하나하나까지 그 행동을 알고 구속한단 말이오?"

서태후 입장에서 보면 정말 억울한 일이고 이유 있는 항변이었다. 그러나 병호의 대답은 냉엄하기만 했다.

"대한제국의 황제와 황후가 간교한 너희 나라 백성에 의해 서거하셨다. 이에 온 나라 백성의 분노가 하늘을 찌르는 바, 이를 해소해 주지 않으면 내 자리가 위태로워지거든. 이게 바로 정치야. 알겠나?"

"한마디로 견강부회(牽强附會)로군. 하지만 우리는 이미 새 장에 갇힌 새. 우릴 어찌하려 하오?"

"죽이지는 않겠다. 하지만 만약 궁에서 탈출하려 하거나 쓸데없는 행동을 한다면 바로 참살될 것인즉 이를 명심하도록."

"고맙습니다, 각하."

어린 광서제가 급급히 머리를 조아리는 가운데 서태후는 고개 들어 먼 하늘을 바라보고 있었다. 그런 그녀의 눈에 한 방울의 눈물이 또르르 굴러 내리고 있으니, 회한인지 어쩐지는 알 수 없었다.

공친왕 이하 청나라 대신들이 면담을 요청했지만 병호는 이를 일절 불허하고 그들을 궁에 유폐시킨 채 세월이 흐른 며칠 후, 총리 오경석이 대통령의 집무실을 찾아들었다.

"면목 없습니다, 각하."

새삼 고개를 조아리는 그를 보고 병호가 무표정한 얼굴로 답했다.

"어찌 그게 당신의 죄인가?"

"보다 경호에 신경을 썼어야 하는데……."

"더 이상 아무 말 말도록. 그래, 무슨 일로 왔소?"

"요즘 신문을 온통 도배하다시피 하고 있는 내용을 아십니까?"

"읽어는 보았소."

"온 나라 백성들의 뜻이 그러하기도 합니다, 각하."

"아무리 그래도 나는 따를 수 없소. 찬위(簒位)가 되거든."

"정통성 있는 황자도 더 이상은 없습니다."

"일신의 영화가 극에 달했는데 내 무엇을 더 바라겠는가?"

"우리 대한제국의 만세(萬歲)를 위해서입니다."

"아무리 그래도 응할 수 없소."

이것이 시작이었다. 오후에는 전 내각의 관료들까지 이끌고 들어온 오경석이 다시 한번 황위에 오를 것을 주청했으나 병호는 거듭 고사했다. 이런 날이 며칠 되풀이되고, 십여 번의 주청 끝에 견딜 수 없게 된 병호가 마지못한 듯 한 가지 제안을 했다.

즉, 자신이 황위에 오르는 것에 대해 온 나라 신민을 대상으로 찬반을 묻는 투표를 전국적으로 행하겠다는 것이었다. 이에 오경석이 자신만만하게 그러겠다고 응하니, 서늘한 가을 바람이 불어오기 시작하는 9월 10일에 때 아닌 국민투표가 실시되기에 이르렀다.

그 결과가 사 일 후 신문지상에 대대적으로 보도되었다. 91%의 국민이 투표에 임해 85%의 찬성율로 대한제국의 새로운 황제가 탄생했다는 내용이었다. 그러나 한 가지 문제가 되는 것이 있었다.

새로운 황제가 대통령직까지 계속 수행하느냐 마느냐 하는 문제였다. 이 문제가 내각에서 논의되고 오경석이 찾아와 병호의 뜻을 묻자 이 문제에 대해서만은 그가 단호하게 자신의 의견을 피력했다.

대통령직까지 동시에 수행할 것이며 이는 이번 임기 동안만이 아니라 차기 대통령 선거에도 다시 한번 도전하겠다. 그리고 그 후에는 헌법을 개정하여 완전 내각제로 전환하는 동시에 자신 또한 국정에서는 물러나겠다는 뜻을 피력한 것이다.

이에 내각의 신료들 또한 적극 찬의를 표하니 병호의 뜻대로 되었다. 이렇게 중요 사안에 대한 정리가 대충 끝나자 병호는 돌연 황궁을 북경의 자금성으로 이전할 것을 조야에 발표했다.

그리고 내각청사 또한 업무의 효율을 기하기 위해 중남해에 새로 신축했으면 하는 뜻도 피력했다. 이 또한 내각에서 동의하니 그대로 시행되기에 이르렀다. 이렇게 되자 병호는 비로소 황제 취임식을 정식으로 발표했다.

그 날짜는 민족의 하늘이 열린 10월 3일이었으며 장소는 중국 역대 황제들이 즉위식을 거행한 태화전(太和殿)이었다. 이에 내각에서는 세계 각국에 초청장을 보냈다.

즉, 전 세계 각국에 상주하는 대한제국 대사에게 무선으로 지시가 내려가 그들로 하여금 초청하는 형식을 빌린 것이다. 병행하여 신임 황제의 취임식을 위해 그간 관리만 해오고 있던 자금성에 대한 대대적인 수리가 시행되기 시작했다.

또 한편으로는 중남해에 새로운 내각청사를 짓기 위해 대대적인 토목공사 또한 시행되기 시작했다. 이렇게 되어 수리가 끝난 9월 말에는 신임 황제 김병호 및 구 황실에 속한 인물들까지 모두 자금성으로 이전을 마쳤다.

내각 또한 이전하여 자금성의 1만 개가 넘는 방 중 1천 개를 임시로 빌려 업무에 들어갔다. 물론 신청사가 완공될 때까지의 임시 거처였다.

10월 1일.

사전에 초청을 받은 각 나라 수뇌들이 속속 북경으로 입경하는 가운데 병호는 그중 오랜 전통의 우방국 총리 발케넨더(Balkenende)를 먼저 접견하고 이어 독일 수상 비스마르크(Bismarck)를 접견하고 있었다.

"취임을 진심으로 경하드리는 바입니다, 폐하."

"고맙소. 귀국의 황제께서도 무고하시지요?"

"네, 폐하."

"그래, 독일의 사정은 어떻소?"

"유럽에서 제일 빠른 속도로 산업이 발전하고 있어 만족하나, 문제는 사회주의자들의 대두입니다."

"흐흠! 사회주의자들의 발호라면 심각한 문제인데?"

"그렇습니다. 해서 아국은 사회주의 세력을 견제하기 위해 사회주의자 진압법을 제정하는 한편, 슈몰러 등의 강단(講壇) 사회주의 사상을 도입하여 사고, 질병, 양로보험 등의 사회정책을 추진하여 사회주의 세력을 와해시키려 하고 있습니다."

"그래, 효과가 좀 있소?"

"우리의 그런 노력에도 불구하고 사회주의 세력은 더욱 증가하고 있으니 큰일이 아닐 수 없습니다."

"남의 일이 아니군."

"국제적인 차원에서 사회주의자들의 발호를 원천적으로 봉쇄하는 대책이 시급히 마련되어야 할 것으로 사료되어집니다, 폐하."

"그 문제는 국제연합 차원에서 논의하는 것으로 하고, 한 가지 우려스러운 점이 있소."

"무엇인지요?"

"독일제국이 토고, 카메룬 등 아프리카에 식민지를 확장하려는 정책을 아국은 심히 우려하고 있소."

"그건……."

"아무리 우방이라지만 식민지 확장 정책은 결코 환영할 수 없는 일이오."

완곡한 표현이지만 대한제국이 이렇게 말하면 큰일이라는 생각이 들었다. 그렇지만 반발심이 드는 것도 사실이었다.

세계 최강의 무력을 이용해 어찌 되었든 청나라마저 자신들은 병탄해 버리고 독일에게는 이를 금하게 하니 모순된다는 생각이 든 것이다. 그렇지만 이 문제를 제기하면 결코 독일

제국에 좋은 일이 없을 것이므로 비스마르크는 꾹 눌러 참고
말했다.

"경사스러운 날 그런 문제를 논하는 것은 좀 그렇군요."

"좋소. 그 문제는 훗날 외교 라인을 통해 협의하기로 하고
오늘은 여기서 대화를 끝냅시다. 아시다시피 면담할 사람들
이 줄을 서서 기다리고 있으니 말이오."

"알현을 허락해 주셔서 감사했습니다."

"또 봅시다."

"다시 한번 취임을 경하드립니다, 폐하."

"고맙소."

이렇게 병호는 각국 수뇌들을 접견하느라 이틀을 보내고 취
임 전날인 10월 2일 밤에는 불꽃놀이와 함께 곤명호(昆明湖)에
서 경축 사절을 위한 대대적인 연회를 베풀었다.

10월 3일 오전 10시 30분.

장악원 악공들의 장중한 주악 속에 병호는 오색 면류관에
곤룡포를 입고 대기 장소인 중화전(中和殿)에서 나와 태화전으
로 향했다.

좌우에는 수많은 경호원과 칠보단장을 한 부인 순영과 많
은 내시, 궁녀들이 따르는 가운데 황제 병호가 태화전에 도착
하니 태화전 기단 위에는 여러 동제(銅製) 향로들이 자줏빛 향
연을 토해내고 있었다.

그리고 기단 아래로는 미처 태화전에 입장하지 못한 각국 수뇌 및 특사들이 이 열로 늘어서서 신임 황제를 환영하는 가운데 병호는 흘깃 하늘로 솟구치는 자연(紫煙)을 바라보곤 곧장 태화전 안으로 들어갔다.

병호가 태화전에 입장하자 가득 모여 있던 내각 신료는 물론 황실 종친들이 일제히 허리 굽혀 외쳤다.

"경하드리옵니다, 폐하!"

"고맙소!"

말과 함께 가볍게 고개를 끄덕이며 전각 내를 가로지른 병호가 여섯 개의 계단을 올라 정중앙 안쪽에 자리 잡은 장엄하고 화려하게 장식된 보좌(寶座)에 착석하는 것으로 황제 취임식의 서막이 올랐다.

여러 동제 향료들이 토해내는 자욱한 보랏빛 향연(香煙)이 떠도는 가운데 그 안 깊숙이 위치한 보좌에 위엄 있게 앉아 있는 황제야말로 '구름 속에 노니는 한 마리 신룡(神龍)'이 아닐까 하는 생각이 사절의 입장에서 드는 가운데, 이를 아는지 모르는지 늠연한 모습의 병호가 일성을 토해냈다.

"시작하라!"

곧 장중한 주악이 울리는 것을 시작으로 하여 본격적인 황제 취임식이 거행되기 시작했다.

제일 먼저 황제의 권력을 상징하는 기존 황실에서 사용하던 대보(大寶)가 병호에게 전해지고 이어 신임 황제의 약력이 보고되었다. 계속해서 황제의 취임을 축하하는 총리 오경석의 축사가 행해졌다.

이어 신임 황제의 취임사가 행해지고, 끝으로 참석한 이들이 모두 만세 삼창을 하는 것으로 식은 간단하게 끝이 났다.

"만세(萬歲)!"

"만세(萬歲)!"

"만만세(萬萬歲)!"

거듭되는 만세 소리를 들으며 황제 김병호는 내정(內廷)인 건청궁(乾淸宮)으로 향했다.

10월 5일.

수백 대의 차량이 일제히 승덕(乘德)의 피서 산장(避暑山莊)으로 향하고 있다.

승덕은 북경에서 직선으로 174㎞ 정도 떨어진 곳에 있었다. 강희제는 장성의 너머인 이곳에 행궁(行宮)을 짓고 여름이면 이곳에 와서 쉬었다. 그래서 소위 피서 산장이다.

피서 산장은 강희(康熙) 42년(1703) 건축을 시작하여 강희, 옹정(雍正), 건륭(乾隆) 3대 황제를 거쳐 89년 만인 1792년 비로소 완공을 보게 되었다. 피서 산장은 120여 채의 건축물로 구성되었으며, 총면적은 5.6㎢, 주위의 담장 둘레는 10㎞에 달한다.

이 피서 산장은 청(淸) 전반기의 많은 정치, 군사, 민족 및 외교 등 국가의 대사를 이곳에서 처리하여 북경 제2의 정치 중심지가 되어왔다. 피서 산장은 북경의 자금성(紫禁城)과 유사하게 설계되었으며 이름에 걸맞게 약 3℃ 정도 낮은 것으로 알려지고 있다.

그리고 이곳에서 100㎞ 떨어져 있는 숲을 사냥터로 삼으니 소위 목란위장(木蘭圍場)으로 불리는 청대(淸代) 황가(皇家)의 사냥터이다. 총면적은 약 10,400㎢에 달한다.

이 일대는 예로부터 풀과 나무가 무성하고 짐승들이 잘 모여드는 곳이라 청나라 강희제 때인 1681년 강희제가 이곳에 사냥터를 만들었다. 그리고 가을이면 이곳에서 20여 일간 사냥을 하면서 만주족 자제들이 유약하지 않고 문무를 고루 익힐 수 있도록 했다.

이런 피서 산장에 병호가 여름도 아닌 가을에 가는 것은 유일 초강대국이라고 함부로 남의 나라를 침략한다 성토하는 일부 안보리 상임이사국 및 각국 대표들을 달래기 위함이었다.

십여 일간 머물며 소기의 목적을 달성한 병호는 다시 자금성으로 돌아와 정무에 임했다.

*   *   *

그로부터 약 10년이 흐른 1888년 8월 1일.

장마도 끝나고 연일 불볕더위가 맹위를 떨치자 병호는 수십 대의 차량을 이용해 가족 및 여타 인물들과 함께 피서 산장을 찾았다.

피서 산장 그곳에서도 병호는 어머니와 함께 연우루(蓮雨樓)에 있었다. 드넓은 호수를 바라보며 가까이 떠 있는 무성한 연잎을 바라보고 있노라니 세월의 빠름을 새삼 절감하는 병호였다.

자신의 나이 벌써 환갑도 지난 62세. 스물한 살 차이인 어머니는 83세의 고령이었다. 5년 전 다시 선출된 대통령직에서도 약속대로 얼마 전에 물러난 병호는 내각총리 오경석에게 오롯이 정무를 맡기고 이제는 한가한 세월을 보내게 되었다.

게다가 황제로서의 상징적인 권한마저 황태자로 책봉된 사십 대의 아들에게 맡기고 이곳에 오니 더할 나위 없이 한가했다. 이렇게 한가한 마음으로 호수와 연잎을 바라보고 있노라니 온갖 생각이 다 들었다.

어머니 또한 무슨 생각을 하시는지 말없이 호수만 바라보고 있었기에 병호가 물었다.

"무슨 생각을 그렇게 골똘히 하고 계세요?"

"갑자기 네 아비 생각이 나서."

"네?"

"복 없는 양반이라 일찍 갔지만, 만약 살아 이 영화를 함께 누렸으면 얼마나 좋을까 하는 생각이 드니 슬퍼진다."

"어느 티벳 고승의 설법을 들은 일이 있는데 그의 행복론은 다른 게 아니었습니다. 슬프거나 기억하고 싶지 않은 생각이 떠오르면 더 이상 그에 대해서는 생각지 않고 좋은 일이나 기억만 떠올리라는 것입니다, 어머니."

황태후의 신분이지만 어머니는 단둘이 있을 때만이라도 예전처럼 '어머니'라 불러 달랬기에 병호는 계속해서 황태후를 어머니라 지칭하고 있었다. 그런 어머니가 병호의 말에 답했다.

"그게 말은 쉬워도 쉽지 않더라."

"자꾸 그런 습관을 들이시면 됩니다."

"알았다."

이때였다. 먼 곳까지 운행을 나간 용선(龍船)이 병호의 시야에 잡혔다. 그곳에서는 황후 순영을 비롯해 지홍, 요리코, 순명 등 세 비와 그 자손들이 이곳까지 웃음소리가 들릴 정도로 떠들썩한 웃음과 함께 이야기꽃을 피우고 있었다. 그런 그들을 바라보시던 어머니가 한마디 했다.

"좋을 때다!"

"어머니도 좋을 때입니다."

"뭐?"

어머니가 노여운 얼굴로 아들을 바라봤지만 병호는 개의치 않고 답했다.

"이 생에 있어서 지금이 가장 젊을 때이므로 가장 좋을 때가 아니겠습니까? 그러니 이 순간을 아무 생각 마시고 즐기세요."

"일리 있다."

두 사람이 이렇게 이야기를 나누고 있는데 가까이 다가오는 짧은 그림자가 있었다. 끝까지 황궁에 남아 병호를 보필하고 있는 전 화원 유숙이었다. 가까이 다가온 그가 조용히 병호를 불렀다.

"황상."

"무슨 일인가?"

"오경석 총리께서 오셨습니다."

"그가 왜?"

"긴히 보고드릴 일이 있다고……."

"정무에서 완전히 손을 떼겠다고 선언한 지가 언제인데……."

"……."

유숙이 답할 문제가 아니었으므로 유숙이 조용히 입을 다물고 있자 병호가 그에게 말했다.

"차 대령시켜."

"네, 황상."

이곳에서 황제의 정무 공간인 담박경성(澹泊敬誠)까지는 걸어서 한 시간 거리. 그래서 병호는 멀찍이 대기하고 있는 차량을 부르도록 한 것이다.

"어머니, 함께 가시겠습니까?"

"아니다. 조금 더 있다 가마."

"알겠습니다."

답한 병호는 가까이 접근한 차에 올라 담박경성으로 향했다. 그리고 10여 분 후 병호가 정전에 도착하니 뜰 앞에서 오경석이 서성이고 있는 것이 보였다.

차에서 내린 병호가 대뜸 오경석에게 물었다.

"무슨 일이오?"

"가르침받을 일이 있어서……."

"짐이 정무에서 손을 떼겠다고 한 지가 언제인데 그러오. 어찌 됐든 여기까지 왔으니 안으로 들어갑시다."

"네, 황상."

정전 안으로 들어간 병호가 용상이 아닌 탁자가 놓인 소파에 자리를 잡자 오경석 또한 그의 맞은편에 앉았다. 그러자 미리 준비가 되어 있었는지 얼음물 두 사발과 썰려 있는 수박이 나왔다.

이에 병호가 수박 한 조각을 집으며 오경석에게 말했다.

"들어보오. 이곳 어과포(御瓜圃)에서 가꾼 수박인데 유난히 맛이 좋소."

"감사히 먹겠습니다, 황상."

그렇게 몇 조각 먹던 오경석이 심각한 안색으로 입을 열었다.

"오스만투르크제국이 오늘 새벽을 기해 러시아를 기습 공격해 양국 간에 전면전이 벌어지기 일보 직전이라는 보고가 들어왔습니다."

"그래서?"

"중재를 해야 할지 그대로 내버려 두어야 할지 몰라서 폐하의 의견을 구하러 왔습니다."

"흐흠!"

침음하며 생각에 잠기는 병호의 머릿속에 단어 하나가 떠올랐다. '발카나이제이션(Balkanization)'이라는 영어 단어이다. 국제정치학에서 주로 쓰이는 용어인데, '여럿의 작고, 분열적이고, 기능을 제대로 못하는 국가로 나눈다'라는 의미를 지니고 있다.

이 단어의 어원은 지금의 유럽 동남부를 형성하는 발칸반도에서 기원한다. 발칸반도는 정치적 혼란으로 인하여 전쟁이 잦고 여러 세력의 교체가 있었으며, 이 때문에 오랜 기간 동안 안정적인 국가 사회가 형성되지 못하였다.

그나마 나라가 일어났다 하더라도 외부 세력과의 전쟁이나 내분으로 국가가 오래가는 일이 드물었다. 지금의 동유럽과 오스만투르크의 현 실정을 보면 발카나이제이션(balkanization)의 의미를 잘 알 수 있다.

여기서 문제가 되는 오스만투르크제국의 약사 및 현 상황을 살펴보면 아래와 같다. 1258년 징기스칸이 세운 몽골제국이 페르시아를 점령, 이 지역의 셀주크제국을 멸망시킨다.

그해 몽골의 세력이 미치지 않은 아나톨리아의 동북부 지방에 오스만 베이라는 인물이 태어난다. 그는 아나톨리아에 흩어진 셀주크 튀르크계의 유민을 흡수 통일하여 1299년 대제국을 세우고 스스로 황제 오스만 1세가 되었다.

지속적으로 영토를 확장하여 1453년에는 당시 21세이던 황제 술탄 메헤메트 2세가 콘스탄티노플의 비잔틴제국을 멸망시키고 유럽인들의 자존심을 여지없이 짓밟았던 대(大)제국을 건설한다.

북으로는 우크라이나로부터, 남으로는 아라비아반도의 예멘까지 확대되어 흑해와 에게해 페르시아만이 오스만제국의 내해가 된다. 비잔틴제국의 수도 콘스탄티노플(이스탄불)이 수도가 되었다.

그리고 제10대 군주인 쉴레이만 1세(재위 1520년~1566년) 때에 이르면 오스만제국의 국력은 더할 나위 없이 막강해져 능히 다른 나라를 압도하기에 이르렀으며, 그 영역은 중앙 유럽과 북아프리카까지 확장되었다.

그러나 술탄의 무능, 지배 계급 내부의 알력, 산업 침체 등이 거듭되면서 16세기 후반부터는 점차 쇠락의 길로 들어선다. 그리고 19세기 들어와 러시아와 벌인 크림전쟁에서는 영국, 프랑스 등의 개입으로 승리했지만 지금은 발칸반도 여러 나라의 독립 요구에 한창 시달리고 있었다. 그러자 이를 타개하기 위해 술탄 압둘하미드 2세(Abdülhamid II)는 러시아를 전격적으로 기습 공격해 양국 사이에 전쟁이 벌어지고 있다는 것이다. 아무튼 생각에 잠겨 있던 병호가 오경석에게 물었다.

"그냥 내버려 두면 누가 승리할 것 같은가?"

"당연히 국력으로 보면 러시아가 승리할 것 같습니다."

"그런데도 오스만제국이 선제공격을 한 것은 무엇 때문이라 생각하는가?"

"발칸반도 여러 나라의 독립 요구를 호도하기 위함이 아니겠습니까?"

"맞아."

대뜸 수긍한 병호의 말이 이어졌다.

"그렇다면 세계 유일 초강대국으로서 해야 할 일은 단 하나, 국제 평화 유지야. 따라서 양국 간의 전쟁을 멈추게 하고 분란의 씨앗이 되는 발칸반도 여러 나라의 요구를, 독립이 아닌 자치를 할 수 있게끔 오스만제국에 압력을 넣어. 이를 우리나라만이 아닌 안보리 상임이사국 여러 나라와 함께해야 더 힘을 받지 않겠어?"

"그렇습니다."

"그대로 시행해."

"네, 황상."

이 결과는 머지않아 루마니아, 세르비아, 몬테네그로, 불가리아 등의 자치 허용으로 귀결되었다. 이에 따라 현 터키를 중심으로 하는 오스만투르크제국은 그 영토가 더 쪼그라들었다.

이것은 조금 훗날의 일이고 병호는 오경석이 돌아가자 후침(後寢)인 연파치석(煙波致爽)으로 돌아가 휴식을 취했다. 이곳은 황제의 생활 및 휴식 공간으로 이 행궁의 전각 중에서 가장 아기자기하게 꾸며져 있어 편안함을 주는 곳이다.

아무튼 저녁나절까지 휴식을 취한 병호는 곧 행궁 가장 북쪽 전각인 운산성지(雲山胜地)로 향했다. 피서 산장 유일의 2층 전각인 이곳에 병호가 도착하니 세 사람이 괴석과 잘 어우러진 정원 연못에 발을 담그고 있었다.

이제 팔십 대 후반이 된 이파, 홍순겸과 팔십 대 초반의 구장복 등이 그들이다. 장인 박춘보는 이미 돌아가셨고 사업 초창기 함께한 이 세 인물이 병호의 초청으로 함께 와 피서를 즐기고 있는 것이다.

"오셨습니까, 황상?"

병호의 등장에 세 사람이 일제히 자리에서 일어나 병호에게 인사를 했다.

"따라오시게."

병호의 명에 세 사람이 일제히 뒤를 따르는 가운데 병호는 연못가에 지어진 자그마한 정자로 향했다. 그곳에는 이미 병호의 지시로 다른 것도 아닌 병호가 전생에서 즐겨 먹던 삼겹살과 술이 준비되어 있었다.

그리고 상 옆에는 궁녀 두 명이 나란히 서서 고개를 조아리고 있었다.

곧 정자에 자리를 잡은 병호가 명했다.

"구워."

"네, 황상."

곧 한 명의 궁녀가 숯불에 삼겹살을 굽고 다른 한 명의 궁녀는 이파의 눈짓에 황제 병호의 잔부터 술을 쳤다. 이어 세 명의 잔에도 차례로 술을 쳤다. 이에 술잔을 치켜든 병호가 세 사람을 보고 말했다.

"그간 고생들 많았소."

"별말씀을."

"고생이 아니라 황상 덕분에 즐거운 여정이었습니다."

이파의 말에 미소를 띤 병호가 천천히 술잔을 비우자 세 사람도 따라서 잔을 비웠다. 그러자 병호가 삼겹살 외에 이미 마련된 안주를 집으며 말했다.

"장인이 살아 계셨으면 더 좋았겠지만 흐르는 세월을 막을 수는 없는 노릇. 남은 생이나마 즐겁게 살다가 갑시다."

"황상이야 젊으신데 아직 그런 말씀을 하시면 안 되지요."

"그런가?"

"하하하!"

웃을 일도 아닌데 모두 크게 대소를 터뜨리는 가운데 뒤늦게 안주로 쇠고기 산적을 집으며 홍순겸이 말했다.

"이 쇠고기만 해도 전에는 언감생심 먹어볼 꿈이나 꾸어봤겠습니까?"

"농우(農牛)로 써야 되는데 잡아먹으면 큰일 나지. 죽은 소 아니면 먹을 수 없었으니 멀쩡한 소를 죽은 소로 둔갑시켜 잡는 일도 비일비재했지."

이파의 맞장구에 병호가 고개를 끄덕이고 있는데 지금까지 말이 없던 구장복이 입을 떼었다.

"그러나저러나 우리는 이제 한물갔고, 후대들이 잘해주어야 하는데……."

"잘하겠지. 암, 잘하고말고."

병호가 기대까지 가미된 긍정적인 말을 하는데 마침내 삼겹
살이 구워져 주안상 위에 오르기 시작했다.

"자, 듭시다."

궁녀에 의해 다시 따라진 술잔을 들며 병호가 치켜들자 세
명도 일제히 잔을 들어올렸다.

"건강들 하오."

"황상도 언제까지나 만수무강하시옵소서."

"고맙소."

감사를 표한 병호가 죽 잔을 들이켜자 세 명 모두 잔을 비
웠고, 병호가 안주로 삼겹살을 집어 들자 세 명 역시 삼겹살
을 집어 들고 맛나게 씹기 시작했다.

*   *   *

그로부터 한 달이 흐른 9월 1일.

조석으로 찬바람이 불기 시작하자 병호는 목란위장으로 이
동했다. 이곳에는 이미 세 명이 초대되어 그를 기다리고 있었
다.

총리 오경석과 국방부대신에 오른 최익현, 그리고 정보부장
에 오른 김옥균(金玉均)이 그들이다. 병호가 황세손 구(久)를
데리고 이들이 기다리고 있는 곳에 도착하니 삼 인이 일제히

허리를 숙여 병호를 맞았다.

"강녕하셨습니까?"

"잘들 오셨소. 오늘은 늦었으니 푹 쉬고 내일부터 사냥을
해봅시다."

"네, 황상."

"옥균은 날 따라오게."

"네, 황상."

병호는 황세손 구는 물론 옥균을 데리고 오늘 자신이 묵을
빠오로 향했다.

월량호(月亮湖) 변에 설치한 빠오였다. 병호가 특별히 초승
달과 닮은 모습의 호수라 해서 월량호라 이름 지어진 이 빠오
에 묵는 것은 어려서부터 귀하게만 자란 맏손자에게 거친 음
식과 잠자리도 있다는 것을 알려주기 위함이었다.

그리고 특별히 옥균을 부른 것은 그에게 부탁할 말이 있어
서였다. 금년 29세의 옥균은 7세 때 당숙 김병기(金炳基)에게
입양되어 한양에서 성장하였고, 어려서부터 학문뿐 아니라 문
장, 시, 글씨, 그림, 음악 등 예능 부문에서 탁월한 소질을 발
휘해 주목을 받았다.

이런 그를 10년 전부터 등용시켜 중요한 직위인 정보부장
수장 자리에 앉힌 것은 올해 약관인 황세손을 위한 포석이기
도 했다. 병호 자신이 언제까지 살지는 몰라도 자신이 죽음에

이르렀을 때는 아들 또한 늙어 있으리라.

이는 아들의 제위 기간이 짧다는 것을 의미하고, 그렇게 되면 현 황세손이 중요해진다. 그래서 일찍부터 세손의 교육은 직접 자신이 챙기고 있었고, 오늘 사냥터에 데리고 온 것도 그 일환이었다.

여기에 옥균을 특별히 부른 것은 9살 차이인 두 사람의 나이를 감안할 때 앞으로 수많은 날을 두 사람은 함께할 것이고 옥균의 위치가 그만큼 중요했기에 그를 교육시킴은 물론 두 사람의 깊은 유대 관계를 형성해 주기 위함이었다.

아무튼 두 사람을 데리고 월량호 변 빠오에 도착한 병호는 곧바로 빠오에 들어가지 않고 호숫가에 가서 앉았다. 그리고 두 사람을 불러 좌우에 앉힌 병호가 옥균을 보고 물었다.

"내가 왜 젊은 자네를 정권 유지의 노른자위라 할 수 있는 정보부장 자리에 앉힌 줄 아나?"

"황실의 안녕을 위해서라 생각합니다."

"맞아, 거기에 중요한 뜻이 하나 더 있으니 자네의 나이야. 구와는 아홉 살 차이이니 앞으로 오랜 세월 두 사람은 함께하게 될 것이야. 그러니까 짐의 말인즉슨 황세손의 치세에도 자네가 아주 중요한 역할을 해야 하느니만큼 두 사람이 깊은 교분을 맺고 잘해주길 바라는 뜻도 있지."

"명심하겠사옵니다, 황상."

옥균의 대답에 만족한 표정을 지은 병호가 자상한 음성으로 맏손자의 이름을 불렀다.

"구야."

"네, 할바마마."

"너도 내 말 들었지?"

"네."

공손히 답하는 황세손의 대답을 듣는 병호의 입가에 고요한 미소가 맺혔다. 지금의 황세손이 장손으로 태어나 처음으로 '할아버지' 소리를 들었을 때는 그 소리가 무척 듣기 싫었다.

아직 사십 대 초반인데 할아버지라 생각하니 그 소리가 괜히 듣기 싫고 어색했다. 그러나 이제는 만성이 되어 전혀 어색하지도 않고 당연하게 들렸다. 아무튼 황세손의 답을 들은 병호가 그에게 다시 말했다.

"네 위치가 중요해. 우리의 황실이 오래가느냐 아니면 영락하느냐 하는 것이 네 손에 달렸다 해도 과언이 아니지. 네 아비의 재위는 짧을 것이고 그의 치세 또한 걱정하지 않으나 오랜 세월 황위에 앉아 있을 네가 문제다."

여기서 말을 끊고 잠시 손자의 얼굴을 자세히 들여다보던 병호가 말을 이었다.

"세계 유일 초강대국의 황실 가문으로서 우리 황실 가문이야말로 세계의 질서 유지는 물론 국정 운영의 중심축이야. 실권은 모두 내려놓았지만 세계 평화를 유지하고 전 국민을 통합하는 구심점으로 만약 정의가 아닌 정권이 들어서면 어느나라든 단호하게 반대할 수도 있어야 하는 거야. 알겠니?"

"네, 할바마마."

"좋아."

말과 함께 병호가 손뼉을 세 번 치자 곧 궁녀 셋이 각각 한그릇의 양푼을 들고 나왔다. 미리 준비시킨 저녁이다.

곧 궁녀 세 명이 각각 한 사람 앞에 양푼 하나씩을 놓고 사라지자 병호가 양푼에 든 숟가락을 집으며 말했다.

"저 붉게 타는 노을을 바라보며 저녁 식사를 하는 것도 운치가 있을 것 같아 밖으로 내오게 한 것이야."

여기서 말을 끊고 잠시 두 사람을 바라보던 병호가 다시 입을 떼었다.

"그리고 이 비빔밥은 쌀 한 톨 들어가지 않은 꽁보리밥이야. 내가 왜 이런 음식을 택했느냐 하면 너희 둘은 어려서부터 귀하게 자라 배고픔이 무엇인지, 가난한 백성들의 고충을 모를것 같아서야. 우리가 어렸을 때는 춘궁기가 되면 대부분의 가정은 굶는 것이 예사였어. 배는 고픈데 먹을 것이 없으니 물만 들이켜 배가 올챙이배처럼 볼록 튀어나오고 손발은 앙상했지. 그러니 음식 귀한 줄도 알아야 하고, 가난한 사람들의 고충도 생각하면서 이 밥을 깨끗이 비우기 바란다. 알겠니?"

"네, 황상."

"네, 할바마마."

두 사람의 대답을 들으며 병호는 곧 꽁보리밥에 나물이 전부인 밥을 썩썩 비벼 한 숟가락 입에 떠 넣었다. 그러자 두 사람도 이를 따라 했다. 그리고 병호가 맛있게 비빔밥 한 그릇을 다 비우고 두 사람을 바라보니 두 사람은 깨작깨작 밥을 떠먹고 있었다.

아무래도 먹는 것이 시원치 않아 이제야 반 그릇을 간신히 비우고 계속해서 병호의 눈치를 보고 있었다. 그러나 병호는 이를 모른 체하고 두 사람이 그릇을 다 비울 때까지 끝까지 앉아 기다렸다.

결국 두 사람이 억지로 밥 한 그릇을 다 비우기는 했으나 체하지 않을까 걱정되었다.

이튿날 오전 10시.

병호는 여느 날과 다르게 조금 늦게 일어나 계획된 사냥에 나섰다. 병호는 물론 오경석, 최익현, 김옥균, 황세손 구까지 모두 말을 몰아 구릉을 넘었다.

그러자 푸른 초원 양옆으로 펼쳐진 광대한 숲에서 일제히 하늘을 진동시키는 함성과 함께 징과 꽹과리 등 악기 소리가 들려왔다. 이 숲을 지키고 있는 군사들이 사냥에 동원되어 사냥감 몰이에 나선 것이다.

아무튼 군사들의 함성과 타악기 두드리는 소리에 놀란 사슴이며 노루, 멧돼지 등이 초원 위에 나타나 일제히 내닫고, 그 소리에 놀란 꿩들이 푸른 하늘을 배경으로 하늘 높이 날아 올랐다.

곧 총성과 함께 노루와 사슴이 픽픽 쓰러지고 저돌적으로 돌진해 오던 멧돼지 두 마리도 경호원들에 의해 사살되었다. 그중에 압권은 병호의 수렵용 총 솜씨였다. 하늘 높이 날아오른 장기를 쏘았는데 운 좋게도 그놈이 맞아 추락한 것이다.

이에 경호원들이 데리고 있던 사냥개를 풀자 놈들이 앞다투어 울창한 숲속으로 뛰어들었다. 이렇게 약 세 시간 동안 사냥을 즐긴 병호는 오후 1시가 되자 모두 불러 모아 바비큐 요리를 하도록 지시하고 술도 내와 함께 즐기도록 했다.

*　　　　*　　　　*

11월 15일.

만추(晚秋)의 보름.

병호는 오늘 곤명호 변에 위치해 있는 석방(石舫)에 네 부인을 데리고 올라와 있었다. 달구경을 하기 위해서였다.

석방(石舫)은 건륭제 때 대리석으로 만든 2층 누각으로 배

모양을 하고 있지만 움직이진 않는 구조였다. 양쪽에는 모조 바퀴까지 달려 있어 마치 미시시피강의 외륜선과 흡사한 형상의 돌배였다.

그러나 내부는 모두 목재로 꾸며져 있고 스테인드글라스로 창문이 꾸며져 있어 운치를 더하고 있었다. 아무튼 이런 건축물에 병호는 만추의 보름밤 풍경을 즐기기 위해 네 부인과 함께 2층 선상에 서 있었다.

비록 날씨가 조금 쌀쌀했지만 천공에 둥실 떠오른 달은 온 누리에 금빛 가루를 쏟아내며 호수마저 금물결로 출렁이게 하고 있었다. 이런 풍경을 바라보던 병호가 제일 가까이 있는 황후 순영을 보고 물었다.

"어떻소? 멋있지 않소?"

"멋있긴 한데 좀 춥네요."

"옷을 좀 두껍게 입고 오지 그랬소?"

"옛날에는 이 정도만 입어도 추운 줄 몰랐는데……."

"당신의 나이 벌써 예순여섯 아니오? 젊었을 때를 생각하면 안 되지."

"내 나이가 벌써 그렇게 되었다니, 세월 정말 빠르네요. 눈 깜짝할 새라더니 그 말이 요즘에는 새삼 가슴에 닿아요."

"그래요. 정말 잠깐이지. 순식간에 지나가는 것 같소. 이제 한 해, 한 해 세월이 더 빨라짐을 느낄 것이오."

"아직 한창인데 무슨 나이 타령들이에요?"

지엄한 황제, 황후이거나 말거나 비(妃)인 지홍의 행실과 말버릇은 예나 지금이나 다름이 없었다. 벌써 나이 70의 고개를 바라보는 그녀이나 오히려 순영보다도 젊어 보였다.

젊어서부터 미색을 꾸준히 가꿔온 결과가 아닌가 한다. 아무튼 그녀의 말에 순영이 반박했다.

"한창은 무슨, 이젠 꼬부랑 할머니가 다 되어가는데."

"마음을 그렇게 먹으면 점점 더 빨리 늙는다고요."

"그런가?"

"요즈음은 나도 2황비가 부럽네요."

지홍이 말한 2황비는 가즈노미야 지카코(和宮親子) 일황녀를 말하는 것으로, 그녀의 나이는 금년에 43세밖에 되지 않았으니 그럴 만도 했다. 아무튼 지홍의 말을 받아 지카코가 말했다.

"저도 요즈음은 예전 같지 않아요."

"누구 놀리는 거야?"

그러자 지홍을 달래는 여인이 있었다. 3황비 예령이다.

"10년은 젊어 보이시는데 왜 그런 말씀을 하세요."

"그래? 호호호!"

예령의 나이 금년에 벌써 쉰하나. 그녀의 미모도 예전 같지 않고 많이 퇴색했다.

그런 그녀는 슬하에 단 한 명의 딸만 두어 벌써 출가를 했다. 그리고 지카코 황녀는 딸 하나와 아들 하나를 두었는데, 그들 모두 역시 시집, 장가를 간 상태였다.

아무튼 의도치 않게 대화가 나이 타령이 되자 병호가 분위기 전환을 위해 말했다.

"추우면 모두 선실 안으로 들어가지?"

"그게 좋겠어요."

황후 순영이 제일 먼저 맞장구를 치며 앞장선 병호를 따르니 나머지 황비들도 모두 그의 뒤를 따라 선실 내부로 향했다. 이때 무엇이 즐거운지 일층에서는 아들딸은 물론 손자손녀들이 일제히 웃음을 터뜨리며 즐거운 한때를 보내고 있었다.

병호가 곧 선실 내부로 들어오니 그곳에는 이미 풍성한 주안상이 준비되어 있었다. 저녁은 이미 모두 먹은 상태였고 술을 즐기는 병호의 지시에 따라 이 자리가 마련되어 있는 것이다.

아무튼 병호가 상석에 자리를 잡자 네 명의 부인 역시 그를 중심으로 두 명씩 좌우로 나뉘어 앉았다.

"술을 쳐라!"

"네, 황상!"

곧 다섯 명의 궁녀가 일제히 각자의 잔에 술을 치고 술 냄새를 맡는 순간부터 얼굴을 찡그리고 있던 황후가 이 모양을 보고 한마디 했다.

"나는 사람이 아니라 술과 평생을 같이 살아온 것 같아."

이 말을 받아 병호가 말했다.

"짐이 술을 즐기기도 하지만 지위상 어쩔 수 없이 술을 많이 마실 수밖에 없었음을 황후도 잘 알고 있지 않소?"

"맞는 말씀이나 연세가 들어감에 따라 점차 술도 줄이셔야지요."

"알았소. 잔소리는 그쯤 해두고……."

"잔소리라니요?"

"그만하라 하지 않았소?"

"쳇!"

병호의 음성이 높아지자 순영이 한마디 하고는 고개를 돌렸다. 이와 같이 황제의 가족이라도 일반 가정과 별다를 것 없는 평범한 일상의 대화가 이어지는데, 각자의 잔에 모두 술잔이 채워지자 황후의 잔소리에 기분이 상한 병호가 말없이 술잔을 들어 마셨다.

이에 지홍 역시 따라서 한잔을 거뜬히 비웠다. 그러나 황후는 아예 잔을 입에 대지도 않았고, 나머지 두 사람은 잔에 입만 댔다 떼었다. 이렇게 몇 잔의 술을 비운 병호에게 똑같이 마신 지홍이 물었다.

"오늘도 3황비의 침실에 드시는 건가요?"

지홍의 물음과 같이 요즈음 병호는 아무래도 젊은 지카코의 침실에 드는 날이 상대적으로 많았다.

"아니. 오늘은 당신 침실로 가지."

"정말이세요?"

"정말이지 그럼."

"최선을 다해 황상을 즐겁게 해드릴게요."

"믿소."

두 사람의 대화에 모두 입가에 미소를 띠는데 황후만은 아직도 편치 않은 안색으로 병호에게 물었다.

"황세손 구 말이에요. 군대에 보내지 않으면 안 되나요?"

"그건 안 되오. 어느 누구든 군대를 가는 것에 예외일 수는 없소. 아니, 모범을 보이기 위해서라도 앞장서서 군대를 가야지."

"기왕 보낼 것이면 날이라도 따뜻할 때 보내지, 하필 제일 추운 겨울에……."

"고생을 해봐야 세상살이가 결코 녹록지 않다는 것도 알게 되고 그만큼 성숙해서 돌아오지 않겠소?"

병호의 말과 같이 황세손 구는 오는 12월 1일 입대가 예정되어 있었다. 올해 마지막 입대로 내년 2월 말까지는 입소자가 없었다.

이때 다시 한번 일층에서 왁자한 웃음소리가 들려왔다. 이에 병호가 말했다.

"무엇이 그렇게 재미있는지 우리도 한번 내려가 봅시다."

"네, 황상."

곧 병호가 앞장을 서자 황후와 황비 및 시종들이 줄줄이 뒤를 따랐다. 곧 병호가 일층 선실의 문을 열고 들어서니 그를 부르는 음성이 곳곳에서 튀어나왔다.

"아바마마!"

"할바마마!"

"그래, 녀석들!"

자신도 모르게 자애로운 웃음을 지은 황제 병호는 이때부터 무려 한 시간을 이들과 어울려 즐거운 한때를 보냈다.

밖에는 만추의 둥근 보름달이 휘영청 밝고 호수의 물 또한 금물결, 은물결로 아름답게 출렁이는 밤이었다.

『조선의 봄』완결